대성.
臺城

강 위에 비 흩뿌리고 강가의 풀은 가지런한데
육조의 영화는 꿈과 같고 새만 부질없이 울고 있다
무정한 것은 궁성에 늘어진 버드나무이건만
변함없이 연기처럼 십 리 제방을 감싸고 있다

江雨霏霏江草齊
六朝如夢鳥空啼
無情最是臺城柳
依舊煙籠十里堤

사자후
獅子吼

사자후 5

설봉 新무협 판타지 소설

초판 1쇄 찍은 날 § 2005년 6월 17일
초판 1쇄 펴낸 날 § 2005년 6월 27일

지은이 § 설봉
펴낸이 § 서경석

편집장 § 문혜영
편집책임 § 김민정

펴낸곳 § 도서출판 청어람
등록번호 § 제1081-1-89호
등록일자 § 1999. 5. 31
어람번호 § 제2-0627호

주소 § 경기도 부천시 원미구 심곡1동 350-1 남성B/D 3F (우) 420-011
전화 § 032-656-4452 팩스 § 032-656-4453
http://www.chungeoram.com
E-mail § eoram99@chollian.net

ⓒ 설봉, 2004

ISBN 89-5831-594-6 04810
ISBN 89-5831-331-5 (SET)

※ 파본은 본사나 구입하신 서점에서 교환하여 드립니다.
※ 저자와 협의하여 인지를 붙이지 않습니다.

Fantastic Oriental Heroes

설봉 新무협 판타지 소설

사자후

獅　　子　　吼

청룡파운(靑龍破雲)

목차

第二十九章 일분경운(一分耕耘), 일분수확(一分收穫) — 7

第三十章 용진흘내적역량(用盡吃奶的力量) — 53

第三十一章 일보환일보(一報還一報) — 97

第三十二章 수대초풍(樹大招風) — 145

第三十三章 아파걸황련(啞巴吃黃蓮), 유고설불출(有苦說不出) — 183

第三十四章 인륜지대사(人倫之大事) — 225

第三十五章 견괴불괴(見怪不怪), 기괴자양(其怪自壞) — 265

第二十九章
일분경운(一分耕耘), 일분수확(一分收穫)

일 분의 경작은 일 분의 수확이다
뿌린 만큼 거둔다

일분경운(一分耕耘), 일분수확(一分收穫)
…일 분의 경작은 일 분의 수확이다. 뿌린 만큼 거둔다

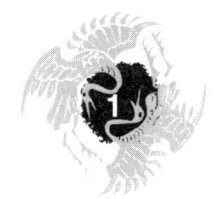

"저 사람 뭐 하는 거죠? 왜 다시 돌아오는 거예요?"

빙사음이 깜짝 놀라 소리쳤다.

명옥대검이나 칠보단명도 놀라기는 마찬가지였다. 그저 꿀 먹은 벙어리가 되어 금하명만 주시할 뿐 뭐라고 할 말이 없었다.

단애지투 도중에 되돌아 나오는 경우는 과거에도 여러 차례 있었기 때문에 놀랍지도 않다.

과거 여섯 번 중 세 번이 이랬다.

이판사판의 심정으로 단애지투를 결행했다가 감당하지 못할 거력에 부딪치자 목숨을 구하기 급급해서 뒤돌아선 것이다.

금하명은 그들과는 사정이 많이 다르다.

남해십이문이 전력을 다하고 있지 않으니 그 어느 때보다도 단애지투를 통과할 가능성이 높다. 무공도 단애지투 역사상 가장 높고, 현재까지는 이렇다 할 만큼 곤경에 처하지도 않았다.
무엇보다도 금하명이라는 인간은 물러섬이라는 말을 모른다. 설혹 절체절명의 위기가 연속된다고 해도 무모하다 싶을 만큼 앞으로 나갔으면 나갔지 절대 뒤돌아서지 않는다.
온 산이 들썩거렸다.
금하명의 돌연한 행동은 그를 지켜보던 수많은 무인들에게 의아함을 안겨주었다.
"만충에서 무슨 일이 있었던 게 틀림없어. 내가 살펴보고 오지. 경거망동하지 말고 예 있어."
명옥대검이 쏜살같이 산을 내려갔다.
"이유없이 돌아설 리는 없지. 무슨 일이 벌어진 건데……."
빙사음은 칠보단명의 말을 귓가로 흘려들었다.
'하필이면 사각지대에서 벌어졌어. 우연이 아냐. 누군가 무슨 일을 벌였어. 싸움이었다면 뚫고 나갔을 텐데…… 혹시?'
그녀도 금하명에 대한 소문을 들었다.
하 부인과의 관계에서부터 그가 해남도를 횡행하며 벌인 일들을 속속들이 알고 있다. 또한 현재 해남도에서 무슨 소문이 퍼지고 있는지도 안다.
'하 부인과 관계된 일이라면…… 대해문! 귀제갈! 틀림없어! 그 일만이 저 사람을 돌아서게 할 수 있어!'
소문의 진위 여부는 확인되지 않았다.
진실! 미지의 인물들이 하 부인을 납치한 것은 사실이다.
미확인 부분! 소문처럼 대해문주가 겁간을 했다고는 믿기 어렵다.
확실한 거짓! 귀사칠검 해법이 대해문에서 흘러나왔다는 말은 새빨간 거짓말이다.

　소문은 진실과 거짓과 미확인 부분이 내포되어 있어서 누군가 고의적으로 유포했다는 의심을 지울 수 없다.

　하지만 금하명에게는 이런 정도의 판단도 내릴 수 없다. 그에게는 듣는 귀는 있어도 확인할 방도는 없다.

　'확실해! 마을 사각지대에서 귀제갈이 무슨 짓을 저질렀어. 하 부인과 연관된 게 틀림없고.'

　빙사음은 지켜만 볼 수 없었다.

　"귀제갈이 수상한 짓을 저질렀어요."

　"그럴 수도 있겠지. 일장로님이 갔으니 곧 무슨 일인지 알아오실 게다."

　'그때는 늦어. 단애지투를 포기하고 발길을 돌릴 정도라면…… 말로는 설득할 수 없을 거야. 우선 저 사람 발길부터 막아야 해.'

　"저 사람은 천재일우(千載一遇)의 기회를 놓치고 있어요. 지금 가장 중요한 건 단애지투를 끝내는 일인데."

　"사람마다 생각이 다르…… 쯧! 성급하기는……."

　칠보단명은 말을 하다 말고 혀를 찼다.

　빙사음, 그녀는 말을 들어보지도 않고 신형을 날렸다. 물 찬 제비 한 마리가 유연한 날갯짓으로 산 아래를 향해 치달렸다.

　쉬익!

　날카로운 파공음이 귓전을 간질인다.

　누군가 쾌속하게 다가오고 있지만 살기는 엿보이지 않는다.

　공격해 오면 최대한 빨리 죽일 것이요, 공격하지 않는다면 어떤 움직임이라도 무시하고 지나칠 것이다.
　이번 움직임은 무시했다.
　'진실이 아니기를 바라라. 진실이면 대해문과 나, 어느 한쪽은 반드시 쓰러진다.'
　대해문을 향한 분노가 끝없이 치밀었다.
　해순도 사람들은 하 부인을 성녀(聖女)라고 부른다.
　일 년 동안 그녀 곁에 머물면서 일거수일투족(一擧手一投足)을 지켜봤다. 마음의 변화가 신경 쓰였기 때문에 누구보다도 자세히 살폈다.
　그녀는 성녀라는 말이 부족할 정도로 헌신적인 여자다.
　역병(疫病)에 전염될 것을 상관치 않고 고름을 짜낸 여자. 몸과 마음이 파김치가 되어 늘어져도 신음 소리만 들리면 달려가는 여자. 환자의 아픔을 자신의 아픔처럼 여기는 여자.
　그런 여자에게 겁간이라는 씻을 수 없는 상처를 준 자신이 미웠다.
　한데 또 그런 일이 일어났단 말인가. 정명한 문파라고 자처하면서 금수보다 못한 짓을 저질렀단 말인가. 만홍도 야호적을 탄생시킨 것만도 씻을 수 없는 죄악인데, 이제는 대낮에 드러내 놓고 그런 짓을 저지른단 말인가.
　하늘이 심판하지 않는다면 자신이라도 하리라.
　뚜벅뚜벅 걷는 발길에 분노가 쌓였다.
　쉬익! 쒜에엑!
　눈앞에서 무엇인가 번뜩인다 싶더니 여인이 날아 내렸다.
　금하명은 무시하고 지나치려다가 걸음을 멈췄다.
　빙사음. 말 한마디쯤은 나누고 지나칠 사이다.
　"오랜만이군요."

빙사음이 먼저 말을 건네왔다.
"오랜만이오."
금하명의 음성은 얼음처럼 차가웠다.
남해검문…… 좋은 감정도 없고 싫은 감정도 없지만 해남무림인과는 더 이상 연분을 쌓고 싶지 않다.
천소사괭을 이겼다는 이유만으로 공적을 만들어 버린 해남무림이다. 마음에서 사마 무리로 낙인찍어 버린 대해문이다. 이들에 대한 실망은 빙사음조차 편한 마음으로 대할 수 없게 만들었다.
전 같았으면 이렇게 대하지 않았을 텐데. 활짝 웃는 얼굴로 맞이했을 텐데.
거의 이 년 만이다. 만홍도에서 만난 것이 엊그제 같은데 벌써 이 년이란 세월이 흘렀다. 세월은 화살처럼 빠르다더니.
"가시칠검 마성을 제기하셨다고 들었어요. 축하드려요."
"어쩌다 보니 그렇게 됩디다."
여전히 아름답다. 초췌한 기색은 역력했지만 그 정도로는 남해일봉의 아름다움을 해치지 못했다.
"더불어서…… 죄송하게 생각해요. 해남도에 모셔온 것."
"그건 맞는 말이지."
금하명은 이쯤에서 헤어지고 싶었다. 말을 이만큼 섞었으면 지난날의 회포는 풀었다.
빙사음은 금하명의 얼굴에 쓰인 무정함을 읽었다.
"무섭군요."
"……."
"터지기 일보 직전 같아요. 살짝만 건드려도 터져 버릴 것 같아요."

일분경운(一分耕耘), 일분수확(一分收穫) 13

"볼일이 없다면 이만……."

금하명은 말을 마치지 못했다.

스릉……!

빙사음이 검을 뽑아 들었다.

"볼일이 있어요. 단애지투에 들어선 사람에게는 누구나 검을 뽑을 수 있죠. 본 문에서는 이번 일에 상관하지 않으려고 하지만, 전 그럴 수 없군요."

"……."

어떤 때는 잠깐의 침묵이 열 마디 말보다 우선할 때가 있다.

금하명은 빙사음의 눈을 뚫어지게 쳐다봤다.

왜 검을 겨누는 거냐? 무엇 때문에 죽이려는 거냐? 다른 사람이면 몰라도 빙사음 너만은 검을 겨눠서는 안 되지 않느냐. 해남무림인이 모두 인면수심의 심보를 지녔다고 해도 너만은 검을 거둬라.

"우리가…… 아직 친구인가요?"

"병기를 맞댄 사람이 할 말은 아닌 것 같군."

금하명은 걷기 시작했다.

검을 쳐온다면 어느 무인들처럼 대응해 주리라. 살기를 머금은 만큼, 꼭 그만큼 되돌려 준다. 무공을 비교하는 정도라면 비교하는 선에서 그쳐 주고, 반드시 목숨을 빼앗고자 한다면 이쪽도 빼앗아준다.

스윽! 파아앗!

검이 허공을 갈랐다.

해무십결(海武十訣) 제오결(第五訣) 천지검(天地劍).

일직선으로 그어 내리는 검에 일체의 변식도 깃들어 있지 않다.

전신진기가 집약되어 굳센 검기를 토해내지만 공기의 파동은 미미하다.

이 년이란 세월은 그녀를 절정고수로 둔갑시켰다.

'이 정도면 능히 삼정과도 겨룰 수 있을 것…….'

금하명은 허간곤을 펼쳤다.

무위보법을 펼쳐 좌측으로 이 보, 앞으로 일 보 전진했다. 그가 움직이는 동안 목곤은 일섬곤의 묘리에 따라 뻗어나갔다.

천지검을 전개하는 순간 빙사음의 전신은 온통 허점투성이로 변한다. 천지검법에 휘말리면 사나운 파도처럼 보여 반격할 곳이 없으나 살짝 파도를 돌아 옆이나 뒤로 가면 어디를 쳐야 좋을지 모를 만큼 많은 허점이 보인다.

모든 건 무공의 정도로 가늠된다.

상대보다 빠르고 강하면 허점이 보이는 것이고, 약하고 느리면 검법에 휘말린다.

싸움의 이치는 이처럼 단순하다.

목곤과 허점을 일직선으로 연결하는 허공지로(虛空之路)를 만든다. 낱실처럼 가느다란 길이 빛보다도 빠르게 목곤을 안내한다. 상대의 움직임이 환히 보이니, 해남제일의 검초도 무용지물이다.

천소사괭과의 비무가 그랬다. 서로가 서로의 움직임을 환히 봤기 때문에 초식을 전개할 틈이 없었다. 그래서 차라리 감각으로 치고 받는 박투(搏鬪)를 선택했다. 그러다가…… 결정적인 초식을 구사할 수 있는 기회를 잡으면…… 그가 이긴다.

퍼억! 쩌엉!

목곤은 정확히 검배를 가격했고, 빙사음은 막강한 진력을 감당하지 못해 검을 놓쳐 버렸다.

"놀랍군요. 일초지적도 안 되다니."

빙사음은 태연히 웃기까지 했다.

금하명은 걸음을 떼어 그녀 곁을 스쳐 지나갔다. 그런데,

슈욱!

다시 검이 날아온다.

신형을 날려 멀리 날아간 검을 주워 들고, 다시 공격을 펼치기까지 걸린 시간은 촌각.

해무십결 제팔결(第八訣) 일성비(一星飛).

검속은 완만하나 곧게 다가오는 검신에 만변(萬變)이 담겨 있어 피하거나 막기가 극히 난해하다는 검초다.

금하명은 뒤돌아서며 목곤을 곧게 찔러냈다.

"헛!"

빙사음의 입에서 다급한 경악성이 터져 나왔다.

타앙!

목곤과 검이 세차게 부딪치며 타앙! 하는 쇳소리를 울려낸 것까지는 좋았는데…….

검이 목곤을 따라 쭈욱 빨려든다. 마치 일부러 목곤을 훑어가서 손목을 노린 듯하다. 검은 목곤의 중단 부분까지 빨려간 후 검배(劍背)가 짓눌린다. 아니, 짓눌린 채 튕겨 나간다. 땅을 향해서.

푸욱!

장검이 절반이나 땅을 파고들었다.

이삭 줍는 여인처럼 엉거주춤한 자세, 상대는 옆으로 돌아가 서 있고 병기를 들고 있다.

'이건 상상 이상이야! 아무런 힘도 들이지 않고 일초에 격퇴시키고

있어.'

멀리서 지켜보던 것과는 판이하게 달랐다.

이 년 동안 수련에 맹진한 결과 검이 눈에 보인다고 생각했는데, 금하명에 비하면 어린아이 수준에 불과하다.

"굉장하군요."

빙사음이 땅에 묻힌 장검을 뽑아내 인중(人中)을 겨누며 말했다.

"……."

금하명은 다시 침묵으로 물었다.

죽고 싶은가. 죽어야 검을 거둘 텐가! 그럴 작정이라면 검에 살기를 담아라. 살기도 없는 검으로 어쩌자는 건가. 무공의 차이가 명확하게 드러났는데 무엇 때문에 길을 가로막는가!

눈빛이 불길처럼 활활 타올랐다.

"제 말부터 들어주시겠어요?"

빙사음은 태연히 눈길을 받으며 말했다.

"단애지투를 계속하세요."

"소저가 상관할 일이……."

"하 부인!"

빙사음이 다급히 말허리를 잘랐다.

금하명은 무정한 말을 쏟아내며 걸음을 떼어놓는다. 어깨를 스치며 그녀 곁을 지나간다. 어떻게든 발길을 잡아놔야 하는데…….

"겁탈당할 리 없어요."

금하명의 발걸음이 멈춰졌다. 다음 말을 이어보라는 듯…… 곁을 스쳐 지나 두어 걸음 지나간 곳에서 우뚝 멈춰 섰다.

"확인된 건 아녜요. 하지만 대해문주는 그럴 사람이 아녜요."

일분경운(一分耕耘), 일분수확(一分收穫)

"그럴 사람, 저럴 사람 따로 있는 게 아니지."

"제 목숨을 걸게요. 하 부인이 납치된 건 사실이에요. 무슨 일이 있어도 구해내겠어요. 반드시 구해내겠어요. 그러니 단애지투를 계속하세요. 내일모레, 모레면 다 끝나요."

금하명이 뒤돌아봤다. 빙사음은 쳐다보지 않았다. 금하명의 눈길이 뒷머리에 틀어박히는 걸 느끼면서도 돌아보지 않았다.

"지금 말…… 못 들은 걸로 하지."

"하 부인을 사랑하세요?"

"……."

"일 년 넘게 하 부인 곁에 머물렀다고요. 왜 그랬죠?"

금하명은 걸음을 옮겼다. 빙사음과 나눌 대화가 아니다. 그럴 만큼 교분이 깊다고 생각하지도 않는다. 그러나,

'이런!'

금하명은 두 걸음 옆으로 물러서며 건곤곤을 펼쳤다.

따앙!

요란한 쇳소리가 울리며 장검이 허공을 날았다.

해무십결 제구결(第九訣) 천빙소(天氷笑)라는 난검(亂劍)으로 급습을 가해왔지만 미처 변화를 일으키기도 전에 막히고 말았다.

빙사음은 손아귀가 찢어져 피를 줄줄 흘리면서도 검을 주워 들었다.

"소저!"

"단애지투를 계속하세요."

"그 말은 못 들은 걸로 하겠다고……."

"그럼 절 죽이고 가세요."

"화를 북돋는 방법도 여러 가지군."

"하 부인은 뛰어난 의녀(醫女)예요. 제정신으로 겁간했는지 제정신이 아닌지 한눈에 알아볼 수 있는 여자죠. 몸 상태뿐만이 아니라 정신이 올바른 자신지 아닌지도 알아볼 수 있어요. 그래서 살려주고 용서해 주었다고 들었어요. 그런데 왜 일 년이나 머문 거죠?"

"검을 쓰지 마. 죽일 생각은 없지만 며칠 고생하게 만들 수는 있으니까."

금하명은 등을 돌리지 못했다.

빙사음이 검을 치켜 올렸다. 걸음을 떼어놓으면 공격하겠다는 뜻을 분명히 했다.

"자신을 속이지 마세요. 그녀를 내자(內子)로 받아들인 것 아닌가요? 겁간에 대한 책임이든, 하 부인을 사랑해서든…… 내자로 생각하는 것만은 틀림없잖아요."

"남의 일에 참견하는 이유가 뭔지 모르겠네."

"당신에게 귀사칠검을 주었고, 해남도로 데려왔어요. 당신이 하 부인을 겁간한 책임만큼이나 내게도 책임이 있어요."

"그런 책임이라면 깨끗이 잊어도 좋아."

"아마 하 부인도 그런 말을 했을 것 같은데요?"

금하명은 착잡했다.

대화를 나누다 보니 느낌이 와 닿는다.

빙사음은 결코 물러서지 않는다. 자신이 갈 길을 가려면 그녀가 운신을 못하게끔 혈을 찍거나 혼절시켜 놔야 한다.

그런 결단이라면 생각할 것도 없다. 여인을 친 적은 없지만 쳐야만 한다면 칠 것이다.

정작 마음을 착잡하게 만드는 것은 빙사음의 마음이다. 잘못 느낀 것일지 몰라도 자신이 능완아를 향해 쏟아 부었던 마음과 동질의 마음이 전해진다.

그 점이 이해되지 않는다.

만홍도에서 알몸을 본 적이 있지만, 불가피한 상황이었고…… 그 외에는 사담(私談)이라고 할 만한 이야기를 나눠본 기억이 없다.

정(情)을 주고받을 만큼 같이 있지도 않았다.

도대체 이 느낌은 뭔가.

"당신 행적을 살펴보면 언제 어디서나 무(武)를 놓지 않았어요. 하 부인을 내자로 생각하면서도 해순도를 떠난 건 무를 완성하겠다는 집념 때문이겠죠. 그런데 지금은 무를 버렸어요."

"말이 지나치네."

"전혀요. 전혀 지나치지 않아요. 과연 대해문과 싸우겠다는 생각이 무의 완성과 관계있나요? 하 부인을 위해서 싸우려는 건 아네요? 그럼 청화신군을 죽인 백납도와는 언제 싸울 거죠?"

금하명은 큰 충격을 받았다.

독에 중독된 것처럼 사지에 맥이 풀려 서 있기조차 힘들었다. 머리 속이 하얗게 탈색되고 현기증이 치밀어 올랐다.

금하명은 길가 바위에 털썩 주저앉아 망연자실 허공만 쳐다봤다.

무인지도를 걷고자 한다. 아버지를 죽인 원수이지만 무의 완성에 도움이 되지 않는다면 백납도와의 싸움도 의미없다고 생각했다. 무의 길을 가는데 한 걸음이라도 나갈 수 있다면 자존심이고 명예도 모두 내버릴 생각을 했다.

대해문과의 싸움이 무의 완성에 도움이 되는가? 대해문에는 어떤 무공이 있나? 어떤 자와 어떤 식으로 겨뤄야 도움이 될까?

전혀 생각해 보지 않았다.

빙사음이 말한 대로 하 부인을 위해서 대해문으로 향하는 것이지 무인지로 때문은 아니다.

이런 식이라면 무조건적으로 백납도와도 싸워야 한다.

그렇다고 지인이나 혈육이 사마 무리에게 곤욕을 당하고 있는데, 무인지로와 상관없다고 병기를 들지 않는다면 무인이랄 수 있을까?

빙사음은 자신에게는 무인지도를 가란다. 사마 무리에게 곤욕을 치르는 지인, 혈육은 자신이 구하겠단다.

큰 충격? 아니다. 이 정도로는 큰 충격이 아니다.

금하명은 빙사음이 말한 것에서 한 발 더 나아가 무인지로를 다시 생각했다.

일시일시(一時一時) 비일시(非一時).

시간은 존재하나 또한 존재하지 않는다. 현재는 존재하나 또한 존재하지 않는다.

무인지로가 어디 있는가. 있다면 가져와 보여달라. 가져올 수 없다면 데려가 보여달라.

한 발 더 나아간다고? 애당초 길 자체가 없는데 어디를 어떻게 나아간다는 말인가.

무인지로는 없다.

그러나 분명히 무인지로는 존재한다. 무공을 중진시키기 위해 머리를 감싸 매고 연구하는 것. 비무를 통해 장단점을 알아내고 보완하려는 노력. 때로는 실전까지 불사하면서 좀 더 높은 무공을 향해 나아가려는 욕구.

이 모든 게 무인지로다.

무인지로는 있으면서도 없고, 없으면서도 존재한다.

거창한 무인지로는 없다. 하루하루 알차게 살아가는 것이 가장 보람된 삶이듯, 그날그날 정도에서 벗어나지 않는 삶을 사는 게 무인의 길이다.

무인의 길을 걷겠다고 생각한 것 자체가 우습다.

오늘을 착실히 살면 되는 것인데. 엮인 것은 풀고, 흩어진 것은 모으면서 알찬 하루를 보냈으면 그만큼 나아간 것인데.

무인으로 사는 것 자체가 무인지로다.

금하명은 상념에서 깨어나 목곤을 집었다.

빙사음의 모습이 제일 먼저 눈에 들어왔다. 그녀는 자신이 바위에 앉아 상념에 잠긴 순간부터 호법(護法)이라도 된 듯 검을 치켜들고 사위를 경계했다.

"생각을 참 깊게 하네요."

금하명은 싱긋 웃었다.

이제는 웃음을 흘릴 만한 여유가 있다.

"지금 내게 가장 중요한 건 하 부인의 안위요. 대해문에 대한 분노가 아니라 하 부인이 염려스러워서 가는 길이니 이번에는 막지 마시오."

빙사음도 검을 거뒀다.

"말릴 생각 없어요. 가야 한다면 가야죠. 하지만…… 단애지투, 앞으로 이틀 남았어요. 당신은 단애지투를 끝내고, 전 하 부인을 구하고, 누가 완벽하게 해내나 내기하자면…… 할래요?"

금하명은 빙사음을 뚫어지게 쳐다봤다.

빙사음은 조금도 수줍어하지 않는다. 당당하게 눈길을 마주쳐 온다. 흑오석처럼 검은 눈동자에 광채가 어려 있다.

그녀의 눈동자는 많은 말을 쏟아내고 있지만 금하명은 몇 가지밖에 읽어내지 못했다.

단호한 의지를 보았다.

빙사음은 진정으로 단애지투를 끝내서 해남무림을 당당하게 활보하게 되기를 바란다. 또한 단애지투에 제일 장애가 되는 것…… 하 부인의 안위는 확실하게 책임지겠다는 생각이다.

믿어도 좋다. 이건 우정 때문이 아니다. 책임 때문도 아니고 미안한 마음 때문도 아니다.

여인이 자신을 희생하고자 하는 마음을 내보일 때는 오직 한 가지 경우밖에 없다.

사랑. 사랑을 보았다.

이해할 수는 없지만 빙사음이 내보이는 마음은 사랑이다.

왜 이렇게까지 돕고자 하냐는 말은 묻지 않았다.

"좋아. 내기하지. 누가 완벽하게 해내나."

❷

해남무림의 판도가 변하기 시작했다.

일섬단혼, 벽파해왕, 천사소굉. 이들 삼 인의 패배는 해남무림인의 자존심을 휴지 조각처럼 구겨 버렸다. 그들의 무공이 해남제일이 아니라고 강변해도 최고 배분 삼 인의 패배는 해남무림의 기치가 꺾인 것과 같았다.

그러던 차에 천풍문주가 패했다는 소식이 들불처럼 번져 갔다.

공평한 비무도 아니었다. 천풍문 정예라고 일컫는 오십 검사를 모두 대동하고 나섰지만 희생자만 열네 명을 냈을 뿐 금하명을 죽이는 데는 실패했다.

천풍문주는 오십 검사와 연수합격을 하고도 패한 것이니, 천풍문의 위세는 땅에 떨어질 수밖에 없다.

그럼에도 불구하고 천풍문은 해남무림인들로부터 의기의 상징으로 발돋움하고 있었다.

해남무림인들은 당연히 남해십이문이 단애지투에서 금하명을 꺾어 줄 줄 알았다. 그래서 구겨진 자존심을 되살려 주리라고 믿었다.

그런데 남해십이문은 무엇을 하고 있는가. 이전투구(泥田鬪狗)에 급급해 싸움다운 싸움 한 번 변변히 하지 못하고 연신 물러서고 있지 않은가. 싸움을 못했다고도 할 수 없다. 아예 싸움을 포기하고 있다.

"해남무림 역사상 단애지투를 통과한 자는 없었다. 그런데 외인에게 양보할 셈인가! 정녕 해남무림에 오점을 남길 작정인가!"

"해남무림에 사람이 그렇게 없는가! 천소사굉님이 꺾였다고 이불 자락 뒤집어쓰고 누워 있는 꼴이란. 그러고도 서로 잘났다고 으르렁거렸단 말이지! 차라리 천풍문처럼 나가떨어질 땐 나가떨어지더라도 검을 섞어보기나 해라!"

금하명에 대한 미움이 고스란히 남해십이문으로 옮아왔다.

원성이 워낙 드높아서 밀실에 앉아 있어도 귓전을 쩌렁 울렸다. 시중드는 시비들이나 논에서 일을 하는 농부들의 눈가에도 비웃음이 일렁거렸다.

남해십이문은 어떻게든 입장 표명을 하지 않을 수밖에 없는 막다른 궁지로 치몰렸다.

모양(毛陽), 삼아(三亞)에서 오지산성(五指山城)으로 이어지는 관도와 천가에서 만충으로 이어지는 관도가 합류하는 곳이다. 이런 지리적인 요건은 협곡 사이에 낀 모양을 항구를 끼고 있는 읍성(邑城)들 못지않게 발전시켰다.

단애지투를 벌이는 자는 반드시 모양을 통과해야 한다. 반면에 해남무림은 적어도 금하명의 날갯죽지 하나 정도는 부러뜨려 놔야 되는 곳이다.

모양에서 일 리 정도 떨어진 곳, 남해십이문을 대표하는 사람들이 십리대(十里臺)라고 일컬어지는 널찍한 바위로 모였다. 이미 금하명과 일전을 치른 노도문, 장현문, 천풍문이 빠졌으니 남해구문이라고 해야 하나?

남해검문에서는 해천객이 대표로 참석했다. 대해문에서는 귀제갈이 나왔다.

쇄검문, 적검문, 한검문, 해감문, 그리고 천검문(千劍門)은 대리인을 내세울 정도로 세력이 강하지 못한 탓에 문주가 직접 나왔다. 뇌주반도에 근거를 둔 창파문은 소문주를, 해주문은 자부(子婦)를 보내왔지만 지리적인 여건을 감안하면 납득할 수 있다.

그들이 모였다. 하지만 한 시진이라는 짧지 않은 시간이 흐르는 동안 한마디도 나누지 않은 채 고심만 거듭했다.

문파의 입장을 어떻게 정리할 것이며, 어느 선에서 싸울 것인가.

자칫 잘못 판단하는 날에는 천풍문처럼 문파의 존립이 위태로울 정도로 심각한 타격을 받을 수 있는 일이기에 망설일 수밖에 없었다.

막대한 위험을 감수하고 금하명을 제거해도 돌아오는 이득이 겨우 체면 유지를 하는 정도에 불과하니 손대기가 마뜩찮다.

"먼저 이쪽 전력을 명확히 알아야겠소. 본도(本島)에 있는 사람들이야 굳이 따로 설명할 필요가 없지만…… 뇌주에서는 어떤 준비를 해왔는지 궁금하군."

적검문주(赤劍門主) 냉전비검(冷電飛劍) 여국걸(呂國傑)이 창파문 소문주를 쳐다보며 말했다.

소문주라고는 하지만 연배는 쉰 중반에 들어선 사람이다.

창파문 절학을 극성으로 수련하였으며, 현재까지 단 일 패도 허용치 않은 무적 검사이기도 하다. 그러나 무공보다도 그를 더 유명하게 만든 것이 있으니 바로 냉철한 사리 판단이다.

그는 문주에 올랐어도 진작 올랐을 사람이지만 아직까지 소문주로 지내고 있다. 그가 원하지 않기 때문이다.

창파문과 해주문은 뇌주반도에 위치해 있다. 이는 해남도 내의 싸움에서 비켜나 있는 것처럼 보이지만 실은 더욱 막대한 위험을 안고 있다. 해남무림의 최첨봉(最尖峰), 누군가 해남무림을 치고자 한다면 제일 먼저 맞서 싸워야 할 위치인 것이다.

창파문이 위험에 처하게 되면 본도(本島)에서 즉각 구원해 줄 무인들을 파견해야 하는데, 자신은 아직 그만한 영향력을 구사할 정도로 성장하지 못했다는 주장이다.

그 말이 옳다. 해남도에서는 창파문 소문주를 남해십이문 장로들 정도로밖에 보지 않는다.

그런 사람이 구원 요청을 해온다면 마지막 한 올의 힘까지 모두 쏟아내도록 느긋이 지켜보다가 몰락 직전에서야 모습을 드러낼 게다.

"본 문에서는 십육대 교두(敎頭) 열일곱 명을 내놓겠습니다."

창파문 소문주가 차분한 음성으로 말했다.

"겨우…… 그들이오?"

적검문주의 얼굴에 실망이 스쳤다.

창파문 소문주의 배분만 하더라도 이 자리에 모인 문주나 장로들보다 한 단계는 떨어진다. 하물며 십육대 교두라면 두 단계 아래다.

각 파로 치면 분타주(分舵主)나 향주(鄕主)급밖에 되지 않는다.

"소생의 수족들입니다. 금하명의 행적을 면밀히 살펴본 바, 그들이라면 충분하리라고 봅니다."

"그들이 천풍문주와 버금간다고 말하는 것인가?"

"감히."

창파문 소문주는 엷은 웃음마저 머금었다.

"감히라…… 재미있는 말이군. 그 말이 사실이라면 해남십문은 모두 쓰레기 문파라는 이야기인데. 좋아, 기대하지. 해주문은 어떻게 할 생각이오?"

"일심천녀(一心天女)면 괜찮을까요? 창파문 소문주처럼 질책을 들을까 겁나는군요."

해주문 대표로 참석한 여인이 말했다.

화향(花香) 부인(婦人).

나이는 마흔 중반, 범접하지 못할 차가운 기운을 지녔다. 해주문주의 며느리로 지략에 무척 밝아서 남편을 제치고 차기 해주문주로까지 부상한 여인이다.

"일심천녀. 흥! 말이 좋아 천녀지, 고작 부인의 시비들 아니오?"

"호호호! 기어이 야단맞고 마네요. 제 시비들이라서 안 되나요? 저도 창파문 소문주처럼 금하명 행적을 샅샅이 살펴봤는데, 일심천녀면 넘치고도 남더군요."

의도가 명확하게 읽혀진다.

뇌주이문은 생색만 내려는 것이다.

"흥! 넘치고도 남는다? 그럼 우린 손쓸 기회도 없겠군. 그럼 제일전도 사양치 않겠군."

"저희 창파가 일전(一戰)을 맡죠."

창파문 소문주는 기다렸다는 듯 즉시 답했다.

"호호! 그럼 저희 해주가 이전(二戰)을 맡아야겠네요. 설마 찌꺼기까지 모두 청소해 버리지는 않겠죠? 저희 애들을 생각해서 몸이나 움찔거릴 수 있게 해주면 고맙겠군요."

오문(五門) 문주들은 인상만 찡그렸다.

생색만 내려는 의도치고는 너무 당당하지 않은가. 천풍문주가 직접 나서고도 패했는데, 그보다 한참 못 미치는 전력이니 금하명을 어쩌지 못한다는 건 자신들이 더 잘 알 텐데.

'무슨 꿍꿍이가 있는 것 같은데…… 장현문처럼 생색만 내고 빠지려는 속셈이라면 큰 곤욕을 치르게 될 게야. 본도가 등을 돌리면…… 창파문, 해주문…… 바람 앞에 등불이지. 후후!'

오문 문주들의 생각은 거의 비슷했다.

"삼전(三戰)은 해남 오문의 연수합격으로 하지. 우리마저 궁색해지면 뒤를 부탁하오."

남해십이문의 수장이나 다름없는 남해검문과 대해문을 의식해서 한 말이다. 더불어서 오문의 연수합격까지 들먹거렸으니 어설픈 수작은 부리지 말라는 창파문, 해주문에 대한 경고이기도 했다.

해천객은 미간에 내천(川) 자를 그린 채 침묵을 지켰다. 귀제갈도 말은 하지 않은 채 웃음만 지어 보였다.

"남해검문에서는 사각이 동원되었다고 들었소이다. 삼정들께서 사각을 이끌고 나선 게 금하명 때문이라는 사실도 알 만한 사람은 모두 알고 있소이다. 사전(四戰)을 맡아주시겠지요?"

적검문주가 확인하는 차원에서 물었다.

그래도 해천객은 가부를 주지 않았다.

"해천객, 무슨 말씀인가는 있어야 하지 않소이까?"

쇄검문주가 답답함을 이기지 못하고 물었다.

그러고도 얼마간 알지 못할 침묵을 이어가던 해천객이 고개를 쳐들며 말문을 열었다.

"이 늙은 것이 남해검문 대표로 참석하기는 했지만…… 아직 문주님의 재가가 떨어지지 않았으니 아무 말도 해줄 수 없구려. 하지만 어떤 식으로든 해남무림의 명예에 흠집이 가는 일만은 막을 작정이니…… 사전은 대해문에 맡기고 마지막 날, 마지막 싸움을 맡겠소이다."

"순서야 아무려면 어떻소이까. 삼정께서 사각을 이끄신다면 해결하지 못할 일이 없을 터이니 뒤가 든든합니다. 그럼 대해문이 사전을 맡아주시겠지요?"

귀제갈은 웃음을 지우지 않은 채 말했다.

"삼십팔전단이라면 괜찮겠지요?"

"사, 삼십팔…… 전단! 그들 모두가 나선단 말이오, 귀제갈?"

"하나 더. 본 대해문은 삼전을 맡고 싶소이다. 여러 문주님들께서는 서운하시더라도 양보해 주셨으면 합니다."

오문 문주들의 얼굴이 비로소 활짝 펴졌다.

삼십팔전단이 모두 나선다면 삼정이 이끄는 사각의 전력과 엇비슷하다. 문파 하나쯤은 소리 소문 없이 지워 버릴 능력을 갖춘 자들이니 금하명은 죽은 것이나 다름없다.

계륵 같은 존재, 치자니 남는 게 없고 방치하자니 체면이 구겨지는 존재를 다른 문파가 나서서 확실하게 제거해 준다니 이보다 더 좋은 일이 또 있을까.

"허허! 이를 말이오. 대해문이 삼전을 맡아준다면야…… 금하명은 우리 차례까지 오지도 못하겠구려."

"그러게 말입니다. 그러나저러나 해천객, 남해검문도 많이 약해진 것 같소이다. 대해문은 선뜻 나서는데 미적거리는 걸 보면 말이오."

"……."

오문 문주들은 단애지투의 대상자에서 벗어나 방관자가 된 듯 가볍게 농을 주고받았다.

마을에서 뚝 떨어진 곳에 자리잡은 아담한 농가(農家)는 조용하면서도 깨끗했다.

귀제갈은 농가를 향해 걸음을 옮겼다.

대해문이 해남도에 깔아놓은 삼백여 개의 비밀 거처 중 하나로 대해문에서와 똑같이 업무를 처리할 수 있는 곳이다.

'후후! 창파문, 해주문…… 단애지투를 비약의 발판으로 삼겠다는 건데…… 본격적으로 본도 싸움에 관여할 만큼 컸다 이건가.'

귀제갈의 머리 속에 창파문 소문주와 화향 부인의 얼굴이 스쳐 갔다.

창파문과 해주문은 워낙 오랫동안 싸움에 가담하지 않은 채 방관만 해왔다.

전력을 손상시키지 않고 세력을 키울 수 있는 좋은 방편이다. 하나, 본도 무인들에게는 그들의 무위와 능력을 인정할 수 없게끔 만드는 요소가 되기도 한다.

창파문 소문주는 능력을 제대로 인정받지 못해서 문주 양위까지 뒤로 미루고 있다. 해주문도 창파문과 비슷한 입장이어서 문주 계승을 해도 예전처럼 남해십이문의 한 문파로 인정받을 수 있도록 무위를 선보일 필요가 있다.

이들 두 문파에 이번 단애지투는 해남무림의 진흙투성이 싸움에 몸을 더럽히지 않으면서도 능력을 보여주고 인정받을 수 있는 절호의 기회였다.

창파문은 십육대교두를 내보낼 것이다. 또 해주문은 말했던 바와 같이 일심천녀를 내보낸다.

하지만 그들을 얕보면 큰코다친다. 아마도 그들은 암암리에 갈고닦은 비장의 검일 가능성이 높다.

'금하명의 무위는 파악하지 못했겠지. 대충…… 벽파해왕이나 천소사굉에게 맞췄을 거야. 무공, 암산…… 어떤 식으로 공격하든 천소사굉이나 벽파해왕은 죽일 수 있다고 자신했다면…… 결코 쉬운 상대가 아니지. 후후후!'

창파문 십육대 교두 혹은 일심천녀들과 천소사굉의 싸움? 말도 안 된다. 창파문 소문주와 화향 부인을 보기 전이었다면 코웃음을 쳤으리

라. 지금 다른 오문 문주들이 그러는 것처럼.

하지만 귀제갈은 창파문 소문주의 차분한 얼굴 속에, 해주문 화향 부인의 요염한 눈길 속에 깃들어 있는 자신감을 읽었다.

다른 사람들의 눈은 피할 수 있어도 평생 남만 관찰해 온 자신의 눈까지야 피할 수 있으랴.

무공 대결이라기보다는 암습에 가까우리라. 정파 무인의 합공이라기보다는 사파 무인들의 비열한 술수에 가까우리라.

'후후후! 후후후……!'

귀제갈은 웃음이 실실 새어 나오는 것을 억지로 참았다.

창파문, 해주문…… 의도는 좋지만, 그들은 큰 실수를 저질렀다.

자신들이 노리는 자가 어떤 자인지 정확하게 파악치 못했다는 건 치명적인 실수다.

금하명이라는 인간은 일 년 전만 해도 백팔겁의 도움이 없었다면 진작 죽었을 자다. 노도문 사천혈검을 억지로 이긴 자다.

그런 자가 일 년 만에 절정무인이 되어 돌아왔다.

해남무림에서 일섬단혼이 패배하리라고 생각한 사람은 아무도 없다. 그러나 패했다. 해남무림에서는 더 이상 도전할 사람이 없다고 여긴 사람인데, 도전을 받았고 패했다.

벽파해왕을 노린다는 점은 예측 가능했다. 하지만 벽파해왕의 조검이 꺾일 것을 예측한 사람은 아무도 없다.

천소사굉도 그렇다. 누가 감히…….

천풍문주가 낫에 베인 벼처럼 넘어갈 때는 놀라지도 않았다.

금하명이라는 자는 그런 인간이다. 상식 너머에서 움직이는 인간이라 예측 자체를 못하게 만드는 위인이다.

그런 인간을 넘어뜨리려면 두 가지 방법을 동시에 써야 한다.

금하명, 그와 똑같은 인간을 붙여놔야 한다. 무공, 생각, 행동…… 도무지 어디로 튈지 알 수 없는 인간만이 상대가 될 수 있다.

귀제갈이 판단하기로 해남무림에서 그런 인간은 딱 두 사람밖에 없다.

남해검문주와 대해문주.

두 번째로는 대라 신선도 빠져나올 수 없도록 완벽한 올가미를 걸어야 한다.

이 두 가지 방법을 동시에 전개하지 않고는 하늘의 뜻에 따른다는 식의 막연한 기대감밖에 갖지 못한다.

'창파문과 해주문…… 상당한 노고를 기울인 자들일 텐데 파리 목숨이 되는군.'

아무리 고쳐 생각해도 창파문이나 해주문보다는 금하명에게 더 무게가 쏠리는 것은 어쩔 수 없다.

농가를 이십여 보쯤 남겨뒀을 때, 그는 문득 걸음을 멈췄다.

"어주, 늦었구먼."

"죄송합니다."

지척이라고 할 수 있을 만큼 가까운 곳에서, 그러나 모습은 드러내지 않은 채 음성만 들려왔다.

"독사어들이 실패했더군."

"……."

"실패를 인정하나?"

"빙사음이 끼어들었습니다. 예측하지 못했던 변수라서……."

"그 말은 실패를 인정한다는 말이군."

"……."

"쯧! 실패했군, 실패했어. 어주가 실패를 다 했어."

귀제갈은 실패 소식을 접하면서도 기분이 나쁜 것 같지 않았다. 아니, 오히려 즐거워 보였다.

"어주, 예측하지 못하는 변수란 없는 것이네. 빙사음에게서 눈길을 떼지 않았다면 남해검문에서 나온 걸 알았을 테고, 금하명과 빙사음의 인연을 생각해 보면 끼어드는 건 시간문제였지."

"……."

"후후! 어주, 내가 귀제갈이네. 귀제갈인 내가 자네의 행동을 예측하지 못했다고 생각하는가? 빙사음에게서 눈길을 거뒀다고 보나?"

"그 말씀은……?"

"이번 일은 빙사음으로 하여금 대해문에 검을 겨누도록 하는 게 목적. 어주는 실패했네만, 난 성공했지. 어주가 성공했다면 내가 실패했을 테고."

"그랬군요. 몰랐습니다."

어주의 음성은 담담했다.

"섭섭해하지 말게. 세상이 다 그런 것 아닌가. 물고 물리고, 찢고 찢기고. 그건 그렇고…… 청홍마차는 어디 있지?"

"정오 보고로는 칠성산(七星山)에 도착했다고 했습니다."

"칠성산이라…… 그럼 오지산에 도착하려면 빨라야 칠 일이겠군."

"현재 속도로는 그렇습니다."

해남무림인들 대부분이 청홍마차가 무엇 때문에 섬을 일주하는지 알지 못한다. 금하명이 마인이라는 오명에서 벗어난 지금은 더욱 어리둥절해한다.

귀제갈은 일섬단혼의 뜻을 짐작해 냈다.
　일섬단혼은 금하명이 해남무림에 들어와 비무를 하게 된 근본적인 원인을 꼬집고 있는 게다. 남해검문이 금하명에게 귀사칠검을 전수해 주지 않았던들, 그가 해남도에 들어왔겠는가. 한걸음 더 꼬집어 대해문이 귀사칠검을 만들지 않았다면······.
　금하명이 해남무림을 헤집고 다니게 된 근본 원인이 해남무림에 있으니 그를 적으로 삼아서는 안 된다는 점을 역설할 게다.
　단애지투가 끝날 때까지는 섬을 일주하지 못한다. 일섬단혼도 알고 있다. 그럼에도 계속 섬을 도는 이유는 혹시나 단애지투에서 살아났을 경우에 대비해서다. 혹여 단애지투를 인정하지 않는 무인들이 계속 검을 들이댈까 봐.
　금하명은 단애지투에서 목숨만 건지면 된다. 그럼 그는 영원히 해남무림에서 벗어날 수 있다. 남해검문과 대해문이 청기를 뽑아 자신들의 과오를 인정한다는 전제 조건이 붙지만.
　"삼박혈검과 추명파파는?"
　"······."
　"어주, 즉답이 나오지 않는다는 말은 꼬리를 잡혔다는 뜻으로 받아들여도 되겠나?"
　"백석산(白石山)을 뒤지고 있습니다."
　"······."
　이번에는 귀제갈이 말문을 닫았다.
　고개를 갸웃거리기도 하고, 미간을 찡그리기도 하고······ 예상과 맞지 않은 결과라는 게 얼굴 표정에 뚜렷하게 나타났다.
　"구령각의 정보라는 건 손아귀에 틀어쥐고 있으니······ 그들 정보로는 늙은이들이 움직이는 데 한계가 있지. 다른 게 있어. 모르는 게 있었나 본데…… 뭐지?"

"백팔겁을 기억하십니까?"

순간, 귀제갈의 얼굴이 환해졌다.

"하하하! 그랬군. 야괴…… 쯧! 이래서 미리 야괴를 찾으라고 하지 않았던가. 결국 강적을 만들고 말았군. 야괴 같은 자는 눈에 띄면 하찮은 벌레가 되지만, 어둠 속에 숨어 있으면 천하의 골칫거리로 둔갑하지. 쯧쯧! 밀당과 독사어가 벌레 한 마리 찾아내지 못하다니. 자네들을 탓해야 하는 건지, 야괴를 칭찬해야 하는 건지……."

말은 그렇게 했지만 마음속으로는 이미 야괴를 칭찬하고 있었다.

자신의 안방에 들어온 적을 두 눈 멀거니 뜨고 찾지 못한다면 말이 안 된다. 그것도 정보 수집과 추적에서 고도의 훈련을 받은 무인들이 총력을 기울이고도 찾지 못했으니.

야괴…… 적이 되고 말았지만 칭찬해 줄 만한 자다.

하지만 칭찬은 칭찬이고, 처리해야 할 일은 처리해야 한다.

"어주, 삼박혈검이나 추명파파는 신경 쓰지 말고…… 그들이야 야괴만 사라진다면 머리 없는 몸통이 되는 게지. 기간은 삼 일. 야괴 머리를 가져와. 금하명의 단애지투가 끝날 때쯤이면 좋겠군."

삼박혈검과 야괴가 같이 있다는 보고는 다른 쪽으로 바꿔서 생각하면 이제는 야괴의 종적을 잡았다는 말도 된다.

"눈엣가시였는데…… 잘됐군요."

어주의 음성에서 진한 피비린내가 풍겨 나왔다.

"이렇게 되면 살각과 전각에 막대한 피해를 끼친 야괴란 놈을 우리가 보호해야 되는 건가?"

귀제갈이 농가 안으로 들어가고, 어주 또한 사라진 후…… 그러고도 일 다경(一茶頃)이란 시간이 경과한 후 나직한 음성이 흘러나왔다.

"후후! 야괴를 보호한다는 것은 명분이겠지. 사실은 저 어주란 놈을 도륙하고 싶은 것 아냐?"

"아직도 모르겠어?"

"……?"

"후후! 잊어버렸나 보군. 만홍도에서 저놈을 만난 적이 있지."

"음유탄검(陰柔彈劍)!"

"우리 둘의 발걸음을 붙잡은 놈이야. 당시는 승부를 보지 못했지만 이렇게 만났으니 끝을 봐야 하지 않나."

"그렇군. 음유탄검이었어."

중얼거리는 음성 속에 칙칙한 기운이 묻어났다. 말을 듣다 보면 끈적끈적한 점액질이 온몸에 달라붙는 착각이 든다.

음양쌍검 중 음살검이다.

"놈이 어디로 갔나 했더니…… 이런 곳에서 귀제갈 밑이나 닦아주고 있었군."

비린내가 풀풀 날리는 피 냄새, 양광검이다.

"이렇게 만난 것도 인연인데…… 저 쥐새끼한테도 선물을 주고 가야 되는 것 아닌가?"

음살검이 농가를 쳐다보며 말했다.

"절호의 기회지만 놔둬. 놈이 살아 있어야 대해문주의 명줄을 끊을 수 있어. 놈이 대해문주를 노린다고 하잖아."

"후후! 쥐새끼도 대가리가 크니까 고양이를 물려고 하는군."

"고양이 같으면 물 수도 있지. 하지만 저놈은 호랑이를 물려고 하잖아. 장담하지만 저놈은 우리가 손대지 않아도 제 명에 죽지 못할 거야. 우린 그만 가자고. 좋은 싸움이 될 거야. 음유탄검과 독사어 대 음양쌍검과 야괴라."

스스슥……!

잡초들만 무성한 수풀이 미풍에 흔들리는 듯 부드러운 음직임을 보였다. 아주 잠깐 동안만.

❸

야괴는 결코 서둘지 않았다.

숨을 멈추고 주위를 살폈다. 두 귀는 풀벌레 소리, 나뭇잎 떨어지는 소리도 놓치지 않았다.

백팔겁이 살아 있어서 지금과 같은 싸움을 벌인다면 아주 좋아했을 게다. 신바람나서 펄쩍펄쩍 뛰는 놈도 있을 게다.

먼저 발견되는 놈이 죽는 싸움.

정통 무인들 가운데서도 상당한 경지에 오른 남해검문의 살각, 전각 고수들조차 백팔겁을 발견해 내지 못했다.

특히 살각 무인들은 적엽은막공을 사용했다. 백팔겁이 펼치는 은신술보다 적어도 두어 단계는 윗길에 있는 무공이다. 백팔겁의 은신술은 잔재주 나부랭이지만 적엽은막공은 무공으로 분류해도 손색이 없다.

그럼에도 살각 무인들은 백팔겁을 발견하지 못했다.

은신술도 누가 어떻게 펼치느냐에 따라 하늘이 될 수도 있고, 땅으로 전락하기도 한다.

야괴는 은밀히 손가락을 움직여 한곳을 가리켰다.

백석산이라는 말 그대로 하얀 바위만 있을 뿐 별다른 이상을 발견할 수 없는 장소다.

쉬익!

삼박혈검은 병아리를 낚아채는 매처럼 득달같이 달려들었다.

제비가 넘실거리는 파도 위를 날듯 부드럽고 빠른 신법, 비연약파(飛燕掠派)가 절정으로 펼쳐졌다.

쒜에엑!

허공에서 뽑아 든 장검은 둥그런 원을 그리며 섬광처럼 하얀 바위를 쪼개갔다.

해무십결 중 제칠결 월광참이다.

파잇! 파아잇……!

하얀 바위가 쩍 갈라지며 붉은 핏줄기가 무지개처럼 피어났다.

비명은 없었다. 땅을 파니 우물이 솟구치듯 핏줄기가 뿜어져 나왔을 뿐이다.

검을 한 번 더 휘둘러 하얀 바위를 휘저으면 흰 가죽을 뒤집어쓴 채 죽어 있는 자들을 발견하게 될 것이다.

삼박혈검은 미련한 짓을 하지 않았다. 미련한 짓을 하다가 호되게 당할 뻔한 경험은 한 번이면 족하다. 잠시만 머뭇거리면 땅에서, 허공에서 불쑥불쑥 튀어나온 검들이 목숨을 노릴 것이다.

발이 땅에 닿는 순간 곧바로 치솟아올랐고, 쏘아져 왔던 곳으로 되돌아갔다.

또 침묵이 흐른다.

하얀 바위에서 흘러나온 핏물이 경사를 타고 흘러내릴 뿐, 주위에는 조그만 변화도 일어나지 않았다.

"클클! 지독한 놈들이군. 어떻게 해남에 이런 놈들이 존재할 수 있나. 귀제같이 괴물들을 만들어냈어. 이렇게 부딪쳤으니 망정이지 모르고 부딪쳤다가는 꼼짝없이 당할 뻔하지 않았나."

삼박혈검의 투덜거림은 혼잣말에 불과했다.

추명파파가 옆에 있지만 눈빛만 날카롭게 빛낼 뿐 맞장구칠 생각이 없는 듯했다.

추명파파와 삼박혈검이 모습을 환히 드러내 놓고 있어도 공격을 받지 않는 것은 오로지 암중에 숨어 있는 야괴 덕분이다. 자연과 완전히 동화되어 흔적을 찾아볼 수 없는 야괴라는 존재가 대해문 실수로 짐작되는 자들의 검을 막고 있다.

먼저 움직이는 자는 죽는다.

삼박혈검과 추명파파가 한 번도 경험해 본 적이 없는 기묘한 싸움이다.

삼박혈검과 추명파파에게도 야괴를 숨겨줄 의무가 있다.

야괴는 손가락으로 적이 숨어 있는 곳을 가리킨다. 적이 눈치채지 못할 만큼 지극히 미세한 움직임으로.

그 움직임을 감춰줘야 한다.

눈동자가 한곳에 잠시만 머물러도 눈치챌 것이다. 부단히 사방을 둘러봐야 한다. 그런 와중에도 야괴가 가리키는 장소를 놓치지 말아야 한다.

성동격서(聲東擊西)의 계(計)도 써봤다.

야괴가 손가락을 움직이는 순간 추명파파가 엉뚱한 곳을 공격한다.

눈길을 잡아끌어 자신에게 집중시키고자 하는 의도에서. 연후, 삼박혈검이 진정한 곳을 공격한다.

이런 방법은 딱 두 번 만에 발각되었다.

추명파파가 신형을 날리는 찰나, 삼박혈검의 눈길이 머문 곳. 적들은 정확히 그곳을 타격해 왔다.

적의(敵意)를 드러내면 기감으로 느낄 수 있다. 살기 또한 읽을 수 있다. 풀잎에 옷자락이 쓸리는 소리, 무엇엔가 땅이 긁히는 소리도 들을 수 있다.

적들은 기감으로도 느낄 수 없고, 두 귀로도 들을 수 없는 고도의 은신술을 사용하여 접근해 왔고, 지척에 이르러서야 살기를 드러냈다.

적들의 움직임은 삼박혈검이나 추명파파보다도 야괴가 먼저 발견해 냈다.

그는 적들과 같은 은신술로 자리를 이덜해 다른 곳으로 이동했고, 타격하는 적들을 오히려 받아치기까지 했다.

삼박혈검과 추명파파도 다급히 무공을 펼쳤지만 적이 공격해 온 다음, 한 수 늦은 반응이었다. 남해검문 장로가 될 만큼 고강한 무공을 지닌 덕분에 적들을 베어내긴 했지만 정말 아찔한 순간이었다.

같은 방법은 두 번 사용할 수 없다.

지면이 움직인다. 벌레가 기어가는 듯 미미하게 꿈틀거린다. 움직임은 점점 위로 추켜올려졌고, 바싹 말라 죽은 나무를 가리키는 순간 뚝 멎었다.

삼박혈검과 추명파파는 움직임에서 일 장쯤 벗어난 곳을 동시에 봤다. 그후 추명파파는 곧바로 신형을 쏘아냈고, 거의 같은 순간에 삼박혈검도 신형을 날릴 듯 움찔거리다가 경계로 돌아섰다.

추명파파의 폭멸검은 가히 절정에 이르렀다.

남해검문에서 추명파파처럼 폭멸검의 정수를 제대로 펼치는 사람도 없을 게다.

해무십결 제사결이라 남해검문 문도치고 모르는 자가 없는 초식이지만, 추명파파가 펼치는 순간 폭멸검은 초식이 아니라 절정무공으로 둔갑한다.

검세가 어찌나 강한지 말라 죽은 나무가 두 동강으로 갈라졌다.

나무는 나무가 아니었다. 사람이었다. 사람이 나무 탈을 쓰고 서 있었다면 꼭 맞는 표현이 될 것이다.

사람의 허리를 두 동강 낸 무인이라면 모두가 동감하겠지만 두 번 다시 그런 검은 펼치기 싫을 게다.

상반신이 허공을 날아 나뒹구는 모습은 어느 죽음보다도 참혹하다. 핏물과 내장이 뒤범벅되어 솟구치는 모습도 목불인견(目不忍見)이다. 잘린 하반신이 본능적으로 허우적허우적 걷는 모습도 영원히 뇌리에서 지우지 못할 악몽이다.

한데도 추명파파는 유독 허리만 자른다.

죽음을 재차 확인하지 않아도 되는 필살검(必殺劍)이기 때문이라는데…… 평소에도 강직한 면이 남다르지만 검 앞에서는 어찌나 냉혹하게 변하는지.

추명파파는 허공을 날아 되돌아오면서 검에 묻은 피를 뿌렸다.

"쯧! 나이가 들면 단단하던 뼈도 물렁거리는데, 그놈의 성깔은 어찌 변할 생각을 않누."

"인생을 돌아볼 여유도 주지 않는 영감보다야 내가 훨씬 인간적이지. 그래도 죽는 줄은 알고 죽으니까 낫잖아."

보통 사람들은 검이 배를 파고드는 순간 정신을 잃어버린다. 검이 등뼈를 자를 때쯤이면 혼도 놓아버린다. 하지만 무인은 검이 완전히 반대쪽으로 빠져나가 양분된 후에도 정신을 놓지 않는다.

그는 죽음을 느낀다. 도저히 살지 못한다는 것을, 아무리 기적을 바라도 결코 그런 일이 벌어지지 않을 것이라는 걸 깨닫는다.

순간적으로 많은 사람들의 얼굴이 스쳐 지나갈 것이다. 행복을 안겨준 사람들, 불행을 몰고 온 사람들…… 어떤 사람에게는 안녕을 고하고, 어떤 사람에게는 미안함을 전하고…….

그렇게 죽는 것이 나을까? 아니면 죽는 줄도 모르고 죽는 것이 나을까. 아무래도 후자가 나을 것 같은데, 추명파파는 마지막 인사는 하는 편이 낫다며 전자를 고집한다.

"클클! 낫기도 하겠다."

삼박혈검은 말을 하는 중에도 눈을 부라려 사방을 살폈다.

적들이 다가오고 있다. 단지 느낌일 뿐이지만 확실하다. 자신과 추명파파가 쳐다보았던 곳, 야괴에게서 일 장 떨어진 곳을 공격하기 위해 다가선다.

손에 장을 지지라면 지지겠다고 확언할 수도 있지만…… 도무지 종적이 감지되지 않는다.

'클클! 이놈들!'

'어딜!'

삼박혈검과 추명파파는 동시에 움직였다.

땅거죽이 들썩거린다 싶은 순간 검 열 자루가 불쑥 솟구쳤다.

여섯 자루는 야괴와 일 장 떨어진 땅을 뒤집었다. 네 자루는 삼박혈검과 추명파파를 동시에 공격해 왔다.

공격해 오는 곳은 네 검 모두 전면.

죽기로 작정하고 검을 날리면서 목적하는 것은 딱 하나, 장검 여섯 자루가 야괴를 도륙할 동안만 두 노인의 발길을 붙잡아놓으려는 심산이다.

삼박혈검은 해무십결 중 제일결(第一訣) 파랑검(波浪劍)을 펼쳐 밀려오는 검광을 쓸어냈다.

해변으로 밀려오는 파도를 보았는가.

첫 파도가 부서졌다 싶은 순간 두 번째 물결이 밀려온다. 두 번째 물결을 지켜볼 때 옆에서는 다른 물결이 부서진다.

파도가 밀려오는 모습은 규칙적인 것 같다. 하나, 자세히 보면 상당히 불규칙하다.

파랑검의 묘리는 파도에 있다.

파도를 조정하는 것은 바람, 파랑검을 움직이는 것은 진기다. 실질적으로 움직이는 파도는 검이다. 진기의 움직임이 불규칙할수록 파랑검의 변화도 난해해진다.

거기에 한 가지 묘리가 더해진다. 눈으로 보이는 파도는 넘을 수 있다. 하나, 식별할 수 없는 빠름으로 짓쳐오는 파도는 피하지 못한다.

파랑검 일식은 이렇게 완성된다.

남해검문도가 제일 처음으로 배우는 검초다.

이식은 검을 든 후, 최소한 삼십 년은 지나야 흉내나마 낼 수 있다.

바다 한가운데서 일어나는 폭풍을 접해보았나. 십여 장 높이로 솟구쳤다가 후려갈기는 파도를 겪어보았나.

묘리는 일식과 같다.

진기는 바람이고, 검은 파도다. 단지 검이 거대한 파도를 일으킬 수 있도록 강력한 내공이 뒷받침되어야 한다.

일 갑자(一甲子) 정도 정순하게 내공을 수련한 자가 파랑검을 펼친다면 이 세상에서 집어삼키지 못할 것이 없으리라.

삼박혈검이 펼친 검은 파랑검 이식이었다.

꽈득! 꽈지직……!

검과 검이 부딪쳤는데, 한쪽 검만 일방적으로 부서졌다.

유리 조각처럼 갈라지고 찢겨진 검편(劍片)이 암기가 되어 쏟아져 갔다.

검 네 개 중 두 개가 부서졌고, 전신에 검편을 박은 시신 두 구가 늘었다.

그가 쳐낸 검은 모두 세 개였지만 검편은 시신을 두 구밖에 만들지 못했다. 추명파파의 검이 두 명의 몸뚱이를 허리에서부터 분리시켜 놓았으니까.

그동안 엉뚱한 곳을 헤집은 검 여섯 자루도 무사하지 못했다.

탁!

지극히 적은 소리였지만 명확히 들을 수 있는 소리가 울렸다.

적들도, 삼박혈검이나 추명파파도 결코 놓치지 않을 소리였다. 하지만 지금은 모두 놓쳤다. 장검들이 부서지는 소리는 겨우 동전 두 개가 부딪친 정도의 소리를 흔적없이 집어삼켰다.

파파파파팟!

어디서 날아왔는지 모를 우모침(牛毛針)들이 방원 반 장에 빼곡히 틀어박혔다.

"엇!"

다른 검들을 향해 신형을 날리려던 삼박혈검이 깜짝 놀라 황급히 물

일분경운(一分耕耘), 일분수확(一分收穫) 45

러섰다.

땅은 움직임을 잃었다.

아침부터 저녁까지, 삼박혈검과 추명파파는 한 걸음도 나아가지 못하고 살검만 휘둘렀다.

백석산이 혈석산으로 변했다. 하얀 바위들이 붉은 바위로 바뀌었다. 곳곳에서 흐른 핏물이 한데 모여 내를 이뤘다.

죽은 자들이 오십여 명에 이른다.

그렇게 많은 사람들이 목숨을 내놨건만 비명은 단 한 번도 울리지 않았으니 치가 떨리도록 독한 자들이다.

"클클! 꼬박 하루 동안 이 짓을 했는데, 얼마나 더 죽여야 하는 거야. 이놈들은 목숨이 아깝지도 않나? 이런 방법, 저런 방법 모두 통하지 않았으면 스스로 알아서 물러서야 될 것 아냐. 안 그래, 망구?"

추명파파는 삼박혈검의 말을 귓가로 흘려들었다. 대신 하루 종일 숨어서 귀신놀음을 하는 야괴에게 신경질을 부렸다.

"야괴! 다른 방법 없나! 여기서 이렇게 발길을 잡히는 동안 다른 곳으로 빼돌리기라도 하면 어쩔 텐가! 고작 아는 방법이라는 게 이런 것뿐인가!"

말을 들었는지 땅이 스멀스멀 움직였다.

다른 때와는 움직임이 달랐다. 손가락만 까딱하는 정도가 아니라 몸 전체를 움직인다.

땅에 그림을 그리듯 서서히 인간 형태가 잡혀가는가 싶더니 불쑥 일어서기까지 한다.

"엇! 그렇다고 일어서면……"

야괴의 돌연한 행동은 추명파파를 당황하게 만들었다. 움직이지 않는다고 역정을 내기는 했지만, 그렇다고 일어서기까지 하면 어쩌는가.

약간만 의심쩍어도 공격을 해왔는데, 신형을 환히 드러낸 다음에야 말해 무엇 하랴.

야괴는 몸을 완전히 일으킨 후, 은신복까지 벗었다.

삼박혈검과 추명파파는 그제야 막강한 기운을 느끼고 뒤돌아봤다.

사십여 장쯤 떨어진 곳에서 이남일녀가 걸어왔다.

야괴보다 그들이 먼저 감지했어야 할 기척이거늘.

신경을 멀리 확산시킨 자와 주위로 밀집시킨 자의 차이는 이토록 컸다. 무공의 차이가 명확하게 갈라지는데도 두 사람은 감지하지 못했고, 야괴는 감지해 냈으니까.

이남일녀는 순식간에 코앞으로 다가왔다. 그리고 그중 큰 키에 근엄한 얼굴을 지닌 노인이 말했다.

"네가 야괴란 놈이냐! 쓸 만한 잔재주를 지녔구나. 본 문에 검을 든 행위는 괘씸하다만 공과는 차후에 따지기로 하고, 어서 하 부인이 있는 곳으로 안내해라!"

명옥대검이었다. 그리고 그 옆에 있는 키 작은 노인은 칠보단명이었으며, 한 명의 여인은 빙사음이었다.

야괴는 씩 웃었다.

"말씀이 과하시오."

"뭐야!"

"이 몸은 남해검문도가 아니오."

"후후후! 네놈이 겁을 상실했구나. 그러니까 내 말이 귀에 거슬린단 말이냐!"

야괴는 진땀을 흘렸다.

명옥대검의 눈빛은 금방이라도 검을 뽑을 듯 강렬했다.

단지 눈빛만으로 야괴를 움츠리게 만들 자, 세상에서 몇 명 되지 않으리라.

'진정한 고수! 남해검문의 진체(眞體)다! 내가 상대할 수 없는 고수. 은신술을 펼쳐도 단번에 찾아낼 사람이야. 이 사람을 암살하라면…… 석 달은 걸리겠어.'

'제법 뼈대가 굵은 놈이군. 그러니 겁없이 본 문에 검을 들이댔지. 음양쌍검의 적수로도 부족치 않은 놈이야.'

잠깐 눈길이 마주치는 동안 두 사람은 각기 다른 생각을 했다.

야괴는 저항을 포기했다.

명옥대검은 그가 상대할 부류가 아니다. 삼박혈검이나 추명파파도 강하지만 명옥대검은 한층 강하다. 두 사람이 합공을 펼쳐야 간신히 상대할 수 있을 정도로.

같은 장로인데…… 이렇게 다를 수가 있는가.

명옥대검은 전혀 다른 생각을 했다.

'근본이 살(煞)을 맞은 놈은 아냐.'

흉기도 쓰기 나름이다. 야괴 같은 자를 잘만 쓰면 음양쌍검에 못지 않은 훌륭한 칼이 될 것 같다.

두 사람 모두 극심한 살기는 일으키지 않았다.

그때 빙사음이 두 사람 사이를 파고들었다.

"청부를 맡았다고 들었어요. 금하명 공자님보다 먼저 죽어야 한다면서요?"

눈이 휘둥그레질 만큼 아름다운 미녀다. 미색으로 이름을 날린 기녀들도 숱하게 보아왔지만 눈앞의 여인처럼 단숨에 심혼을 빨아 당기는 미녀는 본 적이 없다.

"그거야 옛날 말이지."

야괴는 엉겁결에 대꾸했다.

"백팔겁이 청부를 포기하겠다는 건가요?"

"금하명이 내 보호를 필요로 할 때 이야기란 말이오. 천소사굉까지 꺾은 놈이니 지금은 오히려 날 보호해 달라고 사정해야 할 팔자."

"그래서요?"

야괴는 눈살을 찌푸렸다.

딱 두어 마디 나눴을 뿐인데 속내를 드러내고 말았다. 느닷없이 불쑥 끼어든 말에 대꾸를 한다는 것이.

"무엇이 궁금한 거요?"

웬지 자꾸 위축이 된다. 명옥대김과는 덩덩히 맞실 수 있어도 이 여인 앞에서는 숨조차 크게 쉴 수 없다. 말 한마디라도 따뜻하게 들려야 하는데…… 투박하기만 한 자신의 말투가 원망스럽다.

빙사음은 망설이지 않고 단도직입적으로 물어왔다.

"하 부인을 구하려는 의도요. 제가 짐작해 볼게요. 청부는 무용지물이 되었죠. 금 공자는…… 야 대협께서 어쩌지 못할 거목이 되었으니까요. 그래서 청부 대상을 금 공자 대신 하 부인으로 변경한 게 아닌가요? 하 부인을 보호하기로."

야괴는 빙사음의 말을 무시했다.

"소저는 죽은 사람들이 보이지 않소? 무공이 높으니 알아맞혀 보시오. 틈이 생기면 검을 들이댈 자가 몇 명이나 숨어 있는 것 같소?"

속을 빤히 읽힌다는 건 아무래도 불쾌하다. 그는 대답을 기다리지 않고 고개를 돌려 명옥대검을 쳐다보며 말했다.

"공과는 차후에 따진다고 하셨으니 길을 열어주시죠. 나라면 저쪽 계곡에 숨겨놓겠는데."

그가 가리킨 곳은 백석산 계곡과 강물이 접하는 부근이었다.

확실히…… 적을 앞에 두고 할 생각이 아니란 건 안다.

방금 전까지만 해도 죽고 죽이는 싸움을 했다. 적들을 완전히 베어 낸 것도 아니고…… 얼마나 많은 자들이 숨어 있는지는 야괴 자신도 모른다. 지금까지 발견해 낸 자들도 한 명, 한 명 인내의 대결에서 이긴 결과로 거둬들인 성과일 뿐.

그래도 하지 않을 수 없다. 여인이…… 난생처음 가슴을 울렁거리게 만든 여인이 엉뚱한 생각을 하게 만든다.

'이 여자…… 금하명을 사랑하나?'

앞서 나가는 여인의 체취가 고스란히 맡아진다.

이런 일이 없었는데…… 여인을 느끼면 느낄수록 전신 기력이 급속하게 빠져나간다. 팽팽하게 전신을 휘감던 기운들은 모두 어디로 사라졌는지…… 검조차도 무겁게 느껴진다. 아니다. 중요한 것을 잃어버린 것처럼 크나큰 상실감이 밀려온다.

여인은 금하명에게는 '공자'라는 말을 사용했고, 자신에게는 '대협'이란 칭호를 주었다. 공자보다는 대협이란 칭호가 훨씬 높은 말이지만, 그만큼 거리가 멀게 느껴진다.

처음 만났기 때문에 대협인가?

아니다. 앞으로 십 년을 곁에 있어도 대협이란 칭호는 바뀌지 않을 것이다. 금하명이 공자라는 칭호를 듣는 한은.

남의 가슴을 아프게 한 여인은 어떤가. 그녀의 마음은 편한가?
그녀도 아프다.

여인의 무표정한 얼굴 속에는 쓸쓸함이 배어 있다. 활짝 웃는 모습도 쓸쓸하다. 억지로 기운을 내려는 의식적인 행동일 뿐, 마음이 즐거워 웃는 것은 아니다.

'하 부인'을 말할 때마다 심장이 얼어버린 사람 같은 표정을 짓는 것도 마음에 들지 않는다.

'금하명…… 복도 많은 놈이구나. 하 부인 같은 여자에 이런 여자까지. 이럴 줄 알았으면 차라리 청부를 받지 않는 건데.'

야괴는 처음으로 살수가 된 것을 후회했다. 아니, 백팔겁을 해남도로 불러들인 귀제갈을 원망했다.

이 순간만은 막대한 은자로 호의호식하고 있을 식솔들의 모습이 떠오르지 않았다. 목숨을 내던지며 벌고자 했던 은자였긴만, 평생 만져보지도 못할 거액이건만 휴지 조각보다 값없게 느껴졌다.

살수가 청부자를 원망한다는 것, 살수가 된 목적을 망각한다는 것…… 어찌 봐야 하는가.

'나도 끝났군. 이런 생각을 하다니…… 죽을 날이 가까워졌어.'

第三十章
용진흘벼적역량(用盡吃奶的力量)
젖 먹던 힘까지 다한다

용진흘벼적역량(用盡吃奶的力量)
…젖 먹던 힘까지 다한다

해남무림은 바다와 같은 곳이나. 싶이를 알 수 없고, 일마나 넓은지도 파악할 수 없다. 나타나는 사람들마다 하나같이 고수 아닌 사람이 없고, 검에 일가를 이루지 않은 사람이 없다.

"귀하를 초청할까 하오."

정중하게 포권지례까지 취하며 인사를 하는 삼십대 장한의 몸에서도 검의 예기가 물씬 풍겨난다.

"물론 목숨에 위협을 느낀다면 거절해도 좋소."

사뭇 도전적인 어투다.

"왜 초청하는 건데? 아! 이해해 주기 바라. 이놈의 섬은 온통 목숨을 노리는 사람들 천지라서 말이야."

장한의 검미가 꿈틀거렸다.

"함정을 파놨소. 당신이 겪은 천소사굉이나 벽파해왕도 빠져나갈 수 없는 함정이라고 자신하오만……."

"그거야 예상했던 일이고. 말투가 낯서네? 오랜만에 고향 말을 들어본 것 같아. 복건어(福建語)와 비슷한 것 같으면서도 조금 달라. 이곳 사람들이 쓰는 말투도 아니고."

"뇌주에서 왔소."

"해주문?"

"창파문이오."

장한은 동생뻘 되는 자가 인상이 찡그려질 만큼 무시를 하는데도 시종일관 공손했다.

"함정을 파놨다고 했지?"

"빠져나갈 수 없는 곳이라는 말도 했소."

"그런데도 내가 갈 거라고 생각하고?"

"단애지투를 선택한 배짱이라면 사양치 않을 거라는 생각이오."

"후후! 잘못 생각했군. 큰 착각이야."

"초청에 응하지 않겠다는 말이오? 실망이 크군. 죽여야 할 자이지만 배포 하나는 크다고 여겼는데."

장한은 노골적으로 비웃었다. 입가에 걸린 웃음도, 눈도 경멸로 가득 찼다.

금하명은 조롱쯤은 달관한 사람처럼 담담했다.

무인이 지녀야 할 요소 중 가장 중요한 것이 평정심(平靜心)을 유지하는 일이다.

살수들은 눈앞에서 부모 형제가 죽어가도 감정의 변화를 일으키지 않을 만큼 혹독한 수련을 받는다.

사랑하는 사람, 벗, 아침을 같이 먹은 동료…….

그들의 죽음에 분노할 정신이 있으면 상대를 죽이는 데 집중하는 데 쓰는 것이 효율적이다.

금하명은 살수들과는 종류가 다른 평정심을 지녔다.

분노해야 할 때 분노할 줄 알고, 급할 때 급할 줄 안다. 조롱이나 경멸쯤은 대수롭지 않게 넘길 줄도 알고, 이상한 소문에 휘둘리지 않는 굳센 정념(正念)을 지녔다.

금하명은 걷기 시작했다.

사내가 움찔거린다. 검을 잡으려는 마음은 있으나 결단을 내리기가 쉽지 않은 듯 망설이기만 한다.

'이겼군. 당신은 상대가 안 돼.'

금하명은 사내 곁을 스쳐 지나며 말했다.

"해남무림인이라면서 아직도 비무지투를 모르나? 이건 내가 당신들에게 도전하는 게 아냐. 당신들이 내게 도전하는 거지. 도전할 의향이 있으면 앞에 나서도록. 어떤 함정도 상관없으니까. 귀찮게 나보고 오라 가라 징징거리지만 마."

날이 어두워졌다. 달과 별은 잿빛 하늘에 묻혀 보이지 않지만 검은 하늘이 아니어서인지 캄캄하다고 느껴지지는 않는다.

시원한 산바람이 밀려와 땀을 말려준다.

걷기 좋은 날씨다.

이름 모를 마을들을 서너 개쯤 지나쳤다.

마을이라고는 하지만 사람이라고는 그림자조차 볼 수 없다. 불이 켜져 있으니 안에 사람이 있는 건 분명한데, 대문을 굳게 걸어 잠근 채 나와보지를 않는다.

처음에는 이상했는데, 이제는 이상하지도 않다. 오히려 움직이는 사람이 보이면 신경 쓰인다. 그들은 십중팔구 검을 섞으려는 무인들일 테니.

어느 산골이나 마찬가지로 이곳 사람들도 날이 어두워지기 무섭게 잠자리에 든다. 불이 켜진 모습을 보는 것도 잠깐, 해가 지고 한 시진 정도만 경과하면 쥐 죽은 듯 조용해진다.

컹컹! 컹컹……!

발자국 소리에 놀란 개가 짖어댔다.

하 부인은 무사한지 염려스럽다.

빙사음에게 그녀를 부탁한 것은 잘한 것 같다. 자신은 막무가내로 쳐들어갈 수밖에 없는 입장이지만, 그녀라면 남해검문의 정보망을 이용해 큰 사단 없이 구출할 수 있을 거라는 기대를 가지게 된다.

'이제 내일과 모레. 이틀밖에 안 남았어. 이대로만 간다면 쉽게 끝낼 수 있을 것 같은데.'

거창하게 단해지투라는 이름까지 걸머진 싸움이 소꿉장난보다 못하다는 생각도 들었지만 목적 자체가 싸움에서 통과로 바뀐 이상 나쁠 것도 없었다.

'어디 가서 눈 좀 붙여…… 음!'

마을을 벗어나자마자 상쾌한 바람은 씻은 듯 가시고 후덥지근한 피바람이 몰아쳤다.

바닷바람처럼 비릿한 냄새가 맡아진다. 하수구 냄새 같기도 하고…… 아니다. 그보다는 훨씬 약하지만 한층 역겨운 냄새다.

금하명은 계속 걸으려다 우뚝 멈춰 섰다.

한 명, 두 명, 세 명…… 이십여 명에 이르는 자들.

'시작이군.'

싸움이 예감된다. 썩 좋은 싸움은 되지 않을 것 같다. 반드시 피를 흘려야 할 싸움, 그러면서도 최상승 무공을 견식하고 펼친다는 무인의 즐거움은 한 올도 느낄 수 없는 싸움.

역겨운 냄새가 어디서 흘러나오는지도 알게 되었다.

이들 몸이다. 어디 똥통에라도 빠졌다가 나온 사람들같이 이물질이 잔뜩 묻은 옷을 입고 있다.

스릉! 스르릉……! 스릉!

한 명이 검을 뽑자 나머지도 검을 뽑았다.

이십여 자루의 검이 잿빛 하늘 아래 요악한 웃음을 토해냈다.

"네놈 말대로…… 찾아왔다. 당당하던…… 자부심으로…… 검을 떨궈봐라."

금하명은 고개를 갸웃거렸다.

음성이 낯익다. 어디서 들어본 음성인데…….

'아!'

부지불식간 경악성이 새어 나오려는 것을 꾹 눌러 참았다.

낮에 보았던 장한이지 않은가. 정중하던 음색이 탁하게 갈라져 나오지만 억양은 틀림없이 그다.

긴장한 탓은 아닌 것 같다. 뭔가 열병에 걸린 사람처럼, 말을 하고 싶어도 목이 말라서 말이 나오지 않는 사람처럼…… 뭐라고 딱히 꼬집어 말할 수는 없지만 비정상인 것만은 틀림없다.

사내들은 병자가 걸음을 옮기듯 어기적어기적 걸어와 주위를 에워쌌다.

'열일곱…… 우욱!'

용진흘내적역량(用盡吃奶的力量)

무심히 수를 헤아리던 금하명은 잿빛 하늘빛에 잠시 드러난 얼굴을 보는 순간 구역질을 토해낼 뻔했다.

나병(癩病)인가?

얼굴에 고름이 덕지덕지 앉아 있다. 화농 정도가 아니다. 뜨거운 불길에 초가 녹듯이 살이 녹아 흐른다. 머리카락은 숭숭 빠져나오고⋯⋯ 옷에 묻은 이물질이 무엇인지는 익히 짐작된다.

나병도 이 정도면 상당히 중한 상태다. 사람을 만나면 돌팔매질을 당하기 십상이다. 물론 마을로 들어설 엄두는 낼 수도 없고.

열일곱 명의 상태가 모두 똑같다.

금하명은 얼굴 윤곽도 알아볼 수 없는 사람들 중에서 낮에 만났던 장한을 찾아냈다.

그 역시 같은 현상을 보이고 있다. 정중하던 모습, 깔끔한 옷매무새는 온데간데없고, 몇십 년 동안 나병을 앓은 흉한 모습이 서 있다.

사람마다 고유하게 가지고 있는 기감을 읽어낸 것이니 사람을 잘못 봤을 리는 없다.

"어떻게 이럴 수가! 겨우 반나절 만에 사람이⋯⋯!"

"천소사굉도 빠져나가지⋯⋯ 못할 함정이 있다고 했지. 크크크! 안 믿은⋯⋯ 모양인데, 안됐군."

머리 속에 섬광처럼 스쳐 가는 생각이 있다.

'전엽초(戰葉草)!'

천약기경(千藥奇經)이라는 의서에는 하나같이 특이한 독초와 영약들만 기재되어 있었지만, 그중에서도 절대 잊어버릴 수 없는 독초가 떠올랐다.

전엽초라는 풀이 있다. 일반적인 풀은 녹색이지만 전엽초는 선혈을 머금은 것같이 붉은빛을 띤다. 잎은 난(蘭)처럼 가늘고 길며, 유액(乳液)을 발라놓은 것처럼 광택이 난다.

눈으로 보게 되면 관상화초로 키울 욕심이 절로 우러날 만큼 아름답다고 한다.

하지만 전엽초에는 맹독이 함유되어 있다. 복용을 하면 살과 뼈가 녹아내리는 고통을 반나절 동안이나 겪다가 결국은 죽는다.

어떤 독성이 어떤 작용을 하는지는 알려지지 않았다.

전엽초를 본 사람이 없으니 치료 방법은 물론이고 독성조차 파악하지 못한 건 당연하다.

바다가 모든 강을 포용한다는 해납백천(海納百川) 혹은 연기의 영역이라는 뜻의 연역(煙域)에서 서식한다고 하는데, 그곳이 어디인지 아는 사람도 없다.

전엽초가 천약기성에 기재될 수 있었던 것은 딱 한 번 모습을 드러낸 적이 있기 때문이다.

무공을 모르는 범인(凡人)과 일류고수가 싸우면 어떻게 될까?

묻는 사람이 어리석다.

한데 그런 일이 실제로 벌어졌고, 의외의 결과가 나타났다.

무공을 전혀 모르던 일단의 무리는 자신들을 전사(戰士)라고 칭했다. 전사이니 싸움만큼은 추호도 사양하지 않는다고. 해납백천의 전사들은 모두 그렇다고.

전엽초의 서식지가 알려지는 순간이었다.

그들은 피가 뚝뚝 흐르는 것 같은 풀을 복용했고, 일약 절정고수에 버금가는 내공을 갖게 되었다.

그것만으로는 일류고수의 초식을 피하지 못한다.

정작 무서운 것은 그들의 녹아내리는 살점들이다. 고름이 되어 흘러내리는 살점은 해약이 없는 극독이었다. 고름이 튀어 살에 닿기라도 하면 강한 초(醋)를 뒤집어쓴 듯 타 들어갔다.

한마디로 내공이 절정에 이른 절대독인이 되는 것이다.

전엽초에 대한 글을 읽을 때는 실소를 금치 못했다.

세상에 그런 독초가 어디 있는가. 설혹 있다고 해도 제 몸이 녹아내리는 줄 빤히 알면서도 복용할 미친놈이 어디 있겠나.

해남백천 전사들은 전엽초를 복용하기 전에 한마디 글귀를 중얼거렸다고 한다.

진정적전사(眞正的戰士), 감여면대림리적선혈(敢與面對淋漓的鮮血), 감여정시참담적인생(敢與正視慘淡的人生).

진정한 전사는 과감하게 선혈과 마주칠 줄 알아야 하며, 참담한 인생을 피하지 말아야 한다.

죽음을 대하는 전사들의 정신인 모양이다.

이름도 모르는 빨간 풀, 전사들이 복용한 풀이라고 해서 전엽초라고 부르는 풀.

금하명을 포위한 열일곱 명의 사내는 전엽초를 복용한 증상과 흡사하다. 아니, 전엽초밖에 달리 설명할 방법이 없다.

다시 말해서 금하명을 포위한 사람들은 단순한 검수들이 아니라 절정검수이며 절대독인인 열일곱 명이다. 천약기경에 적힌 대로 전엽초에 내공이 급상승하는 효험이 있다면.

금하명은 감히 태만하지 못했다. 태극오행진기를 극성으로 휘돌리며, 건곤곤의 용법을 운용하여 목곤을 빙빙 돌렸다.

"죽…… 여라. 절대…… 살려 보내지…… 마라."

사내는 성대까지 녹아드는지 말도 제대로 잇지 못했다. 하지만 뜻만은 분명히 전달했다.

페에엑! 쏴아아아……!

검광이 몰아쳐 왔다.

절대독인은 차후에 생각할 문제다. 당장 이들이 쳐내는 검세만 해도 일섬단혼에 비해 전혀 손색이 없다. 뭐랄까? 꼭 귀사칠검 마성에 휩쓸린 과거의 자신 같다고나 할까?

이것이었나? 천소사굉도 빠져나가지 못할 함정이란 것이?

"타앗!"

금하명은 우렁찬 고함과 함께 건곤곤을 쳐냈다.

따라잡을 검이 극히 느문 무위보법에다가 없는 허짐도 민들이내는 허간곤으로 상대할까 하는 생각도 들었지만, 전엽초의 독성을 빌린 내공이 얼마나 강한지 직접 견식해 보고 싶다는 충동이 더 컸다.

땅! 타타땅! 땅땅땅……!

가장 빨리 지척으로 날아든 검 네 자루와 목곤이 마주쳤다.

태극오행진기의 거력을 고스란히 담았다. 타격에 온 물체를 깊숙이 잡아당긴 후에 다시 쳐내는 반탄력, 탄황까지 실었다.

'흡!'

금하명은 팔꿈치 관절에 극심한 통증을 느끼며 물러섰다.

일장격돌은 금하명의 완패다. 상대는 태극오행진기와 반탄력에 휘말려 밀려나는 듯했지만 금방 되돌아왔다. 태극오행진기가 밀리고, 탄황이 움츠러들 정도로 막강한 힘이 되어서.

'이럴…… 수가! 개개인이 나와 필적한다!'

전엽초의 효력은 탁월하다. 마성을 제거한 귀사칠검이 탁월한 신공으로 변신했듯이 전엽초도 육신을 녹여 버리는 치명적인 단점만 보완한다면 개세의 영약이 될 게다.

쉬익! 쒜에엑……!

검기는 쉴 틈을 주지 않고 몰아쳤다.

사방에서 검광이 난무한다. 날아오는 속도가 너무 빨라서 검신(劍身)조차 보이지 않는다.

파앗!

금하명은 급히 무위보법을 밟아 옆으로 비켜섰다.

아! 그곳에도 검이 기다리고 있다. 마치 거기로 올 줄 알았다는 듯이 발이 땅에 닿을 틈도 주지 않고 몰아쳐 온다.

스윽, 상반신을 젖히며 목곤을 쳐냈다.

상대의 공격은 양이다. 목곤의 음으로 양을 빨아들인 후, 밑으로 짓누른다. 상대의 검이 땅을 향할 때 등을 후려치면 한 명은 끝난다.

천풍문과의 싸움에서 깨달은 이유제강 수법이다.

금하명은 이 수법을 후나(蝮挪)라고 이름 지었고, 탄황과 더불어서 곤법의 근간으로 삼았다.

빛살처럼 날아오던 검이 목곤에 부딪치더니 손목 쪽으로 쭉 빨려 내려왔다.

상대의 등이 보인다. 검은 이미 땅으로 흘러내렸다. 조금만 더 흐른다면 검신을 땅에 틀어박고 말 상황이다.

끝까지 지켜볼 필요는 없다.

금하명은 발을 들어 올려 뒤꿈치로 널쩍한 등판을 강타했다.

퍽!

 둔탁한 소리가 흘러나온 건 사실인데…… 사람의 등을 가격한 게 아니라 문어를 걷어찬 듯 물컹한 감촉이 느껴져서 기분이 개운치 않다.

 하지만 언제까지나 느낌 따위에 신경을 쓰고 있을 수는 없었다.

 오른손으로 곤파(棍把)를 잡고 머리 위로 치켜 올리며 둥글게 원을 그렸다.

 상대는 한 명이 아니라 열일곱 명이다.

 까까깡……!

 건곤곤의 돌풍은 맹렬했지만 자신과 내공이 비슷한 무인들의 검공을 모두 막아내지는 못했다.

 쇠와 쇠가 부딪치는 것 같은 날카로운 소리가 허공을 찢을 때, 금하명은 등줄기가 부러지는 듯한 통증을 느꼈다.

 등에서 축축한 빗물이 흘러내린다. 왼쪽 어깨에서부터 적추까지 그어진 선에서 샘솟듯 샘물이 솟구쳐 상반신을 적신다.

 '미치겠군.'

 목곤을 두 손으로 단단히 부여잡고 눈앞의 적을 겨눴다. 신경은 팽팽히 당겨질 대로 당겨져 자그마한 움직임도 놓치지 않았다.

 발꿈치에서부터 짜릿한 전율이 느껴진다.

 사내의 등을 타격할 때, 전엽초의 독이 침투한 것 같은데…… 태극오행진기를 수련한 이후에는 백독불침지신(百毒不侵之身)을 이뤘다고 생각했는데.

 태극오행진기를 더욱 강하게 끌어올렸다. 지금까지 한 번도 시전해보지 않았던 극한의 상태까지 휘돌렸다.

 둑이 터진 것처럼 쏟아져 들어온 외기가 벼락같은 기세로 독맥을 통과한다. 가슴에서 일어난 용권풍은 홍수가 된 독맥진기를 휘돌려 소용돌이를 일으켰고, 십사 경락(十四經絡)은 부풀어 오를 대로 부풀어 터지기 일보 직전까지 치달린다.

독맥을 관통한 진기는 등에 난 검상을 아울렀다. 십사 경락에 들어갈 데가 없을 만큼 가득 찬 진기는 발꿈치에서 치솟는 독기의 움직임을 둔화시켰다.

둔화다. 밀쳐 내지 못하고 발목만 붙들었다. 어떤 독이든 단숨에 밀어내는 태극오행진기마저 독기를 어쩌지 못했다. 진기를 최극상까지 끌어올린 탓에 전신은 터지기 일보 직전인데, 독기는 야금야금 진기의 틈바귀를 비집고 올라온다.

'정말 무서운 독이다. 이런 독이 실제로 존재하다니…… 창파문…… 정도이기를 포기했단 말이지. 이런 독을 사용하면서 정파인이라고 자부할 수는 없을 테고.'

극심한 살심(殺心)이 일어났다.

전엽초를 복용한 자는 죽을 수밖에 없는 운명이니 조금이라도 빨리 숨을 끊어주어야 고통이 덜하다. 아니다. 그것만은 아니다. 창파문도는 반드시 죽어야 한다. 인간을 말세로 몰아가는 독을 사용한 무리는 결단코 용서할 수 없다.

등을 가격당한 무인이 흐느적거리며 일어섰다.

등뼈가 부러졌으니 살았어도 손가락 하나 꼼짝 못해야 하는데. 전신이 마비되어 평생 식물인간으로 살아야 되는데.

이유는 자신 스스로 알아냈다.

발뒤꿈치의 감각이 사라져 간다. 뼈와 살이 사라지고 알지 못할 강맹한 기운이 뼈대를 새로 형성한 느낌이다. 새로 만들어진 뼈는 무궁

무진한 진력까지 뿜어낸다.

진기를 운용할 필요도 없다. 선천적으로 막대한 내공을 지니고 태어난 사람처럼 가볍게 흘리는 몸짓에도 진기가 가득 묻어난다.

'원정을 사용한단 말인가! 한 올 남김없이 모두 쏟아내고 있다면…… 이 상태로 반나절을 경과하면 뼈와 살이 녹지 않아도 원정(元精)이 고갈되어 죽는다. 아니, 반나절도 가지 못할 거야.'

얼마 전까지만 해도 자신 역시 이런 내공을 사용했다. 부족한 내공을 보충하기 위해 역천신공이라는 것을 만들어냈고, 스스럼없이 썼다. 인체에 치명적인 해가 된다는 점을 알면서도.

현재 벌어지고 있는 상황이 일목요연하게 정리되었다.

머리 속으로 떠올린 생각, 눈으로 보고 파악한 현실은 수십 가지. 그러나 그동안 흐른 시간은 찰나에 불과하다.

촤이악! 쒜엑……!

검광이 흐른다. 사방에서 번뜩였다가 사라진다. 검기를 느낀 것만으로도 잿빛 하늘이 갈기갈기 찢어지는 착각이 든다.

손아귀에서 회전을 시작한 건곤곤이 회전하는 위력과는 정반대로 무덤덤한 진기를 싣고 흘러 나갔다.

쉐웩! 쉑쉑……! 파아앙! 따따따딱……!

사내들은 처음부터 땅을 후려치기로 작정한 사람들처럼 일제히 검첨(劍尖)을 땅으로 꽂아냈다. 그리고 첫 번째 후나를 바로 이어서 전개된 탄황이 사내들의 검을 반 토막으로 동강 내버렸다.

건곤곤의 회전력까지 가미되어 한층 강해진 탄황이다. 극도로 끌어올린 태극오행진기를 고스란히 실었다.

사내 여섯 명은 조금도 물러서지 않았다. 땅으로 향한 반 토막 검을 추켜들고 같이 죽자는 식으로 달려들었다. 목곤에 몸통이 맞아도 기어이 일검을 꽂고야 말겠다는 필살의 의지가 배어 있다.

파아앙! 퍽퍽퍽퍽……!

머리 위에서 큰 원을 그린 목곤이 사내들의 머리를 격타했다.

목숨을 내던진 사내들도 바위를 으스러뜨리는 일격을 머리에 맞고는 견딜 수 없는지 풀썩풀썩 꼬꾸라졌다.

순간, 금하명은 썰물처럼 물러서는 사내들을 보았다.

둥그런 포위망을 구축하고 달려들던 여섯 사내 외에 다른 사내들은 일제히 뒤로 물러섰다. 그리고,

쾅! 콰콰콰쾅……!

사내들의 몸에서 불꽃이 작열한다 싶더니 태산을 지워 버릴 듯한 폭발이 일어났다.

❷

자욱하던 흙먼지가 가라앉았다.

허공을 가득 메우고 날아들던 골육덩어리들도 제자리를 찾아 떨어졌다.

암기술의 최고봉이라는 사천당문(四川唐門)의 만천화우(滿天花雨)를 보지는 못했지만, 골육의 파편은 만천화우보다 결코 못하지 않을 속도와 강도로 몰아쳤었다.

아직도 운무처럼 피어난 핏무리는 가시지 않았다. 매캐한 화약 냄새도 코를 자극한다.

금하명은 목곤에 상반신을 의지한 채 활활 불타는 눈으로 사방을 훑어봤다.

그는 조각조각나서 형체도 남기지 못하고 죽은 사내들과 별반 다를 바 없었다.

전신에서 흐르는 핏물은 죽은 사내들이 남긴 핏물인지 몸에서 흘러나온 핏물인지 분간이 되지 않는다. 걸레처럼 찢어진 육신도 죽은 사내들의 것인지 금하명의 것인지 알 수가 없다.

분명한 것은 금하명이 심각한 타격을 받았다는 것이다.

두 눈을 부릅뜨고 있지만 뿜어져 나오는 신광(神光)이 예전 같지 않다. 굳이 눈을 볼 필요도 없다. 굳건하게 버티고 서 있지만, 미미하게 후들거리는 두 다리가 현 상태를 여실히 말해 준다.

"말…… 했지. 천소사굉도…… 빠져나가지 못할…… 함정이라고."

여섯 사내가 앞으로 나섰다.

죽은 사내들이 그랬던 것처럼 둥그런 원의 형태로 포위망을 갖추고 천천히 걸어왔다.

그들은 금하명을 이빨 빠진 호랑이로 여긴 듯하다.

다가오는 걸음걸이에 서두르는 기색이 보이지 않고, 약간의 여유조차 느껴진다.

"재밌는…… 공격이군."

금하명은 말을 하면서 웃으려고 했다. 하지만 입술 주위만 씰룩거렸을 뿐, 웃음을 짓지는 못했다.

골육덩어리들이 혈도를 타격했다.

타격쯤이야 얼마든지 견딜 수 있다. 파천신공으로 독맥이 흐르는 등줄기는 철판에 가깝다. 태극오행진기를 휘돌리는 전면도 추측 불가의 반탄력을 형성한다.

엄밀히 말하면 골육덩어리들은 혈도를 타격한 것이 아니라 달라붙었다. 웬만한 무인 같으면 즉사하고도 남았을 타격이지만, 금하명에게는 달라붙은 정도에 지나지 않았다.

그런데…… 그것만으로도 심각한 상태에 처하고 말았다.

타격에는 꿋꿋하게 버티던 혈들도 달라붙은 골육이 내뿜는 독기에는 속수무책으로 길을 터줬다.

독기는 즉각 혈을 마비시켰다.

이는 태극오행진기를 자유롭게 펼칠 수 없다는 것을 의미한다. 귀사칠검의 마성에 휘둘릴 때처럼 파천신공을 제어하지 못한다는 것을 뜻한다.

파천신공도 태극오행진기처럼 위력을 잃는다면 균형이 유지될지도 모르는데…….

둥그런 철통에 구멍 몇 개 뚫렸다고, 그 속을 흐르던 물길이 위력을 잃는 건 아니다.

바람개비는 다르다. 날개가 부러지면 회전을 일으킬 수 없다.

혈은 바람개비의 날개다. 음혈(陰穴)과 양혈(陽穴)이 건재해야 태극오행진기가 일어난다.

다가오는 사내들을 맞이해야 할 상황인데…… 귀사칠검의 마성에 저항하느라 온 정신을 빼앗기고 있으니.

"크크크! 시행착오를…… 무수히 겪었다. 많은…… 형제들이 죽었고…… 그렇게 해서…… 탄생한 것이…… 육사오살진(六邪五殺陣)이다. 이 진에 걸리면…… 천하 그 누구라도…… 죽을 수밖에 없지."

사내는 득의에 가득 차 말했지만 귀에 들어오지도 않았다.

'태극오행진기에 이런 맹점이 있었다니.'

하나에 당하면 둘에도 당할 수 있는 거다. 전엽초가 천하에 둘도 없는 독초라지만, 당한 것은 당한 것이니 다음에 또 어떤 독에 당하지 말란 법도 없다.

태극오행진기는 무적이 아니었다.

스스슥……!

여섯 사내의 움직임이 빨라지기 시작했다.

다가올 때는 여유가 있었지만 검초를 전개하기 시작한 순간부터는 바늘도 뚫고 들어가지 못할 긴장감을 유지했다.

'일섬곤…… 안 돼, 이 몸으로는. 일섬곤이 안 되는데 십자곤은 더더욱 안 되고.'

내공을 필요한 만큼 끌어내지 못하니 초식의 속도가 느려질 건 불문가지다.

가장 위력이 강한 건곤곤도 부담스럽다. 손바닥에 있는 음혈과 양혈이 자석처럼 목곤을 휘돌려야 하는데, 진기가 가닥가닥 끊기니 회전인들 매끄러울 수 없다.

남은 것은 허간곤뿐이다. 하나, 그것도 여의치 않다. 허간곤을 펼치려면 무위보법이 필수적으로 따라붙어야 하는데, 두 발이 족쇄라도 채워진 것처럼 무겁다.

쉐에에엑……!

검광이 날아들었다. 결코 부딪칠 수 없는 상황인데 검광이 번갯불처럼 번쩍인다.

금하명은 파천신공을 극성으로 끌어올렸다.

귀사칠검에 이성을 잃는 것은 차후 문제다. 지금 당장은 검광에서 벗어나는 것이 급선무다. 파천신공도 안심하지 못한다. 태극오행진기로도 간신히 우위만 점할 뿐인 상대들인데 파천신공만으로 당적할 수 있는지도 의심스럽다.

콰앙!

태극오행진기로 끌어들이지 못한 독맥진기는 사정없이 백회혈을 강타했다.

'크윽!'

신음이 절로 새어 나왔다.

이성이 혼미해지는 만큼 마성이 솟구쳤다.

목곤은 귀사칠검의 단순한 검초들을 응용해 냈다. 삼류무인도 펼칠 수 있는 단순한 검초들…… 하나, 일곱 초식이 하나가 되었을 때, 목곤은 십자 형상을 그려냈다.

꽈지직! 퍼억……!

목곤은 낭아곤(狼牙棍)에 천 근의 거력이라도 심어진 듯 부딪치는 모든 것을 부서 버렸다. 사내들의 검은 눈부실 만큼 빨랐지만, 목곤은 한층 더 빨랐다.

검이 부서졌다. 사내들이 가랑잎마냥 나가떨어졌다.

파천신공이 한층 더 빨라진다. 회음혈을 통해 들어오는 외기도 배로 증폭되었고, 백회혈은 철창(鐵槍)에 꿰뚫린 문풍지처럼 찢겨져 나간다.

"크크크……!"

금하명의 입에서 괴소가 터졌다. 동시에 목곤이 바람을 일으켰다.

꽈직! 퍼억! 퍽퍽……!

여섯 사내가 짓뭉개지며 나가떨어진 것은 순식간이었다.

그들은 폭발도 일으키지 못했다. 약간의 정신이라도 남아 있어야 폭발을 시도할 텐데, 그들은 자신들의 죽음조차도 깨닫지 못하고 죽었다. 그야말로 '번쩍!' 하는 순간에 내려진 죽음이었다.

"이, 이럴 수가!"

"인간…… 도 아냐."

뒤에 버티고 섰던 다섯 사내는 너무도 전율스런 광경에 입을 쩍 벌렸다.

"크크크! 죽인닷! 크크큭!"

금하명의 두 눈은 광기로 이글거렸다. 시뻘건 핏빛 눈동자가 살아 있는 생명을 원했다. 사지육신이 갈가리 찢겨져 나간 참혹한 죽음을 봐야 직성이 풀릴 눈동자다.

다섯 사내를 향해 저벅저벅 걷는 발걸음 소리가 저승사자의 음성처럼 사악하다.

괴물 대 괴물의 싸움.

지켜보는 사람이 있어도 누구 편을 들어야 옳을지 분간되지 않는다.

사내들은 무면귀(無面鬼)다. 귀가 녹아 사라졌고, 코도 뭉개져 얼굴 속에 파묻혔다. 아니, 녹아버렸다. 얼굴 중 가장 살이 많은 양 볼도 촛농처럼 뚝뚝 진물을 떨구고 있다.

임신한 여인이 봤다면 당장 유산을 하고도 남았을 귀신 얼굴이다.

금하명은 혈귀(血鬼)다. 머리끝부터 발끝까지 핏물에 전신을 푹 담갔다가 나온 사람처럼 새빨갛다.

으득!

발길에 걸린 자를 짓밟아 뼈를 으스러뜨렸다.

방금 전에 죽은 여섯 사내 중 한 명이겠지만…… 누구인지 알아볼 생각도 없다. 건방지게 발길을 막으니 가루로 만드는 것뿐이다. 전엽초에 뼈가 다 녹은 줄 알았는데, 아직 남아 있는 게 있었나. 뼈 으스러지는 소리가 들리니…….

"쳐, 쳐랏!"

놀라서 멈칫하던 사내들이 정신을 수습하고 일제히 쏘아왔다.

역시 공격 하나만은 일품이다. 일섬단혼과 버금가는 빠름에 천붕(天崩)의 거력마저 담겨 있으니.

"크크크! 찢어 죽일 놈들!"

허공이 십자로 갈라졌다. 그 순간,

콰아아! 콰아앙……!

지축을 뒤흔드는 폭음과 함께 세상천지가 밝은 섬광 속으로 빨려들었다.

일단의 무리는 신속하게 움직였다.

녹피(鹿皮)로 전신을 감싼 그들은 현장에 나타나자마자 익숙한 손놀림으로 땅을 헤집었고, 또 한 무리는 파낸 흙을 녹피 자루에 담아 어디론가 사라졌다.

잠시 후, 주변 지형이 완전히 바뀌었다.

산 어귀를 빼곡하게 채웠던 나무들은 밑동이 잘려 나갔다. 땅 거죽은 한 꺼풀 벗겨져 붉은 흙을 드러냈다.

싸움의 흔적은 어디서도 찾아볼 수 없었다.

죽은 사내들의 골육덩어리도, 부서진 검편도…… 폭사(暴死)의 흔적까지 말끔히 사라졌다.

사내들은 현장을 지운 다음에도 다시 한 번 둘러보는 꼼꼼함을 보였다.

"됐습니다."
"놈은?"
"모양(毛陽)으로 가고 있습니다. 추적합니까?"
"이들을 이길 자신이 있나?"
"……."
"쫓아가 봤자 개죽음이다."
"호흡천이쾌(呼吸淺而快). 놈에게서 감지한 겁니다."
"호흡천이쾌? 흠……! 그럼 목숨이 경각에 달렸다는 말인데……."
"승산있습니다."

일단의 무리를 지휘하던 사내, 창파문 소문주는 오른손으로 턱을 문지르며 잠시 생각에 잠겼다. 그러나 그 시간은 길지 않았다.

"됐다. 손 뗀다."

결단이 매우 빨랐다. 그리고 곧바로 행동으로 이어섰다.

쉭! 쉬이익……!

일단의 무리는 나타날 때와 마찬가지로 발자국조차 남기지 않은 채 사라져 갔다.

"창파문 소문주…… 머리가 비상하다고 하더니 여우 같은 자였군."

창파문도가 사라진 자리에 주변의 황량한 모습과는 전혀 어울리지 않는 미모의 여인이 나타났다.

"준비, 끝났습니다. 명령만 내리시면."

조용히 뒤따르던 시비가 정나미 떨어지는 찬 음성으로 말했다.

"호호호! 창파문이 전엽초를 얻었단 말이지. 호호호!"

여인은 시비의 말은 들은 척도 하지 않고 창파문도가 사라진 방향을 노려봤다.

　무림은 전엽초 같은 독초를 사용하는 행위에 대해서 명확한 해석을 하지 않았다.

　사람을 죽인다는 측면에서는 독이나 암기나 무공이나 똑같다. 밤길에 숨어서 암습을 가하는 것이나 암암리에 독살을 시도하는 것이나 같은 행위다.

　독이나 암기도 정도무림의 한 부분으로 인정해야 한다.

　검신에 톱니를 낸 검자(劍刺)를 사용하는 것과 검에 독을 묻힌 것이 다를 게 무엇인가. 비도를 날리는 것과 암기를 사용하는 것이 어떻게 다른가. 검을 든 무인에게 활을 쏘는 것은 어떻게 봐야 하는가.

　방비하기 어렵다는 말은 무인으로서 할 말이 아니다. 그런 식이라면 절정신공으로 분류되는 무공들은 모두 사장시켜야 한다.

　사천당문의 입김이 강하게 작용했다.

　그들에게는 생존과 직결된 문제였으니 중원무림과 일전을 불사하는 한이 있어도 반드시 관철시켜야 할 주장이었다.

　중원무림은 그들의 주장을 묵인했다.

　그러나 그런 묵인 덕분에 여러 가지 혼란스러운 일들이 발생했다.

　전엽초와 같이 자신과 타인을 동시에 죽음으로 몰아넣는 독초 사용이 정당한가 하는 문제도 쉽게 단정 내릴 수 없는 사안이 되고 말았다.

　정공과 마공의 구분은 명쾌하다. 수련할 때 도의(道義)에 어긋나면 마공이요, 올바르면 정공이다. 수련 후 심성을 변화시키면 마공이요, 굳건히 심지를 유지할 수 있으면 정공이다.

　그러나 독이나 암기의 경우에는 정공과 마공을 가르기가 쉽지 않다.

　독을 쓴다는 행위 자체가 문제이지 순한 독을 쓰는 것과 절정 독을 쓰는 것의 차이를 논한다는 건 바보 짓이나 다름없다.

　무림이 사천당문을 인정한 순간부터 불붙기 시작한 논쟁 거리다.

　사천당문은 이에 대한 해답을 내놨다.

　선인(善人)과 악인(惡人)의 구분이다.

　독을 사용하여 마인을 죽인다면 선인이다. 하지만 같은 독을 사용하여 무고한 양민을 죽인다면 악인이다.

　독 자체는 문제 삼을 게 없다.

　모든 독과 암기는 사용 가능하다는 전제 하에 인간의 행위로 구분 짓자는 논리다.

　전엽초만 해도 그렇다. 전엽초를 사용하여 흉악무도한 마인을 제거했다면 살신성인(殺身成仁)의 귀감이 되지만, 성인군자(聖人君子)를 죽였다면 세상에서 가장 지독한 마인이 된다.

　전엽초가 문제인가, 사용한 자가 문제인가.

　현 무림은 사천당문의 손을 들어주었다.

　사천당문이 한 지역을 재패한 패주(覇主)가 아니었어도 그들 손을 들어줬을지는 의문이지만.

　창파문은 열일곱 명의 교두를 희생시켜 극심한 공포를 안겨주는 데 성공했다.

　이제 해남무림인들 중에 창파문을 무시할 사람은 없을 게다.

　소문주가 문주로 등극해도 지금처럼 좋은 관계를 유지하려고 애쓸 게다.

　사람들은 말할 것이다. 그때 창파문 소문주가 인정을 베풀지 않고 서너 명만 더 내보냈어도 금하명은 죽었을 것이라고.

　이만하면 창파문은 단애지투에서도 성공한 셈이 된다. 문도를 희생시켜 가며 굳이 금하명을 죽일 필요가 없다.

화향 부인은 그 점이 마음에 들지 않았다.

지금 상태라면 금하명을 죽인다고 해도 반항할 능력이 없는 자를 제거한 것에 지나지 않는다. 또 제거하지 못한다면 낯을 들고 다닐 수 없게 된다.

'여우 같은 놈이야.'

화향 부인은 아랫입술을 잘근 깨물었다.

해주문과 창파문은 각축을 벌이는 사이다. 본도까지는 신경을 쓰지 못해도 뇌주에서만은 서로 우위를 점하기 위해 항상 촉각을 곤두세우고 있다.

창파문은 인정을 받았는데, 해주문은 뒤치다꺼리나 하다가 돌아간다면 말이 안 되지.

"일심천녀를 일대(一隊)만 보내거라. 누가 좋을지는 알아서 정해. 명심할 점은…… 일심천녀의 존재를 단단히 부각시키면서, 금하명에게는 필연코 패해야 한다."

"패하라…… 고 하셨습니까?"

"전엽초를 복용한 놈들이 스무 명쯤 더 나서도 어쩔 수 없었다는 점을 인식시키란 말이야!"

화향 부인은 말하기도 귀찮은 듯 신경질적으로 말했다.

"일심천녀는 전엽초를 복용한 놈들보다 강하다. 그런데도 패했다. 해주문이 패할 정도라면 창파문은 전 문도가 나섰어도 어쩔 수 없었을 것이다. 이런 정도면 좋겠지."

화향 부인은 매캐한 화약 연기가 불쾌한지 인상을 찡그리며 자리를 떴다.

사인교(四人轎)를 멘 장한들은 험준한 산길을 초원이나 되는 듯이 질주했다.

"훗! 후후후! 혈살괴마라. 쓸 만한 놈이군. 후후후후!"

사인교 속의 인물이 피식 웃었다.

"나중 무공은 제정신으로 펼친 것 같지 않았습니다."

사인교 속에는 다른 인물도 타고 있었다.

"귀사칠검이야."

먼저 인물, 우락부락한 덩치에 머리가 벗겨져 반짝반짝 빛이 나는 대머리 사내가 생각해 볼 것도 없다는 투로 말했다.

"그렇군요. 전 쾌검수들의 전설인 십자검공인 줄 알았습니다."

"십자검공 맞아."

"네? 그게 무슨 말씀이신지……?"

"십자검공이면서 귀사칠검이라는 소리지."

"소신은 무슨 말씀이신지 도통……."

"이런 사람을 봤나. 아직까지 초식도 간파하지 못하는 눈깔은 뭐 하러 달고 다니는 게야? 그러고도 아이들 목숨을 책임질 수 있겠어!"

"죄송합니다."

"놈이 펼친 초식은 십자검공임이 분명하고, 놈이 귀사칠검 마성에 빠졌으니 귀사칠검이라는 거지. 어쩌면 귀사칠검이 십자검공인지도 모르겠고."

"아! 네."

"후후후! 해볼 만한 작자야. 아주 흥미로워. 내 이곳에 올 때는 귀제 갈, 이놈의 자식 대갈통을 부숴 버릴 생각이었는데…… 아주 좋군. 좋은 놈을 만났어. 후후후! 이놈의 손이 벌써 떨리는구먼. 검을 잡고 싶은 모양이야. 하긴 검을 잡아본 지도 오래됐지."

대머리 사내는 굳은살투성이인 투박한 손을 들어 보였다.

마주 앉은 사내는 침묵했다. 세상에서 싸움을 가장 좋아하는 사내가 싸움을 만났는데, 상대가 목곤을 들 힘이나 남아 있겠냐는 말은 차마 할 소리가 아니었다.

"도착했습니다."

밖에서 우렁찬 외침이 들려왔다.

대머리 사내는 휘장을 걷어 올려 밖을 살폈다.

"후후후! 그래, 여기야. 여기……."

대머리 사내는 만족한 웃음을 지었다.

금하명이 모양으로 들어서기 위해서는 반드시 지나쳐야 할 길이다. 사방이 험준한 바위로 둘러싸인 절곡이라서 앞뒤만 틀어막으면 하늘을 나는 재주가 없는 한 빠져나갈 수 없다.

"일심천녀들은 아직 오지 않은 것 같습니다."

대머리 사내는 혀를 끌끌 찼다.

"쯧! 계집 냄새가 사방에서 진동하는데 아직 오지 않았다니. 네놈도 무인이냐?"

"그렇습니까? 흠! 그렇군요. 그런데…… 십여 명밖에 되지 않는 것 같습니다만."

"네 이목을 속인 년들이야. 전엽초를 복용한 놈들보다 못하지 않다는 데 마누라를 걸지. 너도 마누라를 걸래?"

"아뇨. 저는……."

"창파문 놈들이 말한 것 기억나? 호흡천이쾌를 감지했다고 했어. 호흡이 짧고 빠르다. 다된 거야. 죽을 때가 되었다는 말인데…… 후후후! 보자고. 그런 몸으로 이 귀신같은 년들을 어떻게 상대하는지. 우하하하!"

대머리 사내는 몹시 즐거운 듯 웃음을 그치지 않았다.

❸

'춥다……'

온몸이 얼음덩어리 속에 파묻힌 것처럼 덜덜 떨려왔다.

이성의 끈은 실 가닥처럼 가늘어 금방이라도 끊어질 듯 위태위태했다. 진기를 제어한다거나 몸을 갉아먹기 시작한 독성을 밀어낸다는 생각 따위는 꿈도 꿀 수 없었다. 낭상은 혼미의 늪 속으로 빠져들지 않기 위해 사력을 다하는 것만도 벅찼다.

사실 그가 할 수 있는 일이라고는 아무것도 없었다.

정신을 놓지 않으려고 끊임없이 스스로를 질책하는 게 고작이었다.

그런데 춥다. 너무 춥다.

몸을 움츠리고 한숨 푹 자고 일어나면 개운할 것 같다. 그러면…… 자고 일어나면…… 언제 힘들었냐 싶게 쌩쌩할 것 같다.

힘들게 고생하지 말고 편안한 잠 속으로 빠져들자는 유혹은 세상 그 어떤 유혹보다도 강렬했다.

잠들면 끝이라는 걸 안다.

다시는 멀쩡한 정신으로 사람들을 대할 수 없다는 사실도 안다. 어쩌면 잠드는 순간 죽음이 찾아올지도 모른다.

알 것은 다 알지만…… 쉬고 싶다는 유혹을 이겨내기가 너무 힘들다.

백회혈은 완전히 파괴된 듯하다.

외기가 회음혈에서부터 백회혈까지 일직선으로 관통한다. 마치 몸 안에 바람이 지나가는 통로가 생긴 기분이다. 회음혈에서 들어오는 것도, 독맥을 지나가는 것도, 백회혈로 빠져나가는 것도…… 아무 느낌이 없다.

태극오행진기는 거의 움직이지 않는다. 습관적으로 혹은 본능적으로 움직임을 보이려고 하지만 회전을 일으킬 날개가 손상된 탓에 시도로 그치고 만다.

태극오행진기가 정상으로 돌아온다 해도 파천신공을 전정으로 끌어들이는 일은 쉽지 않을 것 같다.

막힌 곳을 부딪치는 물살과 뻥 뚫린 곳을 거침없이 쏟아져 나가는 물살은 종류가 다르다. 전자는 빠져나갈 곳을 찾지만, 후자는 끌어들이는 곳이 있어도 눈길을 돌리지 않는다.

태극오행진기가 파천신공을 빨아들이려면 지금보다 서너 배는 강한 회전력이 필요하다.

그리고 그런 회전력은 꿈에서나 기대할 수 있다.

반면에 전엽초의 독기는 빠른 속도로 침투해 들어온다.

팔다리가 제일 먼저 마비되었다. 오장육부에서도 감각이 느껴지지 않는다. 얼굴을 땅에 대고 엎어져 있지만, 꺼칠꺼칠한 땅의 감촉조차 느낄 수 없다.

이런 현상은 오히려 도움이 되었다.

귀사칠검이 전신을 지배하니 살심에 미쳐 날뛰었어야 옳았다. 지금쯤 몇 명쯤은 참혹한 시신이 되어 나뒹굴었을 게다. 개중에는 부녀자나 어린아이들도 포함되었을 게다.

이성을 잃고 날뛰는 놈이 죽일 대상을 가리겠는가.

전엽초의 독기가 행동을 속박했고, 덕분에 살귀가 되는 것을 모면했으니 고맙다고 인사라도 해야 하나.

들끓던 살심도 움직임을 멈추니 한결 가벼워졌다. 지금도 누군가가 나타나기만 하면 죽이고 싶어서 안달이 날 터이지만, 그런 일이 없는 이상 이성을 놓치는 일만은 벌어지지 않을 것 같다. 이대로 정신을 놓지 않으려고 발버둥치는 한은.

그나저나 독기가 심장에 침투하는 건 시간문제다.

얼마 지나지 않아서 자신을 공격했던 사내들처럼 살과 뼈가 문드러지는 현상도 일어나겠지.

극심한 오한만 치밀지 않는다면 이렇게 쉬는 것도 나쁘지 않은데.

날이 밝아왔다.

춥고 길었던 밤이 지나가고 밝은 태양이 떠오르기 시작한다.

그러나 태양은 보이지 않는다. 지난밤을 갈색으로 물들였던 짙은 구름에 가려서 어둠만 밀어내고 있다.

그때쯤 금하명의 몸에도 큰 변화가 일어났다.

전엽초의 독성이 전신으로 퍼졌다. 감각은 일체 사라지고 십사 경락에 철골처럼 단단한 이물질이 쌓이기 시작했다. 처음 발뒤꿈치에서 접했던…… 진기와는 전혀 상관없는 강기(剛氣)다.

금종조(金鍾罩)를 연마하면 피부가 철갑처럼 단단해진다. 그와 마찬가지로 신공을 수련하면 십사 경락이 뚜렷해지고, 통로가 넓어지며, 단단해진다.

 전엽초는 신공을 수련하지 않아도 수련한 것과 동일한 효과를 가져온다. 효력을 발휘할 수 있는 시간이 반나절뿐이지만.

 그런데 금하명에게는 전엽초의 독성조차도 완벽한 효능을 발휘하지 못했다.

 전엽초가 독맥에 강기의 벽을 쌓지 못하고 있다.

 파천신공의 흐름이 워낙 강해서 뚫고 들어가려고 하나 계속 밀려나기만 한다. 전엽초는 독맥을 두고 치열한 싸움을 벌이지만, 파천신공은 자기의 갈 길만 유유히 흐른다.

 더 이상한 것은 귀사칠검의 저주인 마성이 씻은 듯이 가셔지고 있다는 점이다. 사람을 죽이고 싶고 여인을 범하고 싶다는 욕구가 조금씩 가라앉더니 날이 밝아올 무렵에는 말끔히 사라져 버렸다.

 금하명은 자신의 몸에서 일어나는 현상을 정확하게 파악했다.

 귀사칠검의 저주에 휩쓸린 원인은 백회혈이 완벽하게 뚫리지 않았기 때문이다.

 독맥의 기운을 백회혈 밖으로 쏟아낸 적이 있다.

 백회혈을 뚫고 밖으로 빠져나가는 진기를 마음으로 보고 느꼈다.

 그때부터 마성에 젖지 않게 되었고, 시간적인 여유를 가지고 천천히 연구해서 얻어낸 것이 태극오행진기다.

 그게 아니었다. 파천신공은 백회혈을 뚫었던 것이 아니라 뚫을 준비를 하고 있었던 것이다. 어젯밤에 겪었던 것처럼 백회혈이 종잇장처럼 찢어져야 완벽하게 뚫린 것이다.

 그 결과가 현재 몸에 나타나고 있다.

 무궁무진한 진력이 독맥을 통과하여 빠져나간다. 너무 강한 진력이라 전엽초의 독성조차 접근을 못하고 있다. 뿐만이 아니다. 십사 경락을 완벽하게 제압하지 못한 전엽초는 피와 살을 녹이지 못하고 계속 독맥만 공략하고 있다.

'파천신공이 있는 한 독성에 몸이 녹아버릴 일은 없겠군.'

언제 가물거렸냐 싶게 정신이 또렷하다.

살심, 색욕이 완전히 빠져나간 현상이다.

팔다리를 옴짝달싹 못하게 얽어맸던 마비도 풀렸다. 남의 살처럼 만져 봐도 감각을 느낄 수 없지만 움직일 수 있기는 하다.

몸을 일으킨 후, 목곤을 휘둘러 봤다.

휙! 휘익! 휙휙휙……!

원하는 대로, 원하는 방향으로, 원하는 속도로…… 목곤이 뻗어나간다. 태극오행진기를 일으킨 것도 아닌데, 전보다 훨씬 강해진 진기가 실린다.

당연히 활법은 아니다. 전에는 무기력하게 보일 만큼 진기가 깃들어 있지 않았는데, 이제는 팽팽한 생기가 느껴진다.

겉으로 보이는 것과 속으로 전개하는 것은 다른 법, 활법 대신 살법으로 돌아선 현상이며 태극오행진기 대신 전엽초의 독성이 움직이고 있다는 증거다.

'이놈의 독기가 언제까지 지속될지 모르겠다만…… 단애지투가 끝날 때까지만 부탁한다. 약속을 했거든.'

모양을 일 리 정도 남겨두었을 때, 금하명은 걸음을 멈췄다.

좌우로는 절벽, 앞뒤로는 좁은 협곡. 얼핏 훑어보아도 합격(合擊)을 하기에는 최적의 장소다.

'기가 막힌 곳을 골랐군. 지리를 잘 안다는 말인데…… 해남 사람이니 당연하겠지.'

웡웡……!

목곤을 가볍게 휘두르자 바람 찢는 소리가 울렸다.

자신의 진기가 아니라 전엽초의 독성에 의존하는 것이라 불안한 일면이 없지 않다. 전혀 생소한 독성이라서 언제 무슨 작용을 할지, 아니면 감쪽같이 사라져 버릴지 짐작조차 하지 못한다.

그래서 불안하다.

휘이잉……!

부드럽고 포근한 미풍이 불어왔다.

살갗의 감촉이 살아 있다면 볼에 와 닿는 부드러운 바람을 느꼈을 게다.

지금은 귀로 듣고 눈으로 보는 것만으로 만족해야 한다.

감각을 잃었기 때문일까? 느낌은 있는데 적이 몇 명이나 되는지, 어디에 숨어 있는지 찾아낼 수가 없다.

'감각을 잃었기 때문이거나 상대가 뛰어나거나.'

휘이잉……!

또 바람이 불어온다. 살을 어루만지듯 부드럽고 포근하게…….

그러나 그 순간, 금하명은 무릎을 팍 꺾어 땅에 댐과 동시에 허리를 뒤로 발딱 젖혔다.

쉐엑! 페에엑! 파앗!

전혀 성질이 다른 검 세 개가 상중하로 나뉘져 흘러갔다. 하나는 정수리를 찍어왔고, 다른 하나는 심장을 베어왔으며, 다른 하나는 단전을 찌르는 검이었다.

찍고, 베고, 찌르는 검.

수십, 수백 번에 걸쳐서 합격술을 연마하지 않았다면 상잔(相殘)할 수 있는 위험한 연수합격이다.

금하명은 깜짝 놀랐다.

연수합격도 절묘했지만 그보다는 너무 빨라서 놀랐다.

검이 빠른 사람은 많이 봤다. 쾌검을 연마한 사람에서부터 내공이 강해서 빨라진 사람까지 다양한 무인들을 접해봤다. 하지만 지금처럼 사람 자체가 빠른 경우는 드물다.

'굉장한 신법이네.'

어떤 신법이든 형체는 보이기 마련인데, 공격한 자들은 형체조차 보이지 않는다.

은신술을 펼쳐서 숨어 있다가 기습적으로 공격해 왔다면 이해할 수 있다. 하지만 정상적인 공격을 펼쳤는데도 형체를 잡을 수 없는 빠름은 이해하기 어렵다.

감각의 필요성이 더욱 절실해졌다.

'태극오행진기를 일으킬 수 없으니 허간곤은 무용지물. 건곤곤도 전개할 수 없고…… 일섬곤과 십자곤뿐인가. 탄황과 후나도 가미할 수 없으니 빠름으로 빠름을 제압할 수밖에 없다는 건데…….'

금하명은 재차 공격해 오기를 기다렸다.

우선은 판단해야 한다. 무위보법으로 따라잡을 수 있는지. 일섬곤을 전개하려면 적과 나 사이에 길을 만들어야 하는데, 그만한 시간을 줄지. 십자곤의 경우에도 마찬가지고. 곤법을 전개하려면 상대를 뚜렷이 봐야 하는데, 보게 해줄지.

쒜엑! 파앗! 슈우욱……!

금하명은 눈을 부릅떴다. 황급히 무위보법을 펼쳐 옆으로 미끄러지며, 다가오는 검날을 보려고 노력했다.

파악!

검 하나가 오른손 팔뚝을 스치며 지나갔다.

아픔은 느껴지지 않는다. 붉은 선혈이 콸콸 쏟아지고 있으니 상당한 통증이 치밀 텐데, 아무런 느낌이 없다. 전엽초의 독성도 이럴 때는 도움이 되는 건가.

검 한 자루는 목을 스쳐 갔고, 다른 하나는 배를 덮쳤다.

다행히 내장을 쏟아내는 일은 벌어지지 않았다. 일 장 거리 정도는 단숨에 이동하는 무위보법 덕분에 옷이 찢기는 선에서 마무리되었다.

본능적으로 피했다면 손해를 보지 않아도 되었을 텐데. 적을 자세히 보려는 노력이 피해를 불러왔다.

두 번째 공격을 받아본 심정은 피곤하다는 것이다.

형체가 파악되어야 곤법을 전개할 수 있지 않은가. 검이 다가오기 전에 느낌이라도 있어야 허공이라도 두들길 게 아닌가.

이판사판으로 무조건 곤법을 펼쳤다가는 단숨에 베이고 만다.

'이것들도 전엽초 같은 걸 복용했나?'

고개를 갸웃거렸다.

혹시나 해서 천약기경을 떠올려 봤지만 지금 상황에 부합되는 독초나 영약은 없다.

휘이잉……!

미풍이 불어온다.

'또!'

이번에는 감히 적을 관찰할 생각을 포기하고 무위보법을 최대한으로 펼쳐 앞으로 쏘아나갔다.

정확한 것은 아니고 단지 직감일 뿐이지만 전면이 제일 안전하다는 판단이 들었다.

쉭! 쉭쉭!

검날들이 간발의 차이로 비켜갔다.

옷이 찢길 때 검기가 살갗에 닿았겠지만 감각을 잃은 터라 섬뜩한 느낌도 들지 않는다.

'이게 뭐야? 이 냄새는…… 여, 여자군. 그럼 곤란한데. 아무리 힘든 싸움이래도 여자를 칠 수야 없잖나.'

형체를 본 건 아니다. 미풍에 스며 있는 냄새를 맡았다. 만홍도에서 맡았던 냄새들…… 내공이 강해지면서 한동안 잊고 지냈던 후각. 미풍에 담겨 있는 냄새는 분명이 여인의 살 내음.

싸움 중에 생각을 하던 상대방이 보기에는 성신을 놓은 사람처럼 여겨신다.

페엑! 퓨웃! 사아악!

여지없이 허공이 갈라졌다.

이번에는 앞으로 나가지 않고 신형을 뒤로 뺐다.

검에 잘린 머리카락이 한 움큼이나 휘날렸다.

'이렇게 피하기만 하다가는 꼼짝없이 당하고 말지. 그럼 안 되지. 안 되고말고. 한 번에 한 명. 그것만 생각하는 거야. 다른 것은 일체 생각지 말고. 운이 따라주기만 바라야지.'

틈이 보이는데 공격해 오지 않고 배길 텐가.

공격을 받지 않았던 사람처럼, 숨어 있는 사람들을 인지하지 못한 사람처럼 무방비 상태로 터벅터벅 걸음을 떼었다.

예상대로 급공은 없었다.

잠시 혼란스러울 게다. 안으로 안으로 파고들어 허점을 하나라도 지워야 할 처지에 오히려 활짝 열어젖히고 있으니. 그러나 그런 의문은 곧 가신다. 여인들은 치명적인 부위를 베어올 게 뻔하다.

휘이이잉……!

'미풍! 상(上)! 지금!'

여인들은 항상 상중하로 나누어 공격해 왔다.

서두는 법은 결코 없었다. 일검이 빗나가면 그뿐, 검에 변화를 주지 않았다. 미풍처럼 스치고 지나가는 검이다.

가슴과 복부를 내줬다. 그리고 위를 노렸다.

페엥!

팽팽하게 당겨진 시위가 쏘아져 나가듯 목곤이 일직선으로 쭉 뻗쳐 올라갔다. 두 발은 농도 시절에 연마한 해사풍을 전개하여 자욱한 먼지를 일으켰다.

써걱! 척!

고기를 써는 듯한 파육음이 새어 나왔다. 가슴과 배를 노린 검이 어딘가를 베고 지나간 흔적이다.

목곤은 허공만 찔렀다. 목곤 끝에 걸려야 할 묵직한 감촉이 느껴지지 않는다.

'손해만 봤네.'

가슴과 복부에서 붉은 피가 콸콸 흘러내린다. 워낙 길게 베어져서 치명적인 부위가 아니더라도 위급한 상황이다.

소득이 전혀 없지는 않다. 목곤을 찔러내자 상(上)에서 내려오던 검이 감쪽같이 사라졌다. 맹인이 작대기를 휘두르듯 목표를 찾지 못하고 내짓는 곤법이니 살짝 몸을 틀기만 해도 피해낼 수 있었을 터인데, 아예 물러나 버렸다.

두 가지로 나누어 생각할 수 있다.

여인들은 어찌 된 영문인지 변화를 취하지 못한다. 예정되었던 공격 수순 이외에는 다른 길로 갈 수 없다. 그렇기에 몸만 틀면 될 것을 물러나 버린 게다.

두 번째는 공격보다는 방어를 중시하는 경우다. 적을 죽이면서 살점 하나 내주는 것도 아깝다는 뜻인가? 그런 경우가 없지는 않다. 바로 지금이 그때다. 서둘지 않아도 반드시 죽일 수 있다는 확신을 지닐 때 그런 행동이 나온다.

절정신법으로 정리한 무위보법은 아무 효과를 보지 못했다. 무위보법의 특징은 놀랍도록 빠르다는 것인데, 빠름에서 상대에게 뒤지니 효과가 나올 리 없다.

오히려 해사풍이 약간 낫다. 빠름에서는 무위보법보다 못하지만 먼지를 일으킨다는 큰 장점이 검을 빗나가게 한다.

해사풍을 펼치지 않고 무위보법만 고집했다면 가슴과 복부에 구멍이 뻥 뚫리고 말았으리라.

'해사풍의 모든 묘리를 포함시켜서 발전시킨 것이 무위보법. 한데 무위보법은 소용이 없고 해사풍이 효험을 봤어. 일처일공(一處一功), 일전일공(一戰一功)인가.'

가장 뛰어난 살인기예는 무엇인가!

땅을 기어가는 개미를 죽이는 데 어떤 초식을 사용하면 좋을까? 일섬곤? 십자곤? 허간곤? 건곤곤?

아니다. 발로 짓밟는 것이 가장 뛰어난 절공이 된다.

초식도 사람과 장소에 맞춰서 변화할 줄 알아야 한다. 그런데 자신은 개미를 죽일 때나 하늘에 날아다니는 새를 죽일 때나 항시 어떤 초식을 사용할까 하는 생각부터 해왔다.

일처일공, 일전일공.

갑작스런 깨달음은 활력을 불어넣었다.

'초식에 구애받지 말라! 싸움에 임하면 옛 초식을 바탕으로 새로운 초식을 창안해야 한다. 초식이란 통하다가도 통하지 않는 것이니.'

목곤 중단을 잡고 팔랑개비처럼 휘돌렸다.

옛날을 생각해 보라.

만홍도에서 이들을 만났다면 목을 늘어뜨리고 검이 날아오기만 기다렸을 텐가?

태극오행진기를 운기할 수 없다고 해서 당황할 건 없다. 있으면 있는 대로, 없으면 없는 대로…… 현 상태에서 가장 적합한 공격만 할 수 있다면 일전일공이다.

공기가 미세한 파동을 일으킨다. 미풍이 불어온다는 증거!

파아앗!

신형을 왼쪽으로 휙 틀었다. 동시에 팔랑개비처럼 돌아가던 목곤은 커다란 방패가 되어 상중하를 차단했다.

땅! 따당! 따앙!

처음으로 병장기 부딪치는 소리가 들렸다.

역시 판단보다 한 수 빠르다. 느낌대로 목곤을 쳐내면 낭패를 당한다. 느낌이 오는 순간 몸이 움직이고 있어야 한다. 한 수 빠른 몸놀림만이 검을 막아낸다.

절곡 입구를 향해서 거침없이 걷기 시작했다. 손에 들린 목곤은 팔랑개비가 되어 좌에서 우로, 우에서 좌로…… 끊임없이 이동하며 몸을 감싼다.

쉬익! 쒜에엑! 츠으윽!

여인들은 급기야 등을 향해 검을 뻗어냈다. 그 순간, 금하명은 팽그르 돌며 목곤을 쳐내고 있었다.

팔랑개비가 맹렬하게 돌아간다. 큰 방패가 되어 물샐틈없는 막을 형성한다. 전과 다른 점이 있다면 방패가 정면으로 돌지 않고 약간 경사를 진 채 적 쪽을 향해 돌아간다는 점이다.

까가강! 따악! 쨍! 찌익!

날카로운 금속성이 울렸다.

다행히도 여인들의 내공은 금하명보다 못했다.

막강한 진력이 깃든 목곤과 검이 부딪치자 대번에 검신이 부러져 두 동강 났다. 그뿐만이 아니다. 목곤은 검을 무러뜨린 후에도 회전을 계속했고, 머리를 공격해 오던 여인의 옷자락을 건드렸다.

찌이익!

옷이 찢어지는 소리다. 한데…… 찢긴 자락은 없다. 무슨 놈의 옷이 철사로 짠 듯 단단하다. 손바닥 감촉마저 사라져서 목곤에 전해지는 느낌은 알 수 없지만, 목곤의 흔들림으로 보아서는 금강석처럼 단단하다.

문득 만홍도에서 비호대와 싸웠던 기억이 떠올랐다.

비호삼대주였던가? 검으로 베어도 피 한 방울 나지 않는다던 자. 그자가 입고 있던 옷이 흑함사(黑頷蛇)의 껍질로 만든 보의(補衣), 흑함보의였다.

흑함보의는 노노가 가져갔는데…….

'뭔지는 몰라도 흑함보의와 비슷한 거겠군. 도검을 두려워하지 않고, 신형까지 감출 수 있는 옷이라. 아냐, 무언가 부족해. 몸이야 보의로 가린다지만 기척도 없이 검을 날리고, 흔적없이 사라진다는 것은…… 진(陣)! 말로만 듣던 진에 갇힌 건가? 별걸 다 겪어보네.'

생각은 바로 행동으로 이어졌다.

파아앗!

목곤을 사정없이 휘두르며 선불 맞은 멧돼지처럼 뛰어다녔다. 목적도 없고 방향도 없다. 발길이 닿는 곳이면 땅이고 바위고 가리지 않고 달리고, 넘고, 날았다.

발밑에서 뿌연 먼지가 자욱하게 일어났다.

천군만마(千軍萬馬)가 질주해 오는 것처럼 절곡 안이 온통 먼지로 가득 찼다.

독수리처럼 매섭게 빛나는 눈은 먼지 속에서 희미하게 드러나는 열 명의 그림자를 보았다.

아홉 명은 구궁(九宮)의 위치를 점하고 있으며, 한 명은 구궁 밖에서 진을 조정하고 있다.

이것이다! 진이란 예정된 변화만을 따르게 되어 있다.

공격해 오던 여인들이 변화를 일으키지 못한 것은 그들 자신이 구궁의 위치를 벗어나면 안 되기 때문이다. 아홉 명이 둘러싸고 있지만 세 명만이 공격해 오는 것도 같은 이치다. 다른 여섯 명이 주위를 둘러싸고 의기(疑氣)를 발산해 줌으로써 착시 현상을 일으킨다.

이들은 그렇게 빠르지 않다. 그렇게 보일 뿐이다. 빠르기는 해도 손도 써보지 못할 정도는 아니다.

금하명은 무위보법에 해사풍을 섞어 빠르게 질주했다.

여인들은 한 명도 처지지 않는다. 그가 움직이는 대로 따라붙는다. 적어도 무위보법에 버금가는 신법을 구사한다는 이야기가 된다.

그만한 신법에 구궁의 묘, 연수합격, 흑함보의와 비슷한 종류의 은형보의(隱形補衣)까지 입고 있으니 검상(劍傷) 몇 개로 끝난 게 천행이다.

쉬익!

허공으로 펄쩍 뛰어올랐다.

여인들도 따라서 올라온다. 그가 어느 방향으로 움직이든 자석에 이끌린 것처럼 따라붙어서 구궁을 점한다.

떨치지 못해도 상관없다. 여인들이 검을 전개하지 못하게끔 공격 가능한 시간만 빼앗으면 된다.

그러면서 점점 절벽 쪽으로 이동해 갔다.

등에 절벽을 지고 있으면 전면 밖에 남지 않는다. 좌우측노 공격할 공간이 있지만 절벽에 잇닿아 있어서 제약을 받는다. 전후좌우를 포위해야만 하는 구궁진이 무너지는 셈이다.

여인들도 금하명의 의도를 읽었는지 결사적으로 발길을 붙잡았다.

절벽 쪽에 자리잡은 여인들이 노골적으로 살기를 쏘아온다. 방향을 돌려 다른 쪽으로 움직이라는 압박이다.

'살기를 드러낸 것부터가 실수! 진법은 능숙할지 몰라도 실전 경험은 일천하군.'

사람은 당황하게 되면 실수를 저지른다.

금하명은 자신에게 전해진 실수를 놓치지 않았다.

파아앗! 쒜에엑……!

무위보법이 여인들을 절벽으로 바짝 밀어붙였다. 또한 목곤이 둥근

원을 그리며 호선(弧線)을 그렸다.

 남해검문의 절학, 해무십결 중 제칠결 월광참으로 만홍도에서 한 번 견식한 적이 있으나…… 검리(劍理)는 모른다. 월광참이 원 안에 적의 병기를 가둔다는 것만 알고 있다. 그런 효능은 목곤으로도 펼칠 수 있을 것 같아서 펼친다.

 빠바박……!

 절벽으로 가는 길을 가로막아선 여인들이 원 안으로 갇히기 시작했다.

第三十一章
일보환일보(一報還一報)
자기가 한 일은 자신에게 되돌아온다

일보환일보(一報還一報)
…자기가 한 일은 자신에게 되돌아온다

'특이한 꽃…….'

진화휘는 하 부인을 보자마자 걷잡을 수 없이 빨려 들어갔다.

여인의 진가는 여인을 잘 알고 있는 사람만이 판별할 수 있다. 그런 면에서 진화휘는 자기 자신이 최고의 여자 감별사라고 자부했다.

품종으로 따지면 하 부인은 극상품이다.

빙사음에 비해서 전혀 뒤지지 않는 미색이라는 점을 인정한다. 빙사음만한 미녀가 또 있을까 싶었는데, 우물 안 개구리였다. 손만 뻗으면 닿을 곳에 그런 미녀가 있었다.

세상 사람들은 눈이 삐었다.

하 부인을 성녀로만 보았지 여인으로 보지 않았다. 그러니 흘러 다니는 소문이란 것도 미색보다는 그녀의 성스러운 의술 행위에 대한 것이 대부분이다.

간혹 빼어난 미녀라는 소문도 들었지만, 무시하고 지나쳤다. 미녀라는 여자가 의술에만 매달린다면…… 잠자리에서는 석녀(石女)나 다름없지 않겠나.

그런데 아니다. 다소곳이 앉아 있는 모습, 곤궁에 처해 있으면서도 옷매무시를 흐트러뜨리지 않으려고 신경 쓰는 모습은 생각했던 대로 석녀에 가깝다.

빼어난 미모, 고운 자태는 인정하지만 사내를 흥분시키고 절정에 이르게 만드는 밤기술은 바라지 못할 여자다.

후후후! 여자를 어설피 아는 작자들이나 그런 말을 한다.

자신 역시 하 부인을 직접 보기 전에는 그런 생각을 가졌으니 남만 탓할 수도 없지만.

하 부인은 사내를 안다. 그녀의 몸에서 풍기는 달짝지근한 냄새는 암컷이 수컷을 유혹하는 발정향이다.

이런 냄새를 풍기는 여인은 낮 모습과는 상관없이 백이면 백 요부로 변신한다.

빙사음도 이런 여자다. 해남도에 빼어난 미모를 지닌 여인은 많지만 빙사음을 단연 제일로 여기는 것은 그녀에게 사내의 심혼을 빨아 당기는 요부의 기질이 숨어 있기 때문이다.

빙사음은 많이 가르쳐야 한다. 가르치지 않아도 잠자리를 거듭하다 보면 스스로 배우게 될 터이지만, 당장은 숙맥이다. 반면에 하 부인은 언제든 절정으로 이끌어줄 수 있는 여자다.

'정말 특이한 꽃이야. 후후후! 아버님도 눈이 있었군. 해순도주 자리와 대해문주 자리를 바꿀 수 있다는 말까지 하셨다면…… 어지간히 마음에 드셨군. 하긴, 이런 여자를 내버려 둘 사내자식이라면 고자나

다름없지.'

귀제갈은 잘못 생각했다.

그것도 머리라고…… 그런 머리로 계책이라는 것을 짜고 있으니 늘 실패만 거듭하는 게다.

하 부인을 이용해서 대해문주를 제거하겠다는 계획은 좋았지만…… 그러려면 자신에게도 하 부인의 존재를 숨겼어야 한다. 아니면 빙사음과 비교될 만한 미녀라는 말을 하지 말던가.

이것저것 말할 것 다 말해 놓고 구경만 하라는 말은 자신을 너무 모르는 소리다.

진화휘는 마음을 굳혔다.

'후후! 넌 내 꽃이 되어야 해. 아비가 죽는 걸 빤히 지켜보는 불효자라도 아비가 품에 안은 꽃을 건드릴 수는 없잖아. 그건 인간 말종들이나 하는 짓이고…… 널 아비 눈에 띄게 할 수는 없지. 귀제갈…… 계획이 좀 어긋나겠지만 어디 좋은 머리로 방법을 생각해 보라고.'

귀제갈에게는 대해문이 소중할지 몰라도 진화휘에게는 하 부인이나 빙사음이 더 소중했다.

"대해문 소주……? 대해문에서 왜 날…… 아!"

하 부인은 진화휘를 알아봤다. 하지만 말은 끝내지 못했다. 묵직하게 눌러오는 손끝이 혼혈(昏穴)을 부드럽게 자극했다.

"음성도 곱군. 나이만 한 십 년 젊었다면 빙사음을 대신할 만한데."

그는 손수 혼절한 하 부인을 어깨 위에 둘러멨다.

추적술이라는 건 대단한 게 아니다. 한곳에 몰입하는 집중력과 뛰어난 관찰력, 주변 상황을 읽는 해독력만 지니면 누구나 추적의 대가가 될 수 있다.

아! 인과 관계도 빼놓을 수 없다.

인간의 행동에는 반드시 원인과 결과가 있다. 어떤 행동을 할 때는 그에 합당한 설명이 존재한다. 돌연한 행동, 돌변한 태도…… 느닷없이 일어나는 일에 당황하지만, 그럴 것 없다. 조금만 자세히 내면을 들여다보면 파악해 낼 수 있다.

어렵나? 그럼 추적을 포기해야지.

야괴는 중원 전체를 통틀어 포기하지 않는 몇 사람 중에 한 명이다.

칡넝쿨로 가려져 입구가 보이지 않는 동혈을 찾아내는 것쯤은 누워서 식은 죽 먹기다.

동혈 안은 습기 탓인지 후덥지근했다.

"클클! 여긴 아무래도 아닌 것 같은데."

삼박혈검이 농 반 진 반으로 말했다.

천연적으로 형성된 굴이니 동혈이라고 하는 게 맞겠지만 두어 명만 들어서도 꽉 차는 비좁은 곳에 사람을 가둬둘 리는 없지 않은가.

야괴는 삼박혈검 말은 들은 척도 하지 않고 동혈 밖으로 나가 사방을 살폈다.

산 너머에는 호수가 있다. 산에서 굽어보는 곳에는 강이 흐른다. 동남쪽으로 사오 리만 가면 항구가 나오고, 사방으로 뚫린 길도 십여 군데에 이른다.

추적자를 피해서 무엇을 숨기기에는 아주 이상적인 곳이다.

삼박혈검처럼 정통 무공만 고집해 온 사람들이 이해할 리 만무다.

야괴의 눈길이 모든 길을 훑었다.

정상적으로 도주할 수 있는 길은 육로가 열 군데, 수로가 여섯 군데.

비정상적으로 도주할 수 있는 곳은 서른 군데에 이른다. 동혈에서 몸을 빼낼 수 있는 곳이 오십여 군데나 되는 셈이다.

이런 곳이 최적지가 아니면 어떤 곳에 숨길까.

야괴는 제일 먼저 정상적으로 도주할 수 있는 열여섯 군데를 제외시켰다.

동혈에 배어 있는 냄새는 두 개뿐이다. 하나는 오랫동안 지켜봐서 너무 익숙해진 하 부인의 체향(體香)이고, 또 하나는 주지육림(酒池肉林)에 파묻혀 사는 자들에게 배인 퇴폐적인 냄새다.

그러면 분석은 끝났다.

대해문은 강골(强骨) 집단이다.

남해십이문 중 가장 마음에 드는 문파이기도 하다.

귀제갈의 초청을 받아 대해문에 머물 적에 구석구석을 살펴볼 기회가 있었다.

대해문은…… 한마디로 말해서 싸움에 미친 인간들이 모인 곳이다.

단지 몇몇 인간만이 치열한 혈전에 뛰어들지 못하고 언저리만 빙빙 돈다.

귀제갈이 대표적인 인간이다. 또 어처구니없게도 대해문주의 자식인 소주라는 인간도 그렇다.

진화휘.

그는 자신의 엽색 생각이 비밀에 가려져 있는 줄 알지만, 야괴가 파악한 바로는 적어도 십여 명 이상이 알고 있다.

대해문에서 주지육림에 파묻혀 지낼 자는 진화휘밖에 없다.

하 부인을 데려간 자는 얼마 전에야 동혈에 들어섰다. 하 부인의 냄새와 비교해서 농도가 다르니 틀림없다고 단정해도 좋다.

백석산에 포진한 독사어가 얌전히 길을 비켜줄 사람은 몇 명 되지 않는다.

진화휘가 하 부인을 데리고 사라졌다.

그의 의식 구조로 판단했을 때, 하 부인을 대해문으로 데려갔다고 보기는 어렵다. 설혹 데려갈 수밖에 없는 상황이라고 해도 워낙 여색이라면 사족을 못 쓰는 인간이니 먼저 일을 저지른 다음이 될 것이다.

그는 자신만의 은밀한 곳을 찾는다.

정상적인 길이라면 남의 이목을 의식해야 할 터이고, 대해문도라는 점이 발각되어서도 안 된다.

필연코 비정상적인 도주로를 택했다.

그는 같은 대해문도의 이목도 속여야 한다.

이렇게 조건이 많아질수록 활동할 수 있는 범위는 좁혀진다.

그는 백석산 독사어가 전멸할 것이라고는 생각지 못했을 게다. 최소한 한두 명이라도 목숨을 빼내서 대해문으로 돌아갈 것이라고 생각했을 게다.

그럼 독사어의 눈길이 미치지 않는 곳으로 움직였다는 정도는 쉽게 생각할 수 있다.

'이곳이군.'

동혈에서 강으로 빠지는 길은 백색 바위들이 많아서 은신하기가 쉽다. 또한 강어귀에서부터는 커다란 절벽으로 둘러쳐져 있어서 산을 돌아가도 모습이 쉬이 발견되지 않는다.

강을 따라 산을 돌면 여항리(黎巷里)가 나오는데, 마을로 들어갈 리는 없으니 야산을 따라 돌면…….

'그렇군. 음산(陰山)으로 향하고 있어. 약은 자식…….'

야괴는 침음을 토해냈다.

그는 혼자 몸이다. 음산으로 들어서면 찾을 방도가 없어진다. 사람을 대대적으로 동원해서 수색을 한다면 몰라도 생각만으로는 쫓을 수 없다.

방법은 오직 하나, 음산으로 들어서기 전에 잡는 길뿐이다.

"중평(中平)에 수색망을 펼칠 수 있소?"

"중평으로 간 건가?"

빙사음이 물어오길 바랐는데…… 칠보단명이 물어왔다.

"진화휘요, 찾을 자는."

"흥! 그놈일 줄 알았지. 아비나 자식이나 못된 짓만 골라 하는 인간들이란 그저……."

명옥대검이 눈을 부라리며 말했다.

야괴는 짜증이 치밀었다. 눈치없는 노인들은 입 좀 다물고 빙사음이 말을 건네주면 오죽 좋을까.

하지만 빙사음은 야괴의 마음을 아는지 모르는지 먼 하늘만 쳐다보고 있다.

하늘에 그림을 그리는 건가. 금하명의 얼굴을?

"위험하다 싶으면 꼬리를 자르고 도망칠 자요."

"진화휘가 어떤 작자인지는 우리가 잘 알지. 때려죽일 놈, 그 아이에게 손끝만 대봐라. 사지육신을 비틀어 버릴 테니."

추명파파가 발을 쾅 굴렀다.

삼박혈검은 품에서 오색향(五色響)을 꺼내 터뜨리려다가 고개를 저으며 말했다.

"클클! 빨리 여항리로 가야겠어. 비밀리에 감시망을 펼치려면……

진화휘도 그놈도 오색향은 알고 있거든. 여항리에 전서구가 있으니 그리고 가세."

"정운리(晶煩里)에도 남해검문도가 있소?"

"있지."

"그리로 갑시다. 어차피 우리도 중평으로 가야 되니까."

삼박혈검이 고개를 갸웃거리며 물어왔다.

"너…… 정말 해남도는 처음이냐?"

"무슨 말이오?"

"해남 곳곳을 빠삭하게 알고 있으니 하는 말이지. 어떻게 산이며, 강이며, 마을이며 우리보다 잘 아냐?"

'살수가 가장 기본적으로 익혀야 할 것이 지리(地理).'

빙사음이 물어왔다면 그렇게 대답해 주었으리라.

야괴는 삼박혈검을 등 뒤로 하고 신형을 쏘아냈다.

진화휘는 여항리까지 빠져나온 다음, 야산 팔부 능선을 타고 일로 동진(東進)했다.

어깨를 짓누르는 감촉이 너무 부드럽다. 신법을 펼칠 때마다 등에 부딪치는 봉긋한 가슴 감촉도 죽일 맛이다.

눈만 살짝 돌리면 크지도 작지도 않은 엉덩이가 보인다.

왼손을 들어 엉덩이를 쓰다듬었다.

보드랍다. 탁탁 튀긴다. 손가락으로 살짝만 눌러도 푹 들어갈 것같이 말랑거리면서도 강한 탄력도 느껴진다.

이렇게 상반된 느낌을 줄 수 있는 살결이야말로 최상품이다.

'미치겠군.'

그렇다고 아무 데서나 건드릴 수도 없다.

하 부인 같은 여자는 정절이니 뭐니 하며 내숭을 떨기 일쑤다. 강간이라도 당하면 눈 딱 감고 목욕 한 번 하고 나면 끝날 일을, 죽네 사네 하며 사람을 피곤하게 만든다.

금하명에게 당한 전력이 있으니 그렇게까지야 못하겠지만, 그래도 상당히 귀찮게 할 여자다. 자칫 하면 쾌락 한 번 맛보고 손수 죽여야 할지도 모른다.

그러기에는 아깝지 않은가. 조금만 시간을 주면, 더도 덜도 말고 딱 열흘만 주면 공략할 자신이 있는데, 잠시 즐겁자고 두고두고 즐길 장난감을 망가뜨릴 수는 없다.

음산까지만 가면 즐거움을 만끽할 수 있다. 음산에는 그만의 아방궁(阿房宮)이 있다. 거기서 금하명이 단애지투를 끝낼 때까지 여유롭게 여심을 공략하면 된다.

아마도 하 부인과 극락을 오르락내리락할 때쯤이면 금하명과 아비지의 생사격전도 끝났을 게다.

그는 금하명이 현재 단애지투를 계속 벌이고 있다는 사실을 알지 못했다.

'삼십팔전단은 버리기 아까운데…… 할 수 없지. 팔기단만으로도 남해검문쯤은 해치울 수 있으니까. 후후후!'

웃음이 새어 나왔다.

하 부인은 자신이 낚아챘는데…… 없는 먹이를 두고 으르렁거릴 금하명과 아비를 생각하면 웃음이 절로 터졌다.

"널 위해서 이 고생을 한다. 두고두고 보답해야지?"

진화휘는 거칠 것 없이 쏘아나갔다.

진화휘가 알지 못했던 사실, 수족이 되어 움직이던 밀당주가 그에게 보고하지 않은 사실, 금하명이 단애지투를 이어간다는 사실은 진화휘에게 치명적인 결과를 안겨주었다.

'이게 뭐야?'

진화휘는 중평을 지나치자마자 무엇인가 잘못되었다는 것을 직감적으로 깨달았다.

무인이 너무 많다.

쇄검문도, 적검문도, 한검문도…….

하나같이 문파에서 추리고 추린 자들인지 기도가 상당하다.

'이놈들이 왜 깔려 있는 거야? 단애지투도 끝났으니 자파로 돌아가야…… 아차차! 귀제갈, 이노옴!'

분노가 치솟았다.

바보가 아닌 다음에야 상황이 읽히지 않을 리 없다.

만나기만 하면 검을 뽑는 자들이 어깨를 나란히 하고 한곳만 노려본다는 것은 무엇을 의미하는가.

단애지투가 끝나지 않았다. 그리고 불행히도 단애지투의 종착지인 오석과 중평은 지척지간이다. 해남무림인들이 보보마다 깔려 있는 건 너무도 당연하다.

진화휘는 찰나 만에 냉정을 되찾고 상황을 정리했다.

'일단 몸을 빼내야 하는데…… 음산으로는 갈 수 없고. 귀제갈…… 그놈이 노린 건 나였어. 내 목숨을 거둬갈 사람들은 남해검문이 틀림없겠지. 어쩐지…… 백석산에 남해옥봉이 나타났을 때 눈치챘어야 하는데. 우연이 아니었어.'

귀제갈은 믿을 수 없다. 금하명이 단애지추를 끝냈는데도 아무런 보고를 하지 않은 밀당주도 믿을 수 없다. 믿을 수 있는 사람은 자신이 죽이려고 작정했던 아버지밖에 없다.

대해문으로 돌아가야 살 수 있다.

하지만 지금 모습으로는 안 된다. 혼절한 하 부인을 끼고 다니다가 누구에게라도 발각되는 날에는 귀제갈이 아버지를 노리고 퍼뜨렸던 소문이 진실로 변한다.

대해문이 하 부인을 납치해서 겁탈했다.

필시 귀제갈은 아버지에게 하 부인의 '하' 자도 꺼내지 않았을 게다.

너무 우둔했다. 아버지 성격을 잘 알면서 납치해 온 여자를 받아들일 것으로 생각했다니. 당장 불호령을 내려 납치해 온 자들을 도륙하고도 남을 분인데.

'어떡한다……'

잠시 망설였다. 하 부인은 자신을 봤다. '대해문 소주'라는 말을 분명히 했다. 아무 곳에나 놔두고 도주할 수도 없게 되었다.

방법은 하나, 하 부인을 죽여서 입을 봉해놔야 한다.

여색을 밥보다 좋아하는 그였지만 목숨이 경각에 달린 상황에서까지 여자를 탐할 바보는 아니었다.

하 부인을 살며시 내려놨다.

깨끗한 얼굴, 탐스러운 육봉, 치마 사이로 살짝 모습을 드러낸 하얀 살결…….

이대로 죽이기에는 정녕 아까운 여자다. 아마도 평생 오늘 일만 떠올리면 후회할지 모른다.

양손으로 옆머리를 움켜잡았다.

죽이는 데까지 힘을 쓸 필요는 없다. 양손에 약간만 힘을 주고 머리를 돌려 버리면 목뼈가 부러져 즉사한다. 그때,

슈우욱!

예기치 않은 공기의 흔들림이 귓전을 간질였다.

'제길!'

틀렸다. 누군가에게 발각되었다. 하지만 이 정도의 곤란쯤에 당황했다면 그 많은 여자들을 건드리지도 못했을 게다.

"부인! 정신 차리시오! 부인! 엇!"

진화휘는 하 부인의 머리를 두어 번 흔들다가 검이 지척에 이르러서야 화들짝 놀란 척하며 몸을 빼냈다.

쉬익!

검날이 아슬아슬하게 스쳐 지나갔다. 조금만 늦었어도 쭉 찢어진 옷 대신 살점이 베어져 나갔을 것이다.

"누군데 다짜고짜……."

홱 몸을 돌려 상대를 쳐다보던 진화휘의 안색이 딱딱하게 굳었다.

"여전하군, 그 더러운 속성은."

빙사음이었다. 그녀가 옛날 일을 떠올리려는 듯 검흔이 깊게 새겨진 목을 어루만지며 말해 왔다.

'빌어먹을! 일 한번 더럽게 풀리네. 어떻게 이렇게 빨리 쫓아왔지. 귀제갈, 이놈의 새끼가 수작을 부렸나.'

대해문으로 돌아가면 귀제갈만은 반드시 요절내고야 말겠다고 다짐에 다짐을 거듭했다.

한편으로는 주변을 살폈다. 빙사음뿐이라면 최후의 수단으로 무공

을 사용하여 제압하는 방법이 있다. 아니, 절실하게 원한다. 하 부인과 빙사음을 한 번에 안아볼 수만 있다면…….

'지금 내가 무슨 생각을…… 우선 목숨부터 빼내야 돼. 귀제갈, 이놈이 수작을 부렸다면 단단히 걸려들었을 테니, 다른 생각은 일절 말아야 돼.'

있다. 존재감이 느껴진다. 수림에 몸을 납작 엎드리고 숨어 있는데, 무공은 그렇게 높은 것 같지 않다.

'무공으로는 해볼 만한데…….'

"소저, 무슨 오해가 있는 듯한데."

"가."

"뭐, 뭣!"

"보기 싫으니까 가. 참는 데도 한도가 있어. 나…… 지난 일 년간 한시도 쉬어본 적이 없어. 얕보지 말고 가."

진화휘는 말을 하려고 입을 달싹거리다 꾹 다물었다.

'오해라고 우기면 그만. 체면이고 뭐고 지금은 목숨부터 구해야 하니. 빙사음…… 지금 모욕, 꼭 기억해 두지.'

진화휘는 망설임없이 신형을 날렸다.

잠시 후, 야괴를 비롯하여 남해검문 사장로가 모습을 드러냈다.

"클클! 잘 참았어. 못된 개야 언제든지 때려잡을 수 있으니 안으로 꾹 눌러둬."

삼박혈검이 빙사음의 어깨를 툭툭 치며 말했다.

진화휘를 치는 것은 어렵지 않다. 하 부인을 납치했다는 사실만으로도 죽여 마땅하다. 하지만 그의 뒤에는 대해문이 있다. 하 부인이 본인 입으로 진화휘에게 납치당했다고 말해도 뚜렷한 증거를 내세우지 못하는 한, 공염불에 지나지 않는다.

　진화휘를 죽이려면 전면전까지 염두에 두어야 한다. 그것이 삼정과 삼박혈검, 추명파파로 하여금 진화휘 앞에 나서지 못하게 만든 원인이었다. 그들이 나서면 죄업을 본 이상, 반드시 징치해야 하므로.

　추명파파는 단숨에 하 부인에게 달려가 상태를 살폈다.

　"다행히 혼혈만 짚어놨네. 썩을 놈. 야, 이놈아! 빚 하나 졌다."

　추명파파가 야괴를 보며 말했다.

　'닭 쫓던 개 지붕 쳐다본다더니 내 짝이 꼭 그 짝이네.'

　하 부인까지 떨궈놨으니 홀가분하게 대해문으로 돌아갈 수 있다.

　귀제갈의 음모에서 한 겹 벗어난 기분이랄까? 저승 문턱까지 들어갔다가 기어나온 심정이랄까.

　남해검문은 진실을 알아도 발설하지 못한다. 남해검문과 대해문이 으르렁거린 게 어디 한두 해던가. 두 문파 간에는 콩을 콩이라고 해도 믿지 않을 만큼 불신이 쌓였다.

　'귀제갈, 이 빚은 꼭……'

　생각이 뚝 멎었다.

　앞에서 치달려오는 자를 본 순간 묘한 기분이 들었다.

　자신과 귀제갈이 같이 양성한 독사어, 그리고 어주. 저자는 자신을 택했나, 귀제갈을 택했나. 적인가, 아군인가.

　어주는 십여 장 거리를 단숨에 좁혀와 깊이 포권지례를 취했다.

　"무사하셨군요."

　"……."

　진화휘는 공력을 운집하고 진의를 살폈다.

"백석산 독사어들이 몰살한 것을 보고 급히 음산으로 가던 중이었습니다. 무사하시니 천만다행입니다. 그런데……."

"그런데?"

"하 부인이 어찌……?"

"뺏겼는데, 되찾아올래?"

"명이시면."

어주는 정말 신형을 날릴 태세였다.

"됐어. 우선 대해문으로 돌아……."

진화휘는 말을 하다 말고 어주를 노려봤다.

"해남무림에 너 같은 놈이 있다는 게 치욕스러웠다."

어주가 스르릉 장검을 뽑았다.

진화휘는 위기를 느꼈으면서도 꼼짝하지 못했다. 몸이 말을 듣지 않는다. 몸에 아교를 퍼부어 굳혀놓은 듯하나. 딱딱하게 굳어서 손가락조차 꿈지럭거릴 수 없다.

'마정산(痲楨散)…… 마정산에 당하다니. 내가…….'

주로 성격이 삐딱한 여인을 데려올 때 사용했던 마정산을 자신이 당하다니. 이토록 절박한 순간에. 무공으로 싸우면 몇 초식 거리밖에 안 되는 놈한테 당하는 수모라니.

"편히 가라."

어주가 검을 놀렸다.

어깨를 깊숙이 파고든 검이 쇄골을 갈랐다. 그대로 밑으로 그어 내리면 심장, 하지만 검은 부드러운 선을 그리며 몸 밖으로 빠져나간다. 아니, 빠져나갔다 싶은 순간 방향을 틀어 옆구리를 그어 내린다.

"큭큭! 남해검문 천빙소(天氷笑)군. 본 문과 남해검문을 상잔시킬 심산이었군. 크크크!"

진화휘는 웃었다.

"천빙소는 사식(四式) 이십육초(二十六招). 삼식까지는 매 육초로 이루어진다 하니 일식 육초만 사용할 생각이다. 마지막이니 제발 육초까지만 죽지 말고 버텨. 이것도 견뎌내지 못하는 약골이었다면 그동안 소주로 모셨던 내가 불쌍해지잖아."

진화휘는 삼 초 만에 절명했다.

❷

금하명은 목곤까지 떨어뜨리고 가슴에 고개를 파묻었다.

새벽에 시작한 싸움이 정오가 되어서야 끝났다.

상대는 단 열 명.

구궁진만 무너뜨리면 금방 끝날 줄 알았는데, 일신에 지닌 절기 또한 가공할 정도로 높아서 쉽게 무너뜨리지 못했다.

결국 예상치 않았던 지구전을 펼치게 되었고, 태양이 중천에 뜰 무렵에서야 간신히 몸을 눕힐 수 있었다.

피곤하다.

역천신공을 끌어올릴 무렵부터 피곤이라는 말을 잊고 살았는데, 정말 피곤하다.

금하명은 근 반 시진이나 꼼짝하지 않고 앉아 있었다.

검에 베인 상처는 더 이상 벌어지지 않았다. 전엽초의 독성이 자연 지혈까지 시켜주는 바람에 피도 멈췄다.

그저 앉아서 쉬기만 하면 된다.

정말 이상하다. 어젯밤에 싸웠던 무인도 그렇고, 근 반나절 동안이나 정신없이 뛰게 만들었던 여인들도 그렇고…… 각 문파에서 보낸 자들인 것은 틀림없지만 문파를 대표하는 자들은 아닌 것 같다.

창파문에서 온 자만 해도 대낮에는 노도문 사천혈검 수준밖에 되지 않았다. 전엽초를 복용하기 전에는.

문파를 대표하는 자들도 아닌데 이 지경까지 몰아넣었다면…… 정작 검을 뽑으면 단숨에 목숨을 앗아갈 수 있지 않은가.

구태여 질질 끄는 이유는 뭔가.

이상한 점은 그 점이 아니다. 창파문이나 해주문 무인들은 치가 떨리게 가공스러웠다. 반면에 그들과 어깨를 나란히 했던 천풍문 문주는 너무 약했다.

약하다고는 볼 수 없다. 후나를 터득하지 못했다면 승부가 어떻게 갈렸을지 모른다. 천풍문도는 남해검문 살각이나 전각 무인들과 비교해도 손색이 없었다. 천풍문주는 남해검문주보다는 약해 보였지만 삼정과 비교하면 승부를 예측할 수 없다.

약하다는 것은 창파문, 해주문과 비교해서 한 말이다.

창파문, 해주문의 전력이 이 정도라면 일찍이 남해검문이나 대해문과 어깨를 나란히 하고 있어야 되지 않는가. 아니, 어쩌면 해남무림 최강 문파로 그들 두 문파를 꼽아야 하지 않을까?

어쨌든 해주문 여인들에게서 큰 것을 배웠다.

그녀들은 금하명의 무공을 철저히 무력화시켰다. 그가 지녔던 무공은 전혀 먹히지 않았다. 엉겁결에 일처일공, 일전일공이라는 무리(武理)를 깨달았고, 목구멍에서 신물이 올라올 정도로 혹독하게 수련받았다.
 수련이다. 싸움이 아니고 수련이었다. 목숨을 건 쟁투였으나 결국은 수련을 도와준 격이 되었다.
 싸움이란 이런 것이다. 살아남은 자는 점점 더 강해지고, 죽은 자는 두 번 다시 무공을 전개할 수 없는 것이고.
 '가야지. 가기로 했으니 끝을 봐야지.'
 땅에 떨어진 목곤을 집고 일어섰다.

 모양을 지나쳤다.
 해가 질 무렵에는 해구와 징매현의 갈림길인 십운(什運)에 도착했다. 이곳도 별 탈이 없다.
 금하명은 계속 걸었다.
 창파문도와의 싸움에서 얻은 경험이 있다면, 누군가 나타나서 초청을 하면 응해야 한다는 것이다.
 함정을 파놨다면 따라가 줘야 한다. 어차피 어느 곳에서나 펼쳐질 함정이니까.
 마을 가까이에서 싸운 결과는 어떤가.
 주민들은 밤새 잠 못 이뤘을 게다. 병장기 부딪치는 소리, 지축을 뒤흔드는 폭음, 비명 소리…… 소리뿐인가. 화약 냄새, 피 냄새는 오죽 지독한가.
 그뿐이면 다행이지만, 혹여 싸움판을 기웃거린 사람들이 전엽초의 독성에 목숨이나 잃지 않았을지 염려스럽다.
 창파문도 그런 점을 고려하여 인적없는 곳을 택했을 텐데.
 좌측으로는 험준한 여모령(黎母嶺) 산맥이 이어지고, 우측으로는 특이한 모양을 한 오지산(五指山) 정상이 보인다.

'홍모(紅毛).'

팻말이 어디쯤 왔다고 말해 준다.

삼십 리 정도 가면 해구에 버금가는 큰 도읍, 경중(瓊中)이 나온다. 거기서 다시 삼십 리 정도 더 가면 오석, 단애지투도 끝난다.

남아 있는 육십 리를 하루 동안에 주파해야 한다. 아니, 밤이 남아 있으니 하루 반이라고 해야 하나?

하루 반, 생과 사의 갈림길이다.

마을로 들어섰다.

홍모도 다른 곳과 마찬가지로 사람이라고는 그림자도 볼 수 없다. 저녁밥 냄새가 구수하게 번져 오는데, 나와 보는 사람은 아무도 없다.

주민들은 무인들이 활보할 수 있도록 문을 걸어 닫고, 해남무림인들은 마을 부근에서 싸우지 않고.

전혀 다른 세계에 사는 사람들이지만 서로에 대한 배려를 아끼지 않는다.

마을을 지나쳐 계속 걸었다.

길가로 졸졸 흐르는 냇물이 보기만 해도 시원해 보인다. 피로 얼룩진 옷을 벗고 들어앉아서 묵은 때를 시원하게 벗겨내고 싶다.

모두 나중으로 미뤄야 한다. 기껏해야 하루 반만 미루면 마음 놓고 목욕을 즐길 수 있다. 해남무림이 단애지투를 존중한다면 더 이상 필요없는 검은 들지 않아도 된다.

목욕 대신 두 손으로 물을 떠서 먹었다.

사흘이나 굶어서인지 뱃속이 사르르 쓰려온다.

목곤에 묻은 피도 씻어냈다. 여유가 있다면 새 목곤을 만들면 좋겠지만 이 역시 뒤로 미루련다. 어차피 또 피를 묻혀야 할 터이니.

홍모를 벗어나 풀벌레 소리만 요란한 산길을 삼사 리쯤 걸어왔을 때, 길 양쪽으로 도열하듯 늘어선 무인들이 그를 맞이했다.

몇 명이나 되는지 수조차 헤아릴 수 없다.

엊저녁만 해도 잿빛 하늘이었는지라 사위를 분간할 수 있었는데, 오늘은 칠흑 같은 어둠만 깔려 있어서 아무것도 보이지 않는다.

분명한 건 묵중하게 다가오는 기세로 보아 백여 명은 훨씬 넘을 것이라는 점이다.

'이들과는 어떻게 싸워야 하나.'

초식을 많이 알고 있다고 해서 능사가 아니다. 적에게 맞는 초식을 찾아내야 한다.

목곤을 굳게 움켜잡고 뚜벅뚜벅 걸었다.

'……?'

느낌이 이상하다. 사내들은 병기를 뽑지 않는다. 전신은 투지로 불타오르면서도 검을 뽑지 않는다.

좌우에 한 명씩 두 명. 그들 사이를 지나쳐 갈 때에서야 비로소 검을 뽑았다.

스르릉……!

발검이 완만하다. 살기를 조금도 엿볼 수 없다.

그들은 뽑은 검을 하늘로 추켜올려 경의를 표시했다.

무슨 뜻인지는 알 수 없다. 다만 싸울 의사가 없는 것만은 확실하다. 그러면서 활활 타오르는 투지를 굳이 숨기지 않는 것은 무슨 의미인가. 싸우고는 싶은데 싸울 수 없다는 뜻인가?

어쨌든 좋다. 싸우지 않겠다는 사람과는 싸우지 않는다. 뼛골이 저리도록 강한 느낌을 주는 자라면 몇 날 며칠을 사정해서라도 손속을 섞어보겠지만, 싸움 자체가 안 될 것 같은 자들과 병기를 마주치는 건 시간 낭비일 뿐이다.

스릉! 착! 스릉……! 처억……!

두 명, 네 명, 여섯 명…… 백 명…….

사내들의 숫자가 백 명을 넘어섰다. 그래도 끝이 보이지 않게 늘어서 있다. 도대체 몇 명이나 나선 것인가.

'열 명이 한 조. 이들도 진법인가?'

진법이라면 하도 고생을 해서 자연히 주의가 기울여진다. 특히 여인들이 열 명이었던 탓에 '열'이라는 숫자에는 신경이 바짝 곤두선다.

도열한 사내들은 열 명에 한 명꼴로 유독 강한 자가 있다. 네 명은 좌수검(左手劍), 네 명은 우수검(右手劍)이며, 한 명은 쌍검(雙劍)이다. 그리고 능히 일 내 일 비무를 신청할 만큼 강한 기도를 뿜어내는 자들은 왼쪽 허리에 장검을 패용했고, 오른쪽 허벅지에는 소검을 바짝 붙여서 매달았다.

이들 열 명이 어떤 공격을 펼칠지 궁금하다.

그런 자들이 이백 명을 넘어 삼백 명에 육박했다. 아직도 끝나지 않았다. 길고 긴 사람의 장벽은 끝이 보이지 않는 가운데 그들이 조용히 검을 뽑는 소리만이 정적을 깼다.

'두 줄. 사십여 명쯤 되니 팔십 명. 지나친 자가 삼백여 명. 삼백팔십 명. 삼백팔십…… 삼백팔십 명? 삼십팔전단! 대해문…… 삼십팔전단인가…….'

비로소 사내들의 신분이 짐작된다.

아직 확신할 수는 없지만 대해문 삼십팔전단이 틀림없어 보인다.

삼백팔십 명의 도열을 모두 지나 산길을 떡하니 막아버린 사인교 앞에 섰다.

"친구…… 놀랍군. 한마디로 놀랍다는 말밖에 나오질 않아."

사인교에서 흘러나온 음성은 우렁찼다.

"대해문 삼십팔전단인가?"

"하하하! 괜찮아. 역시 괜찮은 친구야."

휘장이 열리며 덩치가 우람한 장한이 내려섰다.

팔십 근 대부를 장난감처럼 휘두를 역사처럼 보인다. 애병으로 검이 아니라 대부나 철퇴를 선택하는 편이 더 어울렸을 것 같다.

"내가……."

사내가 손을 들어 가슴을 탕탕 쳤다.

"삼십팔전단 단주다. 이름은 동신종(董信宗). 무명은 없다. 삼십팔단주를 맡는 순간에 과거를 지워 버렸으니까."

"과거에는 검깨나 흘리고 다녔다는 말로 들리네."

"하하하하! 흘리고 다녔다? 재미있는 말이야. 이봐, 친구. 술 한잔 하려나?"

말이 끝나기 무섭게 사인교에서 다른 자가 내려와 술병을 받쳤다.

"고맙지만…… 가야 할 길이 멀어서. 오십 리 정도 남은 것 같은데, 내 느린 걸음으로는 빠듯하거든."

"괜찮아, 괜찮아. 그 심정 이해하지."

삼십팔전단 단주는 술병을 낚아채 단숨에 들이켰다.

술병에 담긴 술이 그의 뱃속으로 빨려들기까지 침 한 번 삼킬 시간밖에 걸리지 않았다.

단주는 텅 빈 술병을 숲 속 깊숙이 던져 버린 후, 금하명 코앞까지 거침없이 걸어왔다.

방금 마신 술 냄새가 코를 찌른다.

단주는 얼굴이 맞닿을 정도로 가까이 다가와 얼굴을 뚫어지게 주시했다.

"너 괜찮은 놈인 것 같다. 사람을 여러 번 놀라게 해."

"지금 뭐 하는 건지 물어도 될까?"

"전엽초에 중독되었군. 중독되고도 멀쩡하게 살아서 사지육신 마음껏 놀리고 있어."

단주는 제 할 말만 했다.

그의 목소리는 천둥 소리처럼 우렁차서 귀를 기울이지 않아도 뚜렷이 들렸다. 산에 숨어 있는 자가 있다면 그들의 귀에도 한 자 빠짐없이 들렸을 게다.

무인 삼백팔십 명의 신형이 미미하게 떨렸다. 금하명이 중독되었다는 말에 충격을 받은 모양이다.

"귀사칠검을 수련하고도 마성에 빠지지 않고, 전엽초에 중독되고도 녹아버리지 않고. 괜찮은 놈이다."

단주는 호탕한 사내, 그 이상도 이하도 아니었다. 싸움을 하기 위해 길을 막았다기보다는 교우 관계를 맺기 위해 다가선 사람처럼 여겨질 정도로 행동이 친근했다.

"다시 한 번 물어야겠네. 지금 뭐 하는 거지?"

"뭐 하긴 싸우려는 거지."

단주는 태연하게 말했다. 그러나 그런 말을 하면서도 싸울 기색은 전혀 없었다.

"엊저녁만 해도 다 죽어갔는데 다시 팔팔 살아났어. 검이 뭔지 모르는 병신도 죽일 수 있을 정도로 빌빌거렸는데, 멀쩡히 살아 있단 말이야. 놀라워. 거기다가 일심천녀까지 물리쳤어. 어이! 일심천녀가 전개한 진법이 뭔지 알아?"

금하명에게 묻는 말이다.

그는 대답도 기다리지 않았다.

"몽환십살진(夢幻十殺陣)이라고 꽤 유명한 진법이지."

여인들이 펼쳤던 진법명을 알게 되었다.

몽환십살진…… 들어본 기억이 있다.

몽환십살진을 펼치려면 세 가지를 얻어야 한다.

하나는 사람. 최소한 문일지십(聞一知十)은 되는 천재가 필요하다. 삼라만상(森羅萬象)의 이치를 내포한 진법이니 이치를 깨닫고 소화해 내는 것이 여간 어렵지 않다. 거기에다가 당연한 말이지만 무공에도 천재 소리를 듣는 기재여야 한다.

두 번째로 필요한 것이 은형둔의(隱形遁衣)다. 천잠사(天蠶絲)로 짜인 옷이라는 설(說)만 있을 뿐 만드는 방법은 알지 못한다.

세 번째로 암흑천로(暗黑千路)라는 신법을 얻어야 한다.

이중 어느 것 하나 귀하지 않은 것이 없어서 이론으로는 가능하나 실제로는 존재할 수 없다고 하여 몽상진(夢想陣)으로까지 불리는 진법이 몽환십살진이다.

금하명은 몸소 겪어보았다. 반나절 동안 꼬박 붙잡혀서 쉴 틈도 없이 이리 뛰고 저리 뛰었다.

"글쎄…… 전엽초와 몽환십살진이 부딪친다면 어느 쪽에 판돈을 걸겠어?"

난감한 물음이다.

하나는 주변의 모든 것을 죽음으로 이끈다. 또 하나는 싸울 기회조차 주지 않는다.

굳이 선택하라면 양패구사(兩敗俱死)다. 단 한 명도 살아남지 못한다. 싸움에 가담한 자, 모두 죽는다.

"그래서 네가 괜찮은 놈이라는 거야. 모두 죽을 수밖에 없는 곳을 거뜬히 헤쳐 나왔거든. 자! 보자! 우리는 어떻게 싸울까?"

금하명은 기가 막혔다.

싸움을 말하면서 이토록 즐거워하는 인간은 처음 보았다.

단주의 말을 듣다 보니 싸움이 재미있는 놀이처럼 여겨진다. 단주는 진정으로 싸움을 좋아하고 즐긴다. 그는 싸우기 위해서 세상에 태어난 사람이다.

"싸움에는 두 종류가 있지. 하나는 무인 대 무인의 싸움. 무공이 무엇인지를 알 수 있어서 좋고, 다른 하나는 문파 대 문파의 싸움. 전엽초라든가 몽환십살진 같은 색다른 싸움을 경험할 수 있어서 좋고. 자! 선택하지."

"선택권을…… 내게?"

"재미없어 보여? 삼십팔전단의 연수합격진은 천하일품이야. 장담하지. 아주 재미있을 거야. 나도 괜찮아. 내 검은 광풍노도(狂風怒濤). 잔재주 나부랭이는 없는 진검(眞劍)이야."

'대해문…… 생각 밖이야.'

문득 의문이 들었다. 삼십팔전단 단주는 싸움을 즐기지만 간악한 짓을 저지를 자로는 보이지 않는다.

개를 보면 주인을 안다는 말이 있다. 단주 같은 사람이 모실 정도면 대해문주의 성품도 어느 정도는 추측할 수 있다.

만홍도에서 야호적을 양성하고 백팔겁 같은 살수 집단을 끌어들인 행위는 이해하기 곤란하지만 부녀자를 납치해서 겁간할 정도로 사악한 자는 아니다.

"선택하기 전에 묻고 싶은 게 있는데."

"하 부인? 우리랑은 상관없어. 소문이니 믿고 싶으면 믿는 거고, 아니면 말고. 자, 어떤 선택?"

"삼백팔십 명을 죽이려면 시간이 너무 걸리겠지. 난 오십 리 길을 가야 하니 빠른 것으로 하지."

"뭐? 우하하하!"

단주는 통쾌하게 웃었다.

광풍노도.

그의 말은 허언(虛言)이 아니었다.

껄껄거리며 이야기할 때는 실없어 보이던 자가 검을 뽑아 들자 태산으로 변했다.

오직 검 한 자루만이 요요하게 광채를 빛낸다.

육중한 몸은 검 뒤로 모습을 감춰 버렸다. 검은 단주가 들고 있지만 검세가 워낙 강해서 검밖에 보이지 않는다.

느닷없이 일천 궁수가 화살을 쏘아낸다. 화살이 하늘을 빼곡히 가리며 날아든다. 질주하는 수천 필의 말 무리가 한가운데 서 있다. 일엽편주(一葉片舟)에 몸을 싣고 광란하는 폭풍을 맞이한다.

쏟아지는 초식마다 태산을 갈라 버릴 패력이 스며 있다. 강검(剛劍)을 구사하는 자들은 으레히 초식 연결이 매끄럽지 않은 법인데, 단주의 검공은 한 초식을 펼친 듯 연결이 매끄럽다. 빠름도 기가 막히다. 입을 쩍 벌릴 틈도 주지 않는다.

금하명은 곤법을 전개할 틈조차 잡지 못한 채 걷잡을 수 없이 빨려 들어갔다.

'좋군.'

좋다. 군더더기를 일체 배제한 패검(覇劍)이다. 무리를 가미한 검이라기보다는 실전 검에 가깝고, 실전 검이면서도 현묘한 자연의 흐름을 담았다.

금하명은 '일전일공'이라는 말을 잊지 않았다.

노도처럼 밀려드는 검세를 신법 하나에 의지한 채 피하고 있지만, 두 눈은 초식의 허점을 파악하기 위해 부릅떠졌다.

허간곤을 펼칠 수 있다면 해볼 만하다. 단주의 검공을 움직이는 부분과 움직이지 않는 부분으로 나눈 다음 활성화된 곳은 피하고 침잠해 있는 곳을 기격히면 된다.

건곤곤도 해볼 만하다. 패력이 어느 정도나 되는지, 건곤곤의 패력과 부딪쳐 보면 좋은 승부가 될 것이다.

그러나 아쉽게도 태극오행진기가 죽어서 허간곤이나 건곤곤을 펼칠 수 없는 입장이니.

그가 펼칠 수 있는 초식은 일섬곤이나 십자곤. 위태위태하게 폭풍검을 피해내며, 곤법을 펼칠 기회만 엿봤다.

쒜— 쒜엑!

상대하는 사람은 한 사람인데 검음은 수십 개가 터져 나왔다.

단주는 검법만 드센 게 아니다. 전신에도 철갑을 두르고 있다. 철포삼(鐵布衫)이나 금종조(金鍾罩) 같은 외문기공을 수련한 흔적이 뚜렷하다. 그것도 상당히 지고한 수준으로 연마하여 웬만한 타격은 흠집조차 내지 못한다.

'단 일 초! 성공하면 이기는 것이고, 실패하면 진다.'

초식을 전개하는 동안에, 혹은 전개한 후에는 반드시라고 해도 좋을 만큼 허점이 드러난다. 허간곤이 바로 그런 허점을 노린 초식이니 빈 곳이 생기는 이치는 누구보다도 잘 안다.

단주는 그런 허점을 빠름과 강함으로 보완하고 있다. 너무 빠르고 너무 강해서 허점이 없는 것처럼 보인다. 찰나의 순간에 허점이 보이다가도 금방 새로운 공격에 가려져 버린다.

눈 깜짝할 순간보다도 더 빠른 틈새를 파고들기 위해서는 어느 정도의 모험이 필요하다.

한데 이상하리만치 마음이 편하다.

천소사굉과 겨뤘을 때보다 한결 쉬운 것같이 여겨진다. 천소사굉의 공격은 매초마다 신경을 곤두세웠는데, 단주의 공격은 마음 편하게 피할 수 있다.

매섭기는 단주가 더 매섭고, 빠르기도 더 빠르고, 강하기도 더 강한데 단주보다는 천소사굉이 한 수 위라고 말할 수 있다.

초식으로만 풀어가는 공격과 초식을 뛰어넘은 사람의 차이다.

파앗!

검이 수직으로 쏘아져 내려올 때, 금하명은 무위보법을 펼쳐 검권 안으로 뛰어들었다. 동시에 상대와 나를 일직선으로 잇고, 허공에 난 길을 따라 목곤을 뻗어냈다.

소리도, 빛도, 기세도 없는 목곤이 쭉 뻗어나갔다.

턱!

부딪침은 짧았다. 가격이 아니라 대는 것이 목적인 것처럼 곤첨(棍尖)이 가슴 한복판에 살짝 닿았다.

그러나…… 금하명의 몸과 단주의 몸이 목곤으로 이어지는 순간, 목곤에서 엄청난 진기가 쏟아져 나갔다.

퍽! 퍽퍽퍽퍽……!

닿은 것은 한 번, 터져 나온 격타음은 십여 차례.

"크……!"

단주가 짤막한 비음을 토해내며 휘청휘청 물러났다. 아니, 끝내 몸은 균형을 잡지 못하고 털썩 엉덩방아를 찧었다.

얼굴빛이 하얗게 탈색되었다. 입가로는 붉은 피를 흘려낸다. 가슴을 움켜잡은 손아귀에도 붉은 핏물이 흘러나온다. 그의 검은 이미 손을 벗어나 땅바닥에 나뒹군다.

"십연타(十連打)…… 내 기억이 맞는다면……."

단주는 웃음을 지어 보이려고 했지만 입술 끝만 일그러질 뿐 웃음이 그려지지 않았다.

"일섬곤이라고 있는데…… 단주와 싸우면서 생각했지. 어차피 길은 만들어진 것. 길을 따라갈 능력이 있으니 한 번으로 그칠 필요가 있을까? 한 호흡으로 십여 타는 칠 수 있지 않을까? 그러기 위해서는 진기 조절이 필수. 빠져나오는 곤에 실린 진기는 낭비. 찌르는 동안에도 실을 필요가 없고. 타격하는 순간에만 격발되는 방법으로……."

단주가 알아들으라고 한 소리는 아니다. 본인 스스로 자신의 무공을 점검하는 차원에서 한 말이다.

한 번의 타격으로 그치는 일섬곤을 변형시키자 십연타가 가능해졌다. 한 치도 어긋나지 않은 똑같은 장소에 가해진 십연타는 금강석(金

剛石)조차 구멍을 낼 만큼 파괴력이 강했다. 외문기공을 수련한 단주의 몸에 구멍을 뚫어놓을 만큼.

단주는 수하들의 부축을 받으며 일어났다.

"오십 리 길…… 잘 가기 바란다."

"대해문은…… 이것으로 끝인가?"

"그럼 또 공격할 줄 알았나?'

'대해문이 이렇게 쉽게……?'

무언가 이상하다는 생각이 들었다.

노도문은 이해한다. 장현문도 사정이 있다. 천풍문은 최선을 다했다.

창파문부터 이상해지기 시작했다. 전엽초를 복용한 무인이 십여 명만 더 있었다면 죽음을 면치 못했다. 해주문도 이상하다. 몽환십살진을 익힌 여인이 열 명뿐이라고는 믿기지 않는다.

대해문은 더 이상하다. 이건 마치 길을 열어주려는 의도처럼 보이지 않는가.

해남무림의 최고 배분인 천소사굉을 꺾었는데, 설마 일 문의 문주도 아니고 수하에 불과한 단주가 어쩔 수 있을 것이라고 생각한 것은 아닐 테고.

'해남무림…… 단애지투에서도 남해십이문의 싸움을 지속하는 건가. 해남무림의 명예란 허울뿐이었군. 약한 자는 최선을 다하고, 강한 자는 이득을 챙기고 있어. 단애지투…… 통과할 것 같군.'

대해문과는 아직 싸움이 끝나지 않았다. 하 부인과 관계된 일이 남아 있다. 그때는 정말 삼백팔십 명을 죽여야 할지도 모른다. 자신이 죽을 수도 있을 테고.

"그럼 다음에 또."

금하명은 포권지례를 취하며 후일을 예약했다.

❸

단애지투 마지막 날 새벽, 금하명은 언덕 위에서 고성(古城)을 내려다봤다.

이른 아침이라서 사람들의 왕래는 한적하다.

무인들 외에는 처음으로 보는 사람들이다.

다른 마을은 모두 문을 걸어 잠갔지만, 경중만은 본토박이보다 길손이 더 많은 곳이라서인지 사람들 모습이 드문드문 보인다.

칡뿌리를 캐서 씹으며 잠시 생각했나.

성으로 들어서서 경중을 통과할 것인가, 아니면 돌아갈 것인가.

돌아가려면 험준한 산을 타야 한다. 얼핏 봐도 사람이 넘나들기에는 불가능하다고 생각될 만큼 험한 산이 고성 양쪽에 우뚝 서 있다.

한마디로 성문만 틀어막으면 삼아에서 해구로 가는 지름길이 막히는 셈이다.

남은 거리는 삼십여 리.

'성으로 들어가자.'

결정을 내렸다. 굳이 피할 이유가 없다. 지금까지의 경험으로 보면 성내에서는 공격해 오지 않으리라. 성을 벗어난 순간부터 오석에 이르는 삼십여 리 길에서 아직 공격해 오지 않은 육문(六門)의 공격을 받을 것이다.

씹다 만 칡뿌리를 던져 버리고 고성을 향해 걸음을 옮겼다.
"혈살괴마?"
"세상에! 혈살괴마야. 여기까지 왔네."
"나이도 어린 놈이……."
"쉿! 말조심해. 인정사정없는 놈이라던데."
여기저기서 수군거리는 소리가 들려왔다.
'악마가 따로 없네.'
악마가 되어본 경험은 썩 좋지 않다. 그렇다고 나쁘지도 않다. 그저 그렇다. 자신과 상관없는 사람들이 뭐라고 수군거리든 한 귀로 듣고 한 귀로 흘려 버리면 되니 몸으로 부딪쳐 오지만 않는다면 신경을 쓸 필요가 없다.

수군거림은 경중성을 완전히 벗어나서야 뒤통수를 떠났다. 또한 그를 보고도 물러서지 않는 사람들이 나타났다.
"확실히 명이 길긴 긴 놈이구나. 전엽초와 몽환십살진에 당했다면서 용케 목숨을 부지하고 있어."
음성이 대쪽같이 딱딱 부러지는 명옥대검.
"아직 식전이지? 이리 와 앉게. 토끼 몇 마리 구워놨는데, 같이 듦세. 싸움도 배가 든든해야 하는 법이지."
옆집 아저씨처럼 인상 좋은 칠보단명.
어둠 속에 숨어서 공격할 기회를 엿보는 살기도 낯익다.
'야괴…… 살아 있었군. 다행이야.'
다행스러운 점은 또 있었다.
나무에 등을 기대고 앉아 있다가 살그머니 일어서는 여인을 본 순간

안도의 숨을 불어 쉬었다.

대해문에 납치되었다고 들었는데, 무사하니 얼마나 다행인가.

"약속을 지켰어요."

빙사음이 다가서며 말했다.

금하명은 화들짝 놀라 한 걸음 물러섰다. 순간, 빙사음의 얼굴이 차디차게 굳어졌다.

"뭘 그렇게 뱀이라도 만난 듯이 놀라요? 우리가 가까이서 이야기도 나누지 못할 만큼 먼 사이인가요? 아! 언니가 계셔서 그렇구나. 몰랐네요. 이런 경우는 처음이라서."

금하명은 난처했지만 변명은 하지 않았다.

전엽초는 전염성이 강하다. 자신은 파천신공 덕분에 목숨을 부지하고 있지만 다른 사람들은 이겨내지 못한다. 몸에 살이 닿는 순간, 시한부 생명이 된다.

가까이서 이야기하다가 혹 침이라도 튀면…… 무의식 중에 살갗이 스치기라도 하면…….

금하명의 마음을 읽지 못한 빙사음은 애써 서운한 표정을 지우며 옆으로 물러섰다.

"그래요. 언니에게 가보세요. 이거 하나만 말할게요. 전 약속을 지켰으니까, 이제는 당…… 소협께서 약속을 지켜야 돼요."

금하명은 무슨 말인가 하려고 입을 벙긋거렸지만 결국 흔해 빠진 한마디밖에 하지 못했다.

"고맙소."

삼박혈검이 다가왔다. 그러나 손을 들어 제지했다.

"클클! 싸움 몇 번 하더니 아예 머리가 헤까닥했나? 이놈아, 나야!

나! 이놈의 자식이 어른을 뵈면 달려와 안기지는 못할망정 이게 무슨 배은망……."

삼박혈검은 입을 쩍 벌린 채 말을 그쳤다.

금하명이 목곤을 겨눠 걸음을 멈추게 만들었다. 한 걸음이라도 다가오면 가차없이 쳐내겠다는 뜻을 담고.

"너…… 이, 이게 무슨…… 이게 네 마누랄 구해준 사람에게 할 짓이냐! 무슨 오해가 있는 모양…… 아냐, 무슨 일이 있었냐?"

금하명은 목곤으로 삼박혈검의 걸음을 멈추게 한 후 하 부인에게 걸어갔다.

오 척 거리. 반가움을 표시하기에는 멀고, 이야기를 나누기에는 충분한 거리다.

"해남도를 떠나서야겠습니다. 한 번 노린 사람은 두 번도 노릴 수 있는 법이니."

"……."

"죄송합니다. 더 이상 드릴 말씀이 없군요. 갔다가…… 편할 때 찾아오겠습니다."

냉정하기는 하 부인에게도 마찬가지였다.

"저놈 정말 헤까닥한 모양이네. 인간이 안 하던 짓을 하면 죽는다던데, 저거 저놈 안 하던 짓 맞지?"

그때 조용히 미소 짓고 있던 하 부인이 붉은 입술을 살짝 열었다.

"견딜 만해?"

"……."

"난 의원이야. 자화자찬하자면 해남도에서는 그래도 이인자 정도는 돼. 명가인 화천의숙에서 명성을 날리신 해천객이 계시니 일인자는 양보해야지."

"싸움 중이라서 이만."

금하명이 말을 중도에서 끊고 몸을 돌렸다.

그의 등에 하 부인의 음성이 화살처럼 꽂혔다.

"야괴께서 이런 말을 하셨어. 말을 그대로 옮기자면…… 금하명이라는 인간과 더럽게 얽혔다. 난 항상 그놈을 주시해야 한다. 그놈이 죽기 전에 죽어야 하는 운명이라서."

금하명은 걸음을 멈췄다.

야괴의 말을 빌렸지만 하 부인의 심중을 말한 것과 진배없다. 하지만 받아들일 수 없다. 전엽초의 독성이 파천신공을 누르는 날, 세상에서 가장 참혹한 죽음이 다가올 테니까.

하 부인이 말했다.

"나도 그런 것 같아. 집달당한 여사라고 소문이 날 대로 나서 얼굴을 들고 다닐 수가 없어. 같이…… 다니면 안 될까?"

"나중에…… 편할 때……."

"왜? 전엽초 때문에? 전엽초는 세상에 나타난 적이 없는 기초(奇草)라서 장담할 수 없지만 같이 해약을 구해봐. 세상에 해약 없는 독은 없잖아. 의경을 그만큼 읽었으면 그 정도는 알 거 아냐."

"뭣!"

"전엽초에 중독되었단 말인가? 그런데 어찌 아직까지 살아남을 수 있어? 멀쩡하게 움직이기에 중독되지 않은 줄 알았더니만……."

"미련한 놈! 그렇다면 그렇다고 진작 말을 할 것이지. 난 머리가 헤까닥 돌아버렸는지 알았지 뭐야. 그런데 정말 전엽초에 중독된 놈이 왜 아직까지 죽지 않는 거냐? 어! 말을 잘못했군."

모두 깜짝 놀라 한마디씩 했다.
"맥을 짚게 해줄래?"
금하명은 고개를 설레설레 내저었다.
"알았어. 그럼 단애지투를 마쳐. 오석에서 기다릴게. 그래도 되지?"
금하명이 되돌아서서 하 부인을 쳐다봤다. 한참 동안…… 뚫어지게 쳐다보기만 했다. 그러다가 무겁게 닫힌 입을 열었다.
"하루가 멀다 하고 가슴이 아플 겁니다."
"싸우는 사람 곁에 있으면 그렇겠지."
"지금까지 살리신 사람들보다 더 많은 죽음을 보게 될 겁니다."
"그래."
"아무래도 편할 때 찾는 것이……."
"이런 말 하는 것 정말 쉽지 않아. 이번 한 번만 하고 그만 하게 해줘. 오석에서 기다릴게."
금하명은 한참 동안 쳐다보다가 사람들이 가까이 오지 못하게 멀찌감치 돌아서 걸어갔다.
하 부인은 무너지듯 나무에 등을 기댔다.
"언니, 가요. 오석에 바래다 드릴게요."
빙사음이 재빨리 다가와 부축하며 말했다.
하 부인은 머리를 흔들며 말했다.
"부탁이 있어."
"말해 봐요. 뭔데요?"
"저 사람…… 싸우는 것 보게 해줘. 이제부터라도 봐야 할 것 같아."
"못 볼 거예요."
팔다리가 잘려 나가고, 몸에 구멍이 뚫리고, 머리가 부서져 나간다.

피, 골수, 내장…… 쏟아져 나오는 것도 많다.

　죽음에 익숙해진 무인들도 보기 힘든 광경들인데…….

　"어쩔 수 없잖아. 모르고 지내는 것보다는 어떻게 살아가는지 똑바로 봐두는 게 나을 거야."

　지난밤에는 삼백팔십 명을 베느냐, 한 명과 싸우느냐 하는 선택의 기회가 있었다.

　이제는 그마저도 없다.

　울창한 나무만큼이나 많은 사람들. 족히 사백여 명은 넘어 보이는 무인들이 길을 가로막았다.

　그중 초로에 접어든 노인이 가까이 다가왔다.

　'천검문주.'

　한눈에 알아볼 수 있다. 몸에 검을 십어 자루씩이나 패용하는 문파는 천검문밖에 없다. 또한 마주 대하는 것만으로도 송곳에 찔린 듯한 느낌을 줄 사람은 문주이거나 문주에 버금가는 사람이다.

　"여기까지 올 수 있다니 천운을 타고난 놈이구나."

　금하명은 천검문주의 말을 귓전으로 흘려들었다. 머리 속에 그려진 초식들을 정리하기에도 바빴다.

　'십연타의 묘는 일섬곤의 무리를 따르지만, 진기의 폭발과 회수가 주(主)다. 몸에 닿는 순간 폭발이 일어나고, 떨어지면 회수된다. 일섬곤뿐만이 아니라 모든 초식에 응용할 수 있겠지.'

　초식뿐만이 아니다. 일상생활에 필요한 모든 움직임에 사용할 수 있다. 마음만 먹으면.

　태극오행진기를 되돌릴 수 있다면, 활법을 한걸음 더 진전시킬 수 있다. 뻗어내고 회수하는 목곤에는 아무런 기운도 담겨 있지 않다. 너무 무기력하여 육장으로도 받아낼 수 있을 것이라는 생각이 든다.

하나, 살과 부딪치는 순간 엄청난 폭발이 일어난다.

경락을 가득 채우고도 남아돈 진기가 몸 밖으로 빠져나가며 만들어 놓은 활법의 세계가 일시에 폭발한다. 오직 한곳, 목곤의 끝인 곤첨에서만.

그 파괴력은 상상을 불허한다.

건곤곤까지 사용하여 폭발력을 배가시키면…… 과연 목숨을 부지할 수 있을까?

'가랑비처럼 시작되나 하늘이 어둡게 물든다. 어둠이 넘쳐 나 죽음에 이르게 한다. 남명(濫溟). 이건 남명이 되겠군.'

어제저녁에 깨달은 발기법(發氣法)에 이제야 이름을 붙였다.

탄황, 후나, 남명은 사 초식으로 이뤄진 그의 곤법에 모두 응용된다.

"대답이 없다는 것은 내 말에 동의하지 못한다는 뜻이냐?"

발기법 이름도 지었겠다, 안전해진 하 부인 모습도 보았겠다…… 이제 마음껏 싸우기만 하면 되는 건가.

금하명은 태연히 쳐다보며 물었다.

"뭘 말이오?"

"말을 듣지 않았군. 적을 앞에 두고 딴생각을 하다니. 네놈…… 배포가 어지간한 건지, 멍청한 건지 모르겠구나."

"아마 후자일 것 같소."

"후후후! 네놈이 천운을 타고났다고 말했다."

천검문주가 주위를 둘러보며 말했다. 사백여 명에 이르는 무인을.

천검문도도 있고, 적검문, 쇄검문도 있다. 각 문파에서 온 무인들이 금하명과 천검문주를 지켜보고 있다.

금하명은 동의하지 않았다. 천운을 타고났다면 지금쯤 검 대신 붓을 잡고 있어야 한다. 피로 범벅이 된 옷 대신 먹물이 묻은 옷을 입고 있어야 한다.

"그런 모양이오."

자신의 심정을 누구에게 말할 필요는 없다.

"인정하지 않는 말투군."

"그렇다는데 인정해야지 별수있나. 인정하오. 천운을 타고 태어났소. 첫 번째로 나서신 것 같은데, 어떤 방법이 좋겠소? 난전이오, 아니면 먼저 시험해 보겠소?"

천검문주의 눈가에 노기가 떠올랐다. 차가운 냉기로 마음을 차분히 가라앉힌 후에 떠올린 노기다.

"노부의 친검문이 먼저 널 시험하겠다."

금하명은 의아한 표정을 떠올렸다.

천검문이 먼저 시험하겠다는 말은 동시 합공을 취하지 않겠다는 말과 다름없지 않은가. 그럼 이곳에 모인 무인들이 각 문파별로 제각각 공격하겠다는 건가? 승산이 있다!

"후후후! 이제야 알겠나? 네놈이 천운을 타고 태어났다는 걸. 남해 십이문이 사분오열(四分五裂)되어 있을 때 단애지투를 선택한 게 첫 번째 행운이다. 사리사욕에만 눈이 어두워지지 않았더라도 일심으로 합공을 취했을 테고, 네놈은 여기까지 오지도 못했겠지.

"인정하오."

"네놈 때문에 해남무림의 지도가 바뀌었다. 아니, 너 때문은 아니지. 오랫동안 곪던 종기가 이제야 터진 거지. 강자는 남고 약자는 사라지는 게 무림 생리이니 널 탓할 생각은 없다."

"……."

금하명은 입을 다물었다.

천검문주는 자신에게 말을 하고 있지 않다. 주위에 늘어서 있는 사백여 명 무인에게 말하고 있다.

금하명은 사백여 명 중에서 각 문파의 문주로 짐작되는 사람들을 찾아냈다. 천검문주처럼 일신의 기도가 범상치 않은 사람들이다. 안면이 있는 사람, 해감문의 검향선자가 그들 곁에 있어서 찾기가 한결 수월했다.

그들의 표정도 침통하다.

아마도 천검문주가 나서기 전에 사전 조율을 끝낸 듯하다.

즉, 천검문주는 각 문파의 문주를 대표해서 제자들에게 통보하고 있는 것이다.

천검문주가 말을 이었다.

"어쨌든 단애지투가 끝난 후, 살아남는 문파와 사라져야 할 문파가 정해질 게다. 남해검문, 대해문, 창파문, 해주문은 살아남고 나머지는 미지수."

각 문파 간에 실력 차가 뚜렷한 것은 사실이다.

노도문, 장현문, 천풍문은 무도를 추구하는 무인들의 집단이지 싸움을 하는 문파는 아니다. 반면에 남해검문, 대해문, 창파문, 해주문은 싸움을 하는 문파다.

"이 싸움에서 살아남아도 괜찮은 문파라는 걸 입증해야 한다. 널 죽이지는 못해도 창파문이나 해주문에 버금가는 문파라는 걸 알려야 되지. 우르르 몰려들어서는 알릴 수 없어. 모두 나약한 문파로 낙인찍혀.

그래서 각 문파별로 싸운다. 이게 네 두 번째 행운이다."

단애지투의 성격이 바뀌었다.

명목상 해남제일 고수를 꺾은 데 따른 응징이 아니라 문파의 존폐가 걸렸다. 한 사람을 죽인다고 끝날 문제가 아니라 문파의 실력을 입증해야 하는 것이다.

창파문과 해주문의 욕심이 단애지투의 성격을 흔들어 버렸다.

'정말 승산이 있군.'

금하명은 자신에게 안겨진 행운을 실감했다.

태극오행진기도 펼칠 수 없는 상태에서 사백 명을 상대로 싸우는 것은 아무래도 버겁다. 하지만 각 문파별로 차례차례 격파하는 것이라면 승산이 충분할 뿐 아니라, 최고수와 비무를 하겠다는 그의 생각에도 부합된다.

투지가 들끓었다.

"본 친검문에서는 천검팔수(千劍八秀)가 그대를 시험할 것이다. 천검팔수는 나서랏!"

쉭! 쉬익……!

명이 떨어지기 무섭게 무인 여덟 명이 늘어섰다. 사십대에 이른 중년인들로 예기(銳氣)가 안으로 갈무리된 고수들이다.

"천검팔수를 꺾으면 본 천검문은 물러선다. 차후, 천검문도는 그 누구도 이 싸움에 이의를 달지 말라. 천검문 최후의 비무라 생각하고 지켜볼 것이며, 찰나의 흐름도 놓치지 마라!"

말을 마친 천검문주가 금하명을 쳐다봤다.

금하명은 고개를 끄덕여 주었다.

스릉! 스르릉……!

천검팔수가 검을 뽑아 들었다.

그들은 각기 검 열 자루를 지니고 있다. 등에 좌우로 두 자루씩 네 자루를 걸어 맸고, 양쪽 허리에도 두 자루씩 패용했다. 나머지 두 자루는 소검으로 양쪽 가슴에 부착되어 있다.

그들이 꺼낸 검은 허리에 패용하고 있던 검이다.

천검문주가 뒤로 물러서고, 천검팔수가 쾌속하게 신형을 쏘아내 사방을 포위했다. 금하명은 목곤을 팔랑개비처럼 휘돌리며, 천검팔수를 쓸어보았다.

잠시, 손가락만 까딱거려도 혈우(血雨)가 쏟아질 것 같은 긴장이 흘렀다.

페에엑!

전면에 있던 검수가 첫 공격을 시작했다. 순간!

"천음대혈식(天陰大血式)!"

금하명은 자신도 모르게 고함을 지르고 말았다.

능 총관의 부법인 천음대혈식이 천검팔수의 손에서 펼쳐지고 있다.

아니다! 다르다! 천음대혈식 제삼식인 혈부비화(血斧飛花)는 석부 아홉 자루를 허공에 띄워놓은 상태에서 공격을 가하지만, 이들은 단 한 자루의 검만을 사용한다.

천수여래(千手如來)가 현신한 것 같은 손놀림이다. 눈에 보이지 않을 만큼 빠른 발검술(拔劍術)이다.

왼쪽 허리에 있는 검이 뽑혔다 싶은 순간 도로 검집 속으로 들어간다. 오른쪽 어깨에 있는 검이 뽑히는가 싶더니 다시 들어가고, 이번에는 왼쪽 허리에 있는 검이 뽑힌다.

이들은 양손을 모두 사용한다. 어떤 때는 양손으로 쌍검을 뽑았다가

꽂아 넣기도 한다.

 아무 의미 없이 보이는 행동이지만, 금하명은 마치 열 자루의 검이 자신을 노리는 듯한 착각에 빠졌다.

 쒜에엑!

 왼쪽 어깨에 매달린 검! 앗차!

 쓰으윽……!

 오른쪽 허리에 패용한 검이다. 바깥과 안쪽에 패용한 검 중 안쪽 검이 불을 뿜었다.

 해남무공이 궤이신랄(詭異辛辣)하다는 무림의 평가는 잘못된 게 아니다. 하나같이 기공(奇功), 기초(奇招)라서 신경을 바짝 곤두세우지 않으면 당한다.

 금하명은 가슴을 내려다봤다.

 복부에서 치밀이 올라 왼쪽 기슴을 베고 간 흔적이 뚜렷하다.

 붉은 선혈이 샘물처럼 솟구쳐 나온다. 그런데도 아픔을 느끼지 못하니 좋은 건지 나쁜 건지.

 능 총관이 전엽초를 알았더라면 유밀강신술보다도 전엽초를 시전하지 않았을까? 아닌가? 전엽초는 육체적인 고통을 망각시키지만 유밀강신술은 정신을 단련시키는 것이니 유밀강신술을 시전하지 않았을까?

 쒜엑! 쒜에에엑……!

 일검이 성공하자 여덟 명의 검수가 일제히 달려들었다.

 '흑벌…… 벌 떼들 같군.'

 갑자기 흑벌이 생각났다.

 흑벌이란 놈들은 비명을 지르면 지를수록 더 달려들었다. 뼛골을 저려 울리는 아픔이 치밀더라도 이를 악물고 참아야 했다. 아니, 내색도 해서는 안 된다. 숨소리조차도 흔들려서는 안 된다. 아파도 안 아픈 척해야 달려들지 않는다.

휘리리리릭……!

목곤 중단을 움켜잡고 맹렬한 회전을 일으켰다. 신형은 왼발을 축으로 빙그르 돌렸다. 팔랑개비 목곤이 방패가 되어 검이 뚫고 들어올 길을 모두 막았다.

타타타탕……!

천검팔수는 훌쩍 물러났다.

그들은 서둘지 않았다. 천천히 천천히 주위를 맴돌며 기회를 노렸다. 양손으로는 끊임없이 발검과 착검을 거듭하면서.

일장격돌은 양쪽 모두에게 이길 수 있는 방법을 알려주었다.

금하명은 천검팔수의 팔검을 모두 막아낼 정도로 빠르다. 내공 면에서는 터무니없을 정도로 강해서 천검팔수의 합공이 밀린다.

천검팔수를 흩뜨려 놓고 빠름과 막강한 내공으로 상대하면 금하명이 이긴다.

천검팔수 입장에서는 여우 여덟 마리가 곰 한 마리를 상대하는 격이다. 내공으로 부딪치는 격돌은 철저하게 피하며, 끊임없이 빈틈을 노리며 파고들어 가야 한다.

쒜에엑!

등 뒤에서 검명(劍鳴)이 새어 나왔다.

휘익! 쉐엑!

몸을 돌리며 공격해 오는 자를 맞이하려는 순간, 또 등 뒤에서 검명이 울린다.

'이런!'

금하명은 급히 신형을 휘돌리며 사방팔방으로 곤을 쳐냈다. 그러자 천검팔수는 일제히 뒤로 쑥 물러나 버렸다.

그 순간, 금하명은 기다렸다는 듯이 쭈욱 쏘아나갔다.

일호추력향전주일보(一呼推力向前走一步), 일흡주일보(一吸走一步).

상대방과의 거리를 단숨에 좁히는 무위보법을 극성으로 펼쳤다. 동시에 목곤은 십자 형태를 띠며 날아갔다.

"엇!"

빠악!

장한이 놀라 경악성을 내질렀을 때는 이미 피할 곳이 없었다.

금하명은 장한이 쓰러지는 모습을 지켜보지 않았다. 목곤이 둔중한 울림을 담는 순간, 옆에 있는 자를 향해 일섬곤을 쏘아냈다. 엊저녁에 깨달은 남명을 담고.

퍼버버퍽! 버억!

장한은 어깨 위에 있는 검을 뽑으려고 했지만 목곤이 더 빨랐다. 그의 검이 찰칵하는 소리와 함께 들썩일 때, 목곤은 십여 차례나 타격을 가했다.

천검팔수는 무너졌다.

이들은 지독히도 운이 없는 자들이다.

상대하는 자가 부광쇄두의 천음대혈식에 능통하여 이목을 현혹시키는 수공(手功)쯤은 쉽게 간파해 낸다는 사실을 몰랐다. 또한 몽환십살진과 싸운 경험으로 철저히 부딪침을 피하는 합격술에 적응했다는 사실도 간과했다.

"그만!"

천검문주가 전장 한복판으로 뛰어들며 소리쳤다.
"그만 해라. 졌다."
천검팔수가 천검사수로 변한 다음이었다.

第三十二章
수대초풍(樹大招風)
나무가 너무 높으면 바람을 일으킨다

수대초풍(樹大招風)
…나무가 너무 높으면 바람을 일으킨다

해남도에서 거검(巨劍)을 사용하는 자가 있다면 쇄검문도라고 짐작해도 된다.

그들의 공통점은 한결같이 천하장사라는 점이다.

무게만 해서 육십 근에 이르는 검은 맞부딪칠 생각을 포기하게 만든다. 부딪칠 경우에는 검과 더불어서 육신이 양단될 위험을 감수해야 한다.

길이도 보통 장검의 두 배에 가깝다. 얼핏 봐도 육 척은 되어 보이며, 검신도 검이라기보다는 도(刀)에 가깝게 넓다.

쇄검문도 삼십 명이 나서자 관도가 꽉 찼다.

신법을 전개해 움직일 곳도 없다. 뚫고 나가자니 천 근 바위가 앞을 가로막은 형국이다.

쇄검문은 이들을 천강역사(天罡力士)라고 부른다.

쇄검문도와는 한 번 병기를 부딪친 적이 있다. 오지산에서 천소사굉을 찾다가 혈살괴마 운운하며 달려들던 자가 쇄검문도였다.

그는 삼 척 장검을 사용했다. 몸집도 어디서나 볼 수 있는 평범한 사람이었다. 그러면서도 바다를 갈라 버릴 검세를 뿜어냈다.

놀라운 점은 패공을 펼치기에는 부족한 내공이었는데도 펼쳐 냈다는 점이다.

패공(覇功)이란 선천적인 신력을 지녔거나 강맹한 내공이 뒷받침되지 않으면 펼칠 수 없다.

오지산 무인은 초식의 이어짐으로 발경(發勁)을 극대화시켰고, 타격 시점에서는 경천동지의 위력을 뿜어냈다.

초식의 탁월함을 엿볼 수 있는 부분이다.

쇄검문에는 두 종류의 문도가 있는 것 같다. 한 종류는 천강역사이며, 다른 한 종류는 오지산 무인처럼 발경의 극대화를 활용하는 부류이다.

붕붕붕……!

천강역사들은 가볍게 거검을 휘저었다. 하지만 대적한 측에서는 옷자락이 펄럭인다.

'부딪치면 산산조각나겠군.'

흥미가 치밀었다.

천검문과 쇄검문은 한 번도 견식해 보지 못한 검공을 선보이고 있지 않은가. 이런 검공은 향후에도 접할 기회가 거의 없을 게다.

당연히 공격 방식도 달리 해야 한다.

천검문도를 공격했던 것처럼 목곤을 휘저으며 달려들었다가는 접근도 하기 전에 갈가리 찢겨져 나간다.

'무위보법이 통할까?'

통할지 통하지 않을지는 시험해 봐야만 안다. 그러나 무인들의 겨룸에서 시험이라는 것은 목숨을 담보로 한다. 자칫 실패하는 경우에는 죽음과 직면하는 것이 상례다.

그렇다고 하지 않을 수도 없다. 그가 전개할 수 있는 곤법은 일섬곤과 십자곤뿐. 모두 빠름에 치중한 곤법이니, 보법도 빠름을 이용해야 한다.

파파팟……!

인간의 발은 두 개이나 지금 이 순간 그의 발은 열두 개다. 인간의 척도로 그와 천강역사 간의 거리는 삼 장이었으나 그의 척도로는 일 장에 불과하다.

움직임과 동시에 목곤이 뻗어나갔다.

적의 윤곽을 뚜렷이 본 다음에 펼친 일섬곤은 늘 기대를 충족시켜 주있다.

부웅!

거검이 움직였다. 도끼나 되는 듯이 웅장한 소리를 흘리며 밑에서 위로 쏘아져 왔다.

간단한 초식이다. 마치 쾌도(快刀)를 접한 듯하다.

'이런!'

금하명은 접근도 하지 못하고 물러섰다.

무위보법도 통하고 일섬곤도 통한다. 단지 천강역사가 수비를 아예 도외시한 채 공격해 온다는 점이 문제다. 한 명뿐이라면 타격 순간에 비켜날 수도 있는데, 삼십여 명이나 되는 자들이 사방을 빼곡히 메우고 있으니 빠져나갈 길이 없다.

부웅! 붕붕……!

천강역사 삼십 명이 일제히 거검을 휘둘렀다.

장관이다. 폭풍이 불 때처럼 사나운 바람이 일어난다. 우르르릉 몰아치는 검음은 모골을 송연하게 만든다. 산천초목이 모조리 검풍에 휘말린 것처럼 숨을 죽인다.

'내 곤법으로는 한두 명 정도 쳐내는 데 불과할 뿐. 그동안 거검에 휘말려 들겠지. 죽일 테면 죽여보라는 식인데…… 몸뚱아리로 공격을 막는 무식한 놈들도 있었군.'

무식하긴 무식한데 아주 효율적이다. 전엽초나 몽환십살진보다도 상대하기가 한층 까다롭다.

쿠웅!

천강역사가 일제히 한 걸음 내디뎠다.

지진이 일어난 것처럼 땅이 흔들린다. 검무(劍舞)를 추듯 절도있게 행동을 맞춰서 휘두르는 검에서는 폭풍이 흘러나온다.

방원 삼 장에 이르던 공간은 단 일 보 만에 반 장이나 줄어들었다.

허공으로 솟구치기도 난감하다. 천강역사가 들고 있는 거검은 길이가 목곤과 비슷하기에 허공으로 솟구쳐 오른다 해도 마땅한 초식을 전개할 수가 없다.

쿵! 쿵쿵……!

이제 거리는 이 장.

이대로 있다가는 손도 써보지 못하고 덩치에 압사당해 죽을 판이다.

결단을 내려야 한다. 그것도 최대한 빨리.

금하명은 자신이 펼칠 수 없는 움직임을 하나씩 제거해 나갔다.

첫째, 허공은 금물이다. 둘째, 절초라고 생각했던 곤법들은 펼칠 수 없다. 셋째, 거검과 목곤이 부딪치는 일은 없어야 한다. 넷째, 천강역사들이 두어 걸음만 더 내디디면 끝이니, 지금 바로 결정을 내려야 한다. 지금 바로!

파앗!

생각이 미치자마자 곧장 무위보법을 펼치며 쏘아나갔다.

목곤은 최대한 짧게 잡았다. 평소 짧게 잡는다 하면 중단을 잡는 정도였다. 지금은 곤첨에서 가장 가까운 곳으로, 목곤의 균형을 유지하면서 한 손으로 움직일 수 있는 곳을 잡았다.

쒜에엑! 쒜에엑……!

거검이 일제히 날아들었다.

금하명과 직접 부딪치는 자는 전처럼 밑에서 위로 쳐올렸고, 좌우에 있던 자는 위에서 아래로 비스듬히 사선(斜線)을 그리며 내려쳤다.

다른 자들도 구경만 하고 있지는 않았다. 뒤에 있던 자들은 그나마의 공긴도 줄여 버리며 김을 쳐왔다.

거다란 곰들이 도끼 한 마리를 놓고 서로 먹겠나고 날려들 듯이, 새우 한 마리를 놓고 고래들이 뒤엉키듯이.

금하명은 밑에서 쳐올리는 검을 살짝 비켜내며 몸을 돌렸다.

목곤은 빙글 도는 신형에 맞춰서 긴 호선을 그렸고, 정확하게 천강역사의 무릎 관절을 격타했다.

따악!

강한 나무끼리 부딪쳐 하나가 부러지는 소리가 났다.

천강역사가 비틀거리더니 균형을 잃고 무너졌다.

'틈!'

금하명은 천강역사의 등을 밟고 올라서며 다시 한 번 빙글 돌았다.

따딱! 따닥……! 콰앙!

목곤이 일으킨 소리는 단숨에 거검의 울음을 잠재웠다.

그는 목곤을 휘두르지 않았다. 비수를 쥐듯이 곤첨 부근을 쥐고, 몸만 돌았을 뿐이다. 목곤은 휘도는 신형에 따라 이끌리듯 돈 것에 불과하니 진기가 담겨 있을 리 없다.

그런데도 천강역사들은 펑펑 나가떨어졌다. 머리를 맞으면 머리가 깨졌고, 팔다리를 맞으면 뼈가 부러졌다.

절대 있어서는 안 될 일, 거검과 부딪치는 일도 서슴지 않았다. 그러나 정면으로 부딪친 적은 없다. 늘 목표를 잃고 흘러갈 때, 검신 한가운데만 격타했다.

금하명이 노리고 쳐낸 것 같지는 않아 보인다. 그가 한 일이라고는 몸을 한 바퀴 회전시킨 것뿐이다. 목곤이 살아서 꿈틀거린다고도 볼 수 없다. 목곤이 그려내는 호선은 회전의 범위에서 한 치도 벗어난 적이 없다.

아이가 무심코 휘두른 막대기에 맞는 격이랄까?

금하명은 무너지는 천강역사의 어깨를 밟고 한 단계 더 높이 솟구쳤다. 동시에 몸을 팽이처럼 돌렸다.

카카카캉! 따악! 퍼억……!

압사도 가능해 보였던 천강역사들이 종이호랑이처럼 나가떨어졌다.

'남명을 알아보는 사람은 없다. 알아보지 못한다는 것은 방심으로 이어질 수도 있는 일. 이들은 방심 때문에 무너진다. 힘없이 흘러드는 목곤이라고 가볍게 여긴 게 잘못이지.'

초식도 없이 전개된 목곤은 갓난아기가 휘두른 것처럼 힘이 없다. 하나, 그런 목곤에 맞으면 육십 근 거검이 부러진다.

"피햇! 곤과 부딪치면 안 돼!"

천강역사들이 사태의 심각성을 깨닫고 일제히 물러섰다. 하지만 이미 땅에는 이십여 명에 달하는 역사들이 널브러져 있었다.

한검문의 검도 특이하다. 검신은 보통 검보다 좁은 대신에 길이는 일 척 정도가 더 길다.

한검문과는 일장 격돌을 벌인 적이 있다. 오지산에서 이들은 독분이 묻은 묵망(墨網)을 사용했고, 화약까지 터뜨렸다.

지금은 다른 싸움이다.

한검문에서 내보낸 검사는 열여덟 명. 여섯 명은 둥그렇게 포진하여 육합진(六合陣)을 펼쳤고, 열두 명은 육합진 바깥을 에워싸며 반육합진(反六合陣)을 쳤다.

한검문에서 하늘도 무너뜨릴 수 있다며 파천진(破天陣)이라고 자신 있게 말하는 검진(劍陣)이다.

금하명은 신기를 극성으로 끌어올렸다.

독맥을 흐르는 파천신공은 느껴지지 않는다. 끌어올려 봤자 백회혈로 빠져나가 아무런 도움도 되지 않는다. 독맥이 철갑으로 둘러싸인 것처럼 단단하게 보호되는 것만으로도 감지덕지해야 할 판이다.

이해되지 않는 부분도 있다.

진기란 십사 경락이 하나로 연결되어 있어야 제 위력을 발휘할 수 있다. 지금처럼 십일 경락과 독맥으로 양분되어 있다면 어느 진기도 위력을 발휘할 수 없으며, 주화입마(走火入魔)를 불러올 가능성이 매우 높다.

그 점은 나중에 시간이 나면 천천히 생각해 봐도 늦지 않고.

전엽초의 독성이 혈관을 따라 형성해 놓은 강기를 이끌어 목곤에 운집했다.

육합(六合)이란 동서남북(東西南北)과 천지(天地)를 일컫는 말로 전 우주를 말함이다.

너무 광범위하다.

좁게는 십이지(十二支)가 두 개씩 엮여 상생을 이루는 관계도 육합이라고 한다. 자축합(子丑合), 인해합(寅亥合), 묘술합(卯戌合), 진유합(辰酉合), 사신합(巳申合), 오미합(午未合)이 그것이다.

넓은 의미에서의 육합진이라면 검진의 형태가 육합의 성격을 띤다기보다는 위력이 천하를 아우르므로 명칭만 따다 붙인 경우일 것이다. 후자의 경우라면 여섯 방위를 치밀하게 씨줄 날줄처럼 엮는 합공일 것이고.

스으윽! 스윽……!

육합진을 펼친 검수들은 공격에 앞서 검무를 추었다. 만일의 경우에 대비해 급습에는 언제든 반격할 수 있는 만반의 태세를 갖추고, 자신들만의 음률에 맞춰 너울너울 춤을 추었다.

춤사위가 나비처럼 가볍다. 유난히 긴 장검이 흘러가는 구름처럼 유유히 흐른다.

한 자리에 멈춰 있지도 않았다. 좁은 보폭으로 옆으로, 옆으로 이동하며 금하명에게는 눈길도 주지 않은 채 검무만 추었다.

뒤에 늘어서 있던 열두 명도 검무를 추기 시작했다.

그들의 춤도 가볍고 아름답다. 하지만 도는 방향은 앞의 무인들과는 정반대다.

알고 있는 육합이 아니다. 도대체 어디서부터 공격이 시작되는지 짐작을 못하겠다.

첫 공격자는 누구이며 언제 시작할 것인가.

무공이 일정 경지에 오른 무인이라면 범인들은 꿈도 꾸지 못하는 초

능력을 지닌다. 길을 가다가도 위험한 자와 위험하지 않은 자를 구분해 내는 능력이다. 또한 언제 어떤 식으로 공격해 올지 눈으로 본 듯이 간파해 낼 수 있다.

무인들 간의 싸움에서 상대의 기를 읽어냈고, 자신의 기를 안으로 감췄다면 십중팔구는 승리한다고 볼 수 있다.

금하명은 상대의 기를 읽어내지 못했다. 반면에 한검문도들은 처음 목곤이 전개될 방향과 속도를 탐지해 냈을 것이다. 이들이 공격을 시작할 때는 자신의 일격을 무마시키고 치명적인 검격을 가할 수 있는 방책이 마련된 후이다.

쉑쉑쉑……!

공격은 삼면에서 동시에 시작되었다. 서북(西北) 방향과 동(東), 남(南)에서 삼검이 일제히 쇄도해 들어온다.

부위보법으로 서남방을 향해 빠져나가며, 일섬곤을 펼쳐 남방에서 쳐오는 자의 옆구리를 찍어갔다.

의도한 바는 아니다. 공격이 들어오는 순간 반사적으로 몸이 움직였고, 곤법도 자연스럽게 펼쳐졌다. 순간 반응이며 초식이 몸에 배어 줄줄 풀려 나오는 것이다.

남방에서 짓쳐 온 자는 위험에 직면했음을 알면서도 검공을 멈추지 않았다. 대신 뒤이어 따라오던 다른 자들이 요혈을 급습하여 금하명 스스로 목곤을 거둬들이게 만들었다.

최선의 공격은 최선의 방어인 셈인가.

금하명은 그들이 의도하는 대로 곤을 거둘 수밖에 없었다.

금하명이 나중에 짓쳐 온 자들을 맞이하여 목곤을 휩쓸어낼 때, 먼저 공격했던 자들은 허공에서 검이 어우러지고 있었다.

'이거…… 어디서 들은 기억이 있는데…….'

처음 본 검진인데 낯설지가 않다. 어디선가 한 번 본 적이 있는 것 같다. 어디선가…… 아!

기억이 떠올랐다.

"형성삼검직선교착(形成三劍直線交錯). 야가유량검혹삼검교차선공격사신(也可由兩劍或三劍交叉線攻擊邪神), 유검주수외위(遊劍主守外圍). 인위병장가이공격(人爲屛障加以攻擊)……."

삼검이 직선으로 교차하여 어우러진다. 두 개의 검 혹은 세 개의 검은 어우러져서 적을 공격할 수 있으며, 남은 검은 주위를 수비한다. 인위적으로 벽을 만들어 공격하며…….

바로 아버님이 해주신 말씀이다.

기억난다. 무공 수련을 죽기보다 싫어하자 흥미를 가지라고 여러 가지 잡다한 지식을 알려주셨다. 그때 검진에 대해서도 설명해 주셨고, 해남도에 널리 알려진 검진이라며 상세히 풀이해 주셨다.

너무 오래되어서 검진 이름조차 기억나지 않는데.

그게 이 검진이다.

'그럼 허공에 떠 있는 검이?'

쏴아아아……!

허공에서 어우러진 검이 일제히 쏟아져 왔다.

세 검을 단번에 쳐내거나 아니면 물러설 수밖에 없는 상황. 두 걸음 물러서는 쪽을 택했다.

공격해 오는 검들이 가위 형태로 얽혀 있다. 쓸어내리려고 하다가는 가위가 되어버린 두 검에 꽉 물려 자유를 잃게 된다.

그러나 물러선 것이 실수였다. 한검문의 공격은 한 번으로 그치지 않았다. 허공에 뜬 자들을 피해 물러서는 순간, 나중에 검을 날린 자들도 검을 얽어서 공격해 들어왔다.

'인위병장가이공격이라더니 이게 벽을 만드는 것이군.'

벽을 만들어 밀어오면 밀려나야 한다. 아니면 뚫고 나갈 수도 있다.

슈웃! 파아앗!

목곤을 쭉 뻗었다. 가위로 변한 쌍검이 물기 좋게 일직선으로 곧장 뻗어냈다. 상대가 목곤의 자유를 빼앗으려는 순간, 목곤은 십자곤을 터뜨려 세 명을 단숨에 쓸어낼 것이다.

그러나 이번에도 그의 마음대로 진행되지 않았다.

작은 원 뒤에 늘어서 있던 큰 원을 간과했다.

반육합진을 펼친 자들은 칠벽이 되이 등을 떠밀었디. 그들이 뻗어낸 검날은 금하명으로 하여금 앞으로 나갈 수밖에 없도록 만들었다.

잘못 생각했다! 벽을 만든 것은 반육합진을 펼친 자들이다. 바깥에 있는 자들은 전문적으로 수비만 하고, 안에 있던 육 인은 오로지 공격만 한다.

철컥!

목곤이 검 두 자루에 얽혀 자유를 잃었다.

가위처럼 쇠와 쇠가 맞닿은 부분에 철심이 박혀 있다면 목곤쯤은 쌍둥 잘라낼 수 있으리라. 하지만 한검문도의 검은 가위 형태만 띨 뿐, 가위처럼 잘라낼 수는 없다.

아! 이번에도 착각이다.

쌍검은 목곤의 중단을 움켜잡더니 썽둥 잘라내 버렸다.

검과 검의 맞닿은 부분이 물방울도 스며들 수 없을 만큼 밀착되었고, 두 사람의 마음이 한 사람처럼 움직였다.

쒜엑!

검 네 자루가 파고든다. 세 검에서 떨어져 나온 하나와 삼검과 교체를 한 삼검이다.

'선입관이 화를 불렀다. 아는 것이 있어도 싸움에 임하면 망각해야 하는데, 잘 알지도 못하면서 아는 척했으니······.'

재빨리 겉옷을 벗어 밀착하여 다가오는 검 네 자루를 후려쳤다.

싹둑!

가위 하나가 옷 한가운데를 잘랐다. 그러나 그 순간, 금하명은 이미 겉옷을 던져 버리고 밀착하다시피 다가들고 있었다.

따딱딱!

곤이 아니라 몽둥이가 되어버린 단곤(短棍)으로 사내들의 손목을 후려쳤다.

하 부인은 눈물을 주르륵 흘렸다.

이건 싸움이 아니다. 서로 어울려 한 폭의 지옥도(地獄圖)를 그려내고 있다.

금하명을 편들고 싶지는 않다. 아니, 그는 죽이는 쪽이고 죽는 쪽은 해남무인들이니 지옥도를 그리는 사람은 바로 금하명이다.

양쪽 모두 잘못되었다. 철천지원수도 아니고, 병기를 맞대기 전까지는 얼굴도 보지 못했던 사람들이 죽고 죽이는 싸움을 한다는 것은 말이 안 된다.

해남도에서 살려면 필연코 무인들을 알아야 한다. 해남도에서 명망

높은 사람이 되려면 무인들과의 교분을 적절하게 쌓아야 한다.

하 부인은 오지나 다름없는 해순도로 시집가서, 이번 일이 있기 전까지 한 걸음도 나서지 않았다. 해남도에 발길을 옮기기 시작하면 어쩔 수 없이 무인들과 교분을 나눠야 할 것 같아서 싫었다.

무림을 아는 건 아니다. 하지만 들은 말은 있다. 무인들이 어떻게 사는지 상상이 간다.

이렇게까지는 아니다. 이렇게 피가 내가 되어 흐를 정도로 죽고 죽이는 세계인 줄은 몰랐다.

너무 잔혹하다. 인간의 세계가 아니다.

"못 보겠죠?"

빙사음이 물어왔다.

하 부인은 눈물을 훔치고 빙긋 웃으며 대답했다.

"휴우! 난 의술밖에 모르니 그쪽 이야기를 할게. 의원이 있어. 외지에서 온 사람이라 의원이라는 것밖에 몰라. 그럴 때 의술이 어느 정도인지 알 방법이 있을까?"

"환자를 데려가 보면 알 수 있지 않나요?"

"의원에게는 아는 병이 있고 모르는 병이 있어. 신의(神醫)라도 모르는 병을 접하면 돌팔이가 되는 거고, 돌팔이도 아는 병을 만나면 신의가 돼."

"낄낄! 그거 재미있는 말이네. 환자를 데려가서는 의술을 파악할 수 없단 말인데…… 속을 확 뒤집어 볼 수도 없고, 무슨 수로 알아낸다?"

삼박혈검이 호기심을 이기지 못하고 불쑥 끼어들었다.

남해검문으로 돌아간 명옥대검이나 칠보단명, 추명파파가 옆에 있었다면 그들도 궁금증을 이기지 못했을 게다.

수대초풍(樹大招風) 159

대해문 소주가 변사체로 발견된 사건은 해남도를 발칵 뒤집는 큰 사건이었다. 더군다나 소주의 몸에 새겨진 검흔이 남해검문의 절초인 만큼 사태가 심상치 않았다.

남해검문 문도들에게 귀환령이 떨어졌다.

문도들은 현재 무슨 일을 하고 있든 간에 일체의 행동을 중단하고 귀환하라는 명령이다.

삼정과 추명파파, 그리고 사각 문도들은 한시도 지체할 수 없는 사안이라 금하명을 만난 후 즉시 떠났다.

삼박혈검과 빙사음도 돌아가야 한다. 단애지투가 하루밖에 남지 않았기 때문에 결과를 보고 가자는 심정에서 남아 있지만, 금방이라도 대해문도가 대대적인 습격을 가해올 것 같아서 경계를 늦출 수 없다.

"같은 치료라도 익숙한 솜씨가 있고, 서툰 솜씨가 있지. 의원을 데려가 알아보는 거야. 의원이라면 익숙한 솜씨와 서툰 솜씨를 가려낼 수 있을 테니까."

야괴가 슬그머니 한마디 했다.

'아닐 거야. 하 부인이 지금 이런 말을 할 때는 다른 뜻이 있어서……'

하 부인이 혈전장을 쳐다보며 혼잣말처럼 말했다.

"인격을 보면 돼. 인격. 환자가 치료되는 수준은 의원의 인격 수준만큼이야. 환자의 말에 귀를 기울여 줘야 하기 때문에. 환자의 마음을 헤아려야 하기 때문에."

'정말 어울리지 않는 두 사람……'

빙사음은 하 부인이 하고자 하는 말뜻을 알아챘다.

한 사람은 사람이 사람을 죽여서는 안 된다는 생각을 가졌다. 또 한 사람은 어떤 상대든 거침없이 뚫고 나가고자 한다. 그 과정에서 죽음이 일어나도 개의치 않는다.

결코 어울리지 않는 사람들이다.

천검문, 쇄검문, 한검문, 적검문, 해검문…… 그리고 금하명.

단애지투를 구경하는 사람들은 이들이 싸우는 방식을 보고 있다. 절초, 숨결, 싸움에 임하는 자세 등등 싸움이 일어나기 전부터 끝날 때까지의 광경을 하나도 빼놓지 않으려고 눈을 부릅뜬다.

하지만 끝난 싸움에 관심을 기울이지는 않는다.

누가 죽었으며, 죽은 자들이 어떻게 처리되는지는 관심거리도 되지 않는다.

하 부인은 싸움을 보지 않는다. 싸움이 끝난 현장만 본다.

아마도 죽음만 보는 유일한 사람이 될 것이다.

"단애지투는 끝났어요."

그 말은 사실이다. 금하명은 한검문의 전파진을 한 시진에 걸친 사두 끝에 파해해 냈다. 한 손에는 누더기가 되어버린 겉옷을 들고, 나른 한 손에는 절반이 잘려 나가 작대기에 불과한 목곤을 들고 지근거리에서 몸을 붙이고 싸우는 박투(搏鬪)를 단행했다.

해검문의 오군(五君)을 물리치는 데는 반 시진도 걸리지 않았다.

검향선자와 동배로 해검문주를 제외하고는 가장 강하다는 다섯 무인도 미친 듯이 휘몰아치는 단곤(短棍)의 폭풍 앞에서는 무릎을 꿇고 말았다.

적검문이 그의 앞에 섰다.

극성에 이르면 검은 보이지 않고 붉은 혈광만 보인다는 적멸검법(赤滅劍法)을 궁극의 경지까지 수련했다는 칠혈검사(七血劍士)가 붉은 검을 뽑았다.

사람들은 그들이 펼치는 칠성검진(七星劍陣)과 적멸검법의 조화를

수대초풍(樹大招風)

궁금해했다.

싸움의 결과는 안중에서 떠난 상태였다.

아무도 그들이 이기리라고는 생각하지 않았다. 꺾일 듯하면서도 귀신같이 허점을 찾아내 짓뭉개 버리는 괴력 앞에서는 대적할 방법이 없어 보였다.

평소에 늘 궁금하던 칠성검진과 적멸검법의 조화를 보는 것으로 단애지투는 끝난다.

남해검문은 단애지투에 가담하지 않을 요량이다.

대해문과의 관계가 얼음처럼 차가워지고 있으니 사정을 이해할 수 있다.

오늘은 해남무림 역사상 처음으로 단애지투를 통과하는 무인이 나타나는 날이다.

무인에게는 마지막 한순간까지 놓칠 수 없는 광경이지만…… 하 부인에게는 안타까운 죽음이 하나 더 늘어날 뿐인 것을.

"저 사람, 오늘 중으로 오석에 들어갈 거예요. 그러니 우리는……."

하 부인이 고개를 가로저었다.

"흔히 무인들이 혈로(血路)라고 하는데, 왜 혈로인지 몰랐어. 피하려면 얼마든지 피할 수 있는데, 왜 피하지 않는지. 혈살괴마가 가는 길이니 알아둬야지. 지켜봐야지."

마지막 소리는 한숨에 가까웠다.

❷

귀제갈은 대해문으로 돌아왔다.

며칠 출타를 했을 뿐인데 읽지 않은 전서들이 산더미처럼 쌓여 있었다. 꼭 읽어야 할 것도 있지만 대부분은 한 번 읽히는 것으로 만족해야 할 단순 참고 자료들이다.

귀제갈은 의자에 털썩 주저앉아 등을 깊이 묻었다.

'어디서부터 잘못된 거지?'

피곤이 몰려왔다.

일이 틀어져도 단단히 틀어졌다. 생각대로 된 것이라고는 소주를 죽인 것밖에 없다. 마음만 먹으면 언제든 죽일 수 있는 자를 애써서 심력(心力)을 소비해 가며 죽였다.

도대체 대해문주라는 작자는 어떻게 되어먹었기에 자식이 죽었는데도 움직이지 않는단 말인가. 의자에 아교라도 발라놔서 엉덩이가 찰싹 달라붙었단 말인가.

삼십팔전단 단주도 쓸개 빠진 놈이다.

싸움이라면 환장한다는 놈이 기껏 문주의 손아귀에서 벗어나게 해주었으면 마음껏 활개를 칠 것이지 빌어먹을 일 대 일 싸움은 뭐란 말인가.

금하명이라면 삼십팔전단을 초토화시킬 수 있었다. 몰살까지는 바라지 않아도 절반 이상은 땅에 눕힐 수 있는 자다. 단주가 엉뚱한 짓거리를 하는 바람에 삼십팔전단은 고스란히 남았다.

'피곤하군. 이래서야 아무것도 안 되지 않나.'

좌우지간 남해검문주나 대해문주나 희한한 작자들이다.

그들 정도의 무력(武力)을 지녔다면 해남도 패권을 놓고 한판 자웅을 벌였어야 하거늘. 호랑이들끼리 싸우는 게 겁난다면 주변에 있는 토끼들이나 잡아먹지.

수대초풍(樹大招風) 163

실력도 없는 문파들이 버젓이 현판을 걸고 각종 이권을 챙겨먹는데도 멀거니 지켜만 보고 있으니 답답하지 않은가.

아무것도 생각하기 싫은 순간이다.

하나, 이럴 때일수록 생각에 몰입해야 한다. 나쁜 현실은 움직이는 자만이 타개할 수 있다. 좋은 현실도 움켜쥐려고 일어서는 자만이 가질 수 있다.

한 걸음을 내디디면 한 걸음만큼 나아간다. 본인은 정작 움직이지 않으면서 생각만 천 리를 가는 사람은 단 한 걸음도 나아가지 못한다. 영원히 그렇게 생각만 하다가 죽으라지.

돈을 벌려면 일해라. 지식을 쌓으려면 책을 보거나 경험을 하라. 천하를 눈 아래 굽어보려면 태산에 오르라.

이게 인생의 진리다.

'대해문도 대회전을 치를 준비는 하고 있고……'

분위기 파악을 못하는 사람이라도 대해문에 첫발을 딛는 순간 활시위처럼 팽팽하게 당겨진 긴장감을 느낄 수 있다. 누군가가 조그마한 불씨만 던져 놓으면 금방이라도 터질 것 같은 화약고다.

'남해검문도 준비를 끝낸 것 같고……'

해남도에 퍼져 있던 전 문도가 집합되었다. 부모상(父母喪)을 당한 자만 제외하고 어떤 사정도 용납하지 않는 소집령이다.

'보자…… 이대로 부딪치면 공멸인데…… 공멸해서야 아무 소용도 없지. 제일진은 삼십팔전단에게 맡기고…… 그들이라면 전각과 살각을 제거할 수 있을 테고.'

어주가 옆에 있었다면 귀싸대기를 후려갈기고 싶다.

하 부인은 절대 빼앗겨서는 안 되는 거였다. 그녀만 있었다면 금하명을 적으로 만들 수가 있었는데. 금하명이 단애지투에서 죽어도 상관없다. 대해문주의 파렴치한 행동은 공분을 불러오고, 적어도 금하명에게 도전시켰던 것만큼의 무인은 파견할 것이다.

그 정도면 대해문주를 죽이는 데는 충분했는데.

'쯧! 진인사대천명(盡人事待天命)이라더니. 안 되는 건 할 수 없지. 미련을 버릴 것은 빨리 버리고……'

삼십팔전단만 소진시키면 대해문주는 한 팔을 잃는다.

'할 수 없지. 희생을 감수하고 직접 나서는 수밖에. 타협 거리를 찾아야 하는데 뭐가 좋을까……'

삼십팔전단 단주는 자신의 처소에서 술을 마셨다.

"너무 속상해하지 마세요. 패배는 병가지상사(兵家之常事)라는 말도 있잖아요. 그자는 난애시투를 통과했어요. 상공만 신 것이 아니니까…… 다음에 다시 한 번 겨눠보면 되죠."

언제나처럼 아내는 현숙한 모습으로 조언했다.

"속상해. 너무 속상해. 야! 술잔 빈 것 안 보이냐!"

삼십팔정수(三十八正手), 각 단을 이끄는 정수들 중 단주 곁에서 술잔을 기울이던 정수가 술병을 들고 일어나 잔을 채웠다.

단주는 단숨에 들이켰다.

정수가 또 술잔을 채웠다.

꿀꺽!

"에잉! 감질나서……"

몇 잔을 들이키던 단주는 술잔을 던져 버리고 아예 술병째 들어 목구멍에 들이부었다.

꿀꺽, 꿀꺽…… 목젖이 몇 번 움직이지도 않았는데 독한 화주(火酒)를 담은 술병이 바닥을 드러냈다.

"휴우! 이제야 좀 마신 것 같네. 뭐 해! 한 잔씩들 들어!"

삼십팔정수는 단주의 말이 떨어지자 일제히 잔을 비웠다.

"괜찮냐!"

"괜찮습니다!"

대답 소리가 큰 전각을 웅웅 울렸다.

"갓!"

삼십팔정수가 일제히 몸을 일으켰다. 그리고 문가에 위치한 자부터 질서있게 빠져나갔다.

"단주님."

술잔을 채우던 정수가 단주를 불렀다.

"그래…… 괜찮다."

정수는 단주의 말이 떨어지기 무섭게 검을 뽑아 소현(小賢) 부인(婦人)이라고 불리던 여인의 가슴에 틀어박았다.

"악! 대, 대체 왜……?"

소현 부인이 믿을 수 없다는 표정으로 정수를 쳐다봤다. 아니, 곧 눈길을 돌려 단주를 봤다.

정수가 말했다.

"단주님은 소문난 애처가셨죠. 피를 같이하는 저희보다도 부인을 사랑하셨습니다. 무엇이 부족하셨습니까? 말할 기회를 드리고자 일 푼의 사정을 남겼습니다."

소현 부인의 얼굴이 절망으로 일그러졌다.

"소, 소주가 죽었다는…… 말을 듣고 불안했는데……."

"단주님께 한마디 하시죠."

"호호호! 그 맛은…… 소주가 최고…… 큭!"

소현 부인은 말을 끝맺지 못했다.

검을 비틀어 내장을 가닥 내고, 위로 추켜올려 심장을 가르면 즉사다. 정수에게 그만한 손놀림은 장난과 다름없었다.

"속상해. 이놈아, 일 푼의 사정은 뭐 하러 남겨! 죽는 줄 모르고 죽게 했으면 오죽 좋아!"

"그러기 싫었습니다."

정수가 단주 앞에 무릎을 꿇으며 대답했다.

삼십팔전단이 대해문주의 오른팔이라면 팔기단(八旗團)은 왼팔이다. 하나 두 팔의 운명은 대해문이 탄생할 때부터 상반되었다.

삼십팔진단은 해남무림에 널리 알려졌나. 반면에 팔기난은 철저히 비밀에 감춰졌다.

삼십팔전단은 검진을 주축으로 한다. 열 명이 한 조를 이뤄 펼치는 소미종검진(小謎終劍陣)은 해남 최고의 검진으로 평가받았다. 해주문의 몽환십살진이 나타나기 전까지는.

소미종검진 서른여덟 개가 모여 펼치는 대미종검진(大謎終劍陣)은 더욱 가공하다. 대해문주가 해남무인들 중 단신으로 대미종검진을 꺾을 수 있는 사람은 없다고 공언한 것만 봐도 위력이 어느 정도인지 추측할 수 있다.

팔기단에 대해서는 알려진 게 없다.

문주는 팔기단에 대해서 일언반구(一言半句)도 언급하지 않았다.

존재하는 줄은 알지만 본 사람이 아무도 없어서 정말 있는지 없는지

의심이 가기도 한다.

칠정수, 십이정수, 이십일정수, 삼십이정수는 들어갈 생각조차 해본 적이 없는 주방으로 들어섰다.

"여보게, 술 좀 줄 수 있나?"

칠정수가 분기를 숨기지 않은 채 말했다.

"여기 들어오면 안 돼요. 어서 나가요!"

주방장이 대뜸 팔을 걷어붙이며 달려들었다.

주방은 대해문 전 식솔의 건강을 책임지는 곳이다. 누가 음식에 독이라도 푸는 날에는 문파의 존립이 위태로울 수 있다. 그런 까닭에 주방은 허가받은 자 외에는 드나들 수 없는 금역(禁域)이 되었다.

십이정수가 주방장을 노려보며 고함쳤다.

"이런, 빌어먹을! 검 한번 뽑지 못하고 물러난 것만 해도 속상한데 여기서까지 푸대접을 받아야 하나! 삼십팔전단이 언제 이렇게 된 거야! 이러고도 해남무림에 낯을 들고 다닐 수 있단 말이야!"

쩌엉!

그는 말을 하는 가운데 검을 뽑았다. 그리고 신경질적으로 그릇들이 올려져 있는 선반을 후려쳤다.

쨍그렁! 철퍽!

그릇들이 요란한 소리를 내며 깨졌다. 무려 오십여 개에 이르는 그릇이 일시에 깨지는 소리. 주방 안에 있던 사람들치고 고개를 돌려보지 않은 사람이 없다.

"이게 무슨 행패…… 큭!"

주방장은 말을 하다 말고 신음을 토해냈다.

피하고 자시고 할 틈도 없다. 너무 가까이에서 일격을 당했다.

그사이 다른 세 명도 쾌속하게 신형을 쏘아내며 검을 날렸다.

생선을 기름에 튀기던 자가 빙글 돌아서며 식칼로 응수했다.

휘이익! 촤아악……!

선과 선을 부드럽게 이어가는 것이 검의 이치. 그러나 식칼은 선끼리 이어지는 매듭에서 딱딱 부러져 꺾인다.

음식을 자르는 짧은 칼이었지만 장검이 파고들 틈을 주지 않았다.

휘익! 쉬이익!

이십일정수는 그럴 줄 알았다는 듯 가랑이를 찢듯이 두 다리를 쭉 벌리며 바닥에 주저앉았다. 허리까지 구부리며 앞으로 밀어낸 검은 종아리를 노렸다.

식칼로 도막(刀幕)을 형성한 것과 거의 동시에 가해진 일격.

"큭!"

짤막한 비명이 흘렀다. 그것은 또 한 사람의 죽음을 알리는 시삭이기도 했다.

이십일정수의 검은 종아리를 거쳐 낭심을 파 들어갔고, 사내는 피하지 못했다.

검은 낭심에서부터 복부까지 그어낸 다음에야 멈췄다.

"억!"

"빌어먹을!"

사내의 몸에서 피가 흘러나오는 것과 때를 같이하여 다른 곳에서도 비명이 새어 나왔다.

주방에서 죽은 자는 모두 네 명, 팔기단 중 녹기단(綠旗團)의 몰락이었다.

"지척에서 급습을 했는데도 반격을 한단 말인가. 눈치를 챘다면 우리가 당했을지도 모르겠군."

칠정수가 중얼거렸다.

밀당주라는 지위는 정보를 가장 빨리 알 수 있고, 정황 또한 정확하게 파악할 수 있는 자리다.

'이상해.'

머리 속에서 경고가 울렸다.

삼십팔전단의 움직임이 심상치 않다. 단주의 거처에서 물러 나온 자들이 대해문 전역으로 흩어진 것은 쉽게 볼 문제가 아니다. 금하명에게 패했으니 대해문 명예를 땅에 떨어뜨렸다고 봐야 되는데, 문주는 질책도 하지 않는다. 그것도 이상하다.

'아무래도 상의를 해봐야겠어.'

밀당주는 눈여겨봐야 할 서신 몇 개를 챙겼다.

해남무림이야 어떻게 돌아가든 상관없지만 남해검문과 대해문에 관한 일만은 촉각을 곤두세워야 한다.

그가 집어 든 서신은 모두 두 문파에 관한 사항들뿐이었다.

"저, 당주님."

전서구를 관리하는 오십구도(五十鳩徒) 중 한 명이 손가락 크기로 둘둘 말린 전서를 가지고 들어왔다. 밀당에서도 가장 믿을 수 있는 다섯 명 중 한 명이다.

"뭐냐? 급한 일이 아니면……."

"본 밀당에 잠입한 독사어에 관한 건입니다. 나중에 보시겠다면……."

"독사어?"

구도는 누가 들을까 봐 저어되는지 사방을 둘러보며 조심스럽게 전서를 내밀었다.

밀당과 독사어는 한배를 탄 몸이다. 밀당의 정보를 빼내 어주에게 제공한다고 해도 징치를 가할 수 없는 입장이다. 하지만 자신의 영역을 침범한 자가 누군지는 늘 궁금했다.

구도에게서 전서를 받아 펼쳐 보았다.

전서에는 아무 글자도 적혀 있지 않았다.

"이게…… 무슨 뜻이냐?"

"알아냈으나 말씀드리기 곤란하다는 뜻입니다."

"곤…… 란해? 왜? 흠! 그렇군. 네놈이 독사어구나. 그러니 곤란할 수밖에. 내가 고양이에게 생선을 맡겼구나. 네놈에게 독사어에 대해서 알아보라고 시켰으니."

"생선까지야. 진실로 먹어본 건 아무것도 없으니 고양이라는 말씀도 사양."

"후후! 말투를 들어보니 이세 안면까지 바꾸겠다는 뜻으로 들리는군. 좋다. 갑자기 정체를 밝힌 건 무슨 뜻이냐?"

그때였다. 구도의 손이 활짝 펼쳐진다 싶더니 세침(細針) 수백 개가 허공을 메웠다.

"악!"

밀당주는 두 손을 들어 눈을 막았다. 아니다. 막은 게 아니라 치미는 고통이 너무 커서 움켜잡았다.

얼굴은 세침으로 빼곡했다. 차마 얼굴이라고 할 수 없을 정도로 엉망이 됐다. 세침에 찔린 두 눈에서는 시뻘건 핏줄기가 흘러내렸다.

"독사어이기도 하지만 문주님의 밀사령(密死靈)이기도 하지. 줄을 잘 섰어야지. 죽을 놈에게 줄을 댔으니 죽을 수밖에."

수대초풍(樹大招風) 171

밀당주의 목젖에 비수가 틀어박혔다.

새롭게 양성한 독사어는 백팔십 명이다.
그중 이십 명은 하 부인을 납치하는 과정에서 죽었다. 또 열 명은 만충에서 금하명에게 제물로 던져 줬다. 그리고 바로 이어서 백 명이나 되는 독사어가 남해검문 사장로에게 몰살당했다.
전혀 아깝지 않다.
백사(白蛇)가 흔하면 존귀한 대접을 받겠는가. 수백 마리 중에 한 마리 있을까 말까 하기 때문에 귀한 대접을 받는 게 아닌가.
독사어 중에도 귀한 대접을 받을 자들이 있다.
어주는 그들을 따로 추려 산속 깊숙이 묻어두었다.
그들의 숫자는 열 명밖에 안 된다. 하지만 살아남은 다른 독사어 사십 명보다도 훨씬 강하다. 열 명 대 백칠십 명이 싸운다고 해도 열 명의 손을 들어줄 판이다.
독사어 사십 명은 대해문 근처 농가에 산개시켜 놓았다. 그리고 칠지령(七指嶺)을 찾았다.
'이제 이놈들을 꺼내 쓸 때야.'
아무래도 문주의 목숨은 이들이 끊어줘야 할 것 같다.
절곡을 돌고 돌아 눈에 익은 장소에 도착했다. 순간,
'응?'
어주는 반사적으로 몸을 숨겼다.
나무, 바위, 땅, 개울…… 주위를 샅샅이 훑어봤지만 사람이 숨어 있는 흔적은 찾지 못했다.
'숨어 있어.'

그는 확신했다. 자신이 바로 은신술로 일가를 이룬 음유탄검이다. 눈으로 본 것은 믿지 않을지 몰라도 자신의 느낌은 믿는다.

긴 싸움을 생각했다. 검사들의 싸움은 대체적으로 짧게 끝나지만 자신들과 같은 부류는 하루도 좋고 이틀도 좋다. 인내하는 쪽이 살아남고 조급한 쪽이 죽는다.

차분히 마음을 가라앉혔다. 생기를 최대한으로 죽여 소모되는 진력을 아꼈다. 그러면서도 오감만은 최대한으로 살렸다.

피 냄새가 맡아진다.

'다 죽었어.'

이번에도 확신한다. 독사어들 중 자신의 진전을 가장 깊게 받아들였다고 생각한 열 명이 어느 놈에겐가 감쪽같이 당했다.

놈은 대담하게 현장에서 기다렸다. 자신이 올 때까지.

해님무림에서 이런 놈을 찾기린 어렵지 않다. 무공이 강한 지들은 헤아릴 수 없지만 살법(殺法)을 익힌 자들은 기껏해야 다섯 손가락도 채우지 못한다.

첫 번째로 주목해야 할 놈은 야괴. 하지만 아니다. 야괴의 습성은 두더지에 가깝다. 숨을 때는 완벽하게 숨고, 공격할 때는 민첩하다. 대체로 움직임이 빠른 편이다.

두 번째는 남해검문의 살각주.

살각의 적엽은막공은 두려움의 대상이다. 살법을 수련한 자도 적엽은막공만큼은 피하려고 한다.

살각주는 적엽은막공의 대가다. 전각주와 비교하면…… 비무를 하면 전각주가 이기지만, 수단 방법을 가리지 않고 죽이는 싸움이라면 살각주가 이긴다.

수대초풍(樹大招風)

하지만 그도 아니다.

독사어는 철저하게 적엽은막공을 상대하기 위해 조련한 자들, 당한다고 해도 흔적은 남겼어야 한다.

세 번째는…… 남해검문의 음양쌍검.

'음양쌍검……!'

후회가 치밀었다. 그때 만홍도에서 끝을 보는 건데. 죽일 수 있을 때 한 명이라도 확실히 죽여놓는 건데.

그들이다. 거미처럼 끈끈하게 다가와 살짝 목만 비틀어놓고 사라지는 음습한 수법을 구사하는 자들은 그들밖에 없다.

투툭!

전방에서 나뭇가지 부러지는 소리가 들렸다.

어주는 반대로 후방을 경계했다. 음양쌍검은 두 명, 한 명이 유인을 맡고 다른 한 명이 살법을 전개한다.

스스슥……!

바람이 나뭇잎을 스친다.

'찾았어!'

어주는 검을 뽑아 입에 물었다.

양광검인지 음살검인지 모르겠지만 수풀 더미 속에 한 놈이 넙죽 엎드려 있다.

몸통을 땅에 바짝 밀착시켰다. 두 손으로는 소리가 날 만한 것들을 치우고, 두 발로 밀어서 조금씩 앞으로 나갔다. 수풀 더미에서 반 장 거리로 좁혀질 때까지 인내를 가지고 아주 조금씩만 나아갔다.

드디어 반 장 거리로 좁혀졌을 때, 두 발과 두 손으로 땅을 힘껏 밀치며 허공으로 솟구쳤다.

입에 물었던 검은 양손에 쥐어졌다. 두 눈은 움직임을 시작할 때부터 수풀 더미에서 떠난 적이 없다. 놈은 아직도 거기에 있다. 다가오는 걸 느꼈을 터이지만 움직이면 더욱 위험하기에 움직이지 못했으리라.

수풀 더미가 쫘악 갈라졌다. 순간,

슈욱!

어주는 옆구리를 뚫고 들어오는 검 한 자루를 보았다. 차디차게 얼어붙은 음살검의 얼굴도 보았다.

놈이 숨어 있던 곳은 수풀 더미가 아니라 그 옆, 바위였다.

"적…… 엽…… 은막공…….'

어주, 음유탄검이 신음처럼 말했다.

"쉬고 있었는가?"

귀제갈은 드러눕다시피 앉아 있다기 벌떡 일어났다.

"여기까지 어인 걸음을……?"

대해문주가 귀제갈의 처소를 찾은 적은 없었다. 무슨 일이 있으면 반드시 자신의 처소로 불러들이곤 했다. 그런데 찾아왔다. 무슨 일인가? 역시 자식의 죽음이 거목의 심중을 어지럽혔는가.

"문득 자네가 끓여주는 차가 마시고 싶어서. 자네 차 맛이야 아주 그만이지."

"잠시만 기다려 주십시오. 금방 물을 끓이겠습니다."

귀제갈은 차를 준비했다.

'문주만 죽어서는 곤란하지. 동고동락을 함께해 왔으니 갈 때도 삼십팔전단과 함께 가야 되지 않겠나.'

어쩌면 마지막으로 끓여주는 차일지도…….

대해문주는 귀제갈이 내민 차를 단숨에 들이켰다.

'무식하기는……'

귀제갈은 차를 입에 대기 전에 다향(茶香)부터 맡았다.

햇차라서 그럴까? 향이 아주 그만이다.

"화휘가 죽었어. 허허! 그놈…… 못된 짓만 일삼았지만 그래도 가슴이 무너지는 것 같군. 옛말에 부모가 죽으면 산에 묻고, 자식이 죽으면 가슴에 묻는다더니 틀린 말이 아냐."

"삼십팔전단의 체면도 살릴 겸…… 첫 싸움을 맡길까 합니다."

"허허허! 그놈들…… 벌써 움직이고 있어. 아마 지금쯤 여러 명 죽어나갔을 거야."

귀제갈은 고개를 번쩍 쳐들었다.

자신과 상의를 하지 않고 문도를 움직이기는 처음이다. 반드시라고 해도 좋을 만큼 문도를 움직이는 일에 대해서는 자신의 생각을 물어오곤 했는데…….

"남해검문의 뼈대는 살각과 전각에 있습니다. 그들부터 쳐야 할 텐데요. 자칫 타초경사(打草驚蛇)의 우(愚)를 저지르면 힘든 싸움이 됩니다만……."

'무슨 짓을 저지른 거야!'

갑자기 신경질이 솟구쳤다.

삼십팔전단이 몰살당하는 걸 걱정하는 게 아니다. 일이 확대되어 타협의 여지조차 없을까 봐 염려스럽다.

"차 잘 마셨네."

대해문주가 몸을 일으켰다.

"남해검문의 움직임을 상세히 파악해 보겠습니다. 여모로(黎母路)로 가기 전에 밀당주에게 말해 놓고 갔으니 낱낱이 파악해 놓았을······."

"아! 말을 해주지 않았군. 밀당주를 교체했어. 지금은 정단(鄭端)이 밀당주야."

"네?"

귀제갈은 깜짝 놀랐다.

"보고가 잘 들어오지 않아서 말이지. 알고 싶은 걸 보고하지 않는 밀당주는 필요없잖나."

'제거됐어!'

귀제갈은 아무 소리도 하지 못했다. 대해문주에게는 더 이상 자신이 필요없다는 것을 깨달았다. 대해문주는 그 점을 말해 주려고 들른 것이다.

문주가 돌아간 후, 귀제갈은 시녀에게 전복죽 한 그릇을 가져오라고 시켰다.

시녀는 금방 돌아왔다.

"주방에 아무도 없어요."

"아무도 없다? 점심때가 되었는데 모두 어디로 갔고?"

"모르겠어요. 물어볼 사람도 없는걸요."

"그래. 그럼 후원에 가서 염 노인 좀 오라고 해라. 특별히 부탁해 놓은 씨앗이 있는데 구했는지 모르겠다."

시녀는 이번에도 혼자 왔다.

"이, 이상해요. 후원이······."

"후원이 왜? 폭풍이라도 휩쓸고 지나갔더냐?"

"꼭 그런 것 같아요. 염 노인이 애지중지하던 꽃들이 모두 꺾어지고 짓밟히고······."

"하하! 그랬구나. 됐다. 그만 가서 쉬어라."

시녀가 돌아가는 모습을 보며 귀제갈은 문주를 떠올렸다.
'문주…….'
오늘 본 문주의 모습은 그가 알고 있던 문주와는 전혀 달랐다.
문주는 이렇게 빠르지 않았다. 아니, 움직일 일이 있어도 움직이지 않았다.
아마도 문주를 모시기 시작해서부터 보아왔던 모습들 중에서 가장 기민했던 모습인 것 같다. 그것이 자신을 향해서 겨눠졌다는 것이 섭섭하지만.
주방의 녹기단, 후원의 황기단(黃旗團)…… 팔기단이 모두 척결되었을 게다. 밀당주가 제거되었다면, 음유탄검도 죽었을 게고…….
무섭다. 어쩌면 소주의 죽음도 문주의 머리 속에 그려져 있었던 계획의 일부가 아닐지.
'후후! 사람을 잘못 봤어. 문주…… 무서운 분이구려. 그 긴 세월을…… 나 같은 사람을 속일 수 있다니. 문주는 더 답답했겠구려. 움직이고 싶은데 움직이질 못했으니.'
문주는 안 움직인 게 아니다. 움직여서는 안 되는 상황이니 움직이지 않은 거다. 그 사정이란 것이…… 지략 하나로 평생을 살아온 자신조차도 이해할 수 없는 것이기는 하지만.
모두 상관없다. 문주의 새로운 면면만 봤으면 족하다.
비수를 꺼내 명치에 댔다. 그리고 힘껏 찔러 넣었다.

❸

단애지투에서 생존.

영원히 불가능해 보이던 일이 현실에서 일어났다.

단애지투의 종착지인 오석주루(烏石酒樓).

금하명이 허리에 둘둘 말고 있던 천을 풀어 오석주루라고 적힌 깃발 아래 '단애지투'라고 적힌 깃발을 매단 순간 해남무림의 자존심은 땅에 떨어졌다.

"해남무림이 한 놈도 죽이지 못한단 말인가."

누군가 중얼거렸다.

"죽이려고 들면 왜 못 죽이겠어. 모두 제 뱃속 챙기기 바빠서 이렇게 된 거지. 죽일 놈들."

다른 자가 중얼거렸다.

현 해남도 사람들의 마음을 단적으로 대변한 말이라고 해도 과언이 아니다.

금하명은 오석주무 안에서 하 부인이 기다린다는 사실을 알면서도 들어서지 않았다.

생명이 있는 것과 접촉해서는 안 되는 자신보다는 빙사음과 같이 있는 것이 한결 안심되었다. 또한 아직까지는 해순도 성녀로 추앙받는 그녀가 자신과 어울림으로써 받을 모욕도 생각하지 않을 수 없다.

바삐 걸음을 놀려 골목으로 들어섰다.

삼박혈검이 주루 밖으로 나와 두리번거리는 모습이 보였다. 곧이어 빙사음과 하 부인도 나왔고, 유일하게 그의 종적을 추적할 수 있는 야괴도 모습을 드러냈다.

야괴는 주루 밖으로 나오자마자 금하명이 숨어든 골목을 쳐다봤다.

'마음을 안다면…….'

빙사음이 야괴에게 뭐라고 하자, 야괴가 고개를 가로젓는다.
'훗! 언제 술 한번 사야겠군.'
하 부인은 태연침착하다. 빙사음도 차분하다. 오히려 삼박혈검이 신경질적으로 건초를 걷어차 화풀이를 했다.
하 부인의 마음을 위로해 주려는 공연한 화풀이다.
금하명은 거기까지 본 후, 몸을 돌렸다.
'어디 가서 몸부터 추스른 후에……'

"떡 하나 먹읍시다."
"날이 푹푹 쪄서 다 쉬었소."
떡 장사가 늘어놓은 자판에는 갖가지 떡이 먹음직스럽게 놓여 있다. 그가 다가서기 전까지만 해도 어린아이 둘이 떡을 먹고 갔다. 먹는 모습이 하도 맛있어 보여서 먹어보려고 한 건데.
"차 좀 마실 수 있겠소?"
"다 팔리고 찌꺼기밖에 안 남아서……"
말을 잇던 점소이는 다루(茶樓)에 앉아 있는 길손들을 흘깃 쳐다보더니 황급히 말을 바꿨다.
"저분들은 차를 팔러 오신 분들인데, 시음(試飮) 중이시죠. 헤헤!"
금하명은 쓴웃음을 지었다.
소리가 나는 곳을 쳐다보면 애써 눈길을 피하는 사람들. 가까이 다가가면 화들짝 놀라 몸을 움츠리는 사람들…….
해남 사람들에게 자신이 어떻게 비추어지고 있는지 처음으로 알게 되었다.
단애지투를 통과하기 전에는 그래도 사람 대접을 받았는데, 이제는 아예 적이 되고 말았다. 해남무인들의 공분에서는 벗어났지만 주민들의 적이 된 것이다.

해남무림에 대한 자부심은 해남도 사람들의 공유물이었다.

금하명은 왼쪽 산등성이를 타고 여모령으로 들어섰다.

물길을 끼고 험준한 산세가 늘어서 있는 모습이 마음에 와 닿았다. 산세가 가팔라서 사람들이 쉬이 들어서지 못할 것이라는 추측도 그의 마음을 움직였다.

꽈아아아……!

산꼭대기로부터 떨어진 물줄기가 금방이라도 무너질 듯 위태위태한 바위를 치고 강으로 떨어져 내린다.

수직에 가까운 산세는 개울이 되었어야 할 물줄기를 사십 장 높이의 폭포로 만들았다.

금하명은 바위에 앉아 전신으로 폭포를 맞았다.

물줄기가 워낙 강해서 진기를 운기할 수 없는 사람이라면 바위에 올라서는 순간 폭포에 떠밀려 강에 빠질 게다.

금하명은 진기 걱정은 하지 않아도 되었다.

쓸모없는 진기지만 파천신공이 운행되고 있으며, 전엽초의 독성도 그의 노력과는 상관없이 상시 굳건한 줄기를 뻗어내고 있다.

아침 해가 뜰 때부터 저녁노을이 질 때까지 하루 종일 바위 위에서 지냈다.

파천신공을 다시 전정으로 되돌려야 하는데. 태극오행진기를 불러와야 하는데. 전엽초의 독성을 씻어내야 하는데…….

폭포를 맞으면 죽었던 살갗의 감촉들이 되살아날까 하는 기대를 가졌지만 아무 소용이 없었다.

그래도 포기하지 않았다.

저녁에는 약초를 뜯어 상처 난 곳에 발랐다. 통증은 느껴지지 않는다. 하지만 감각을 잃지 않았다면 심하게 앓았을 깊은 상처가 수십 군데에 이른다.

날이 완전히 어두워진 다음에는 아무 생각도 하지 않고 깊은 숙면을 취했다.

숙면은 약초만큼이나 상처를 빨리 아물게 하는 효과가 있다.

움직이는 데 쓰일 기력이 상처를 회복시키는 데 쓰이기 때문이다.

다음날도 날이 밝기 무섭게 폭포를 찾았다.

살이 썩어 들어가지 않는 건 파천신공 때문이다.

한마디로 전엽초의 독성과 파천신공은 서로를 팽팽하게 견제하고 있다. 여기서 이해할 수 없는 점은 진기 대 진기라면 그런 일이 가능하겠지만 전엽초의 독성은 말 그대로 독이라는 점이다. 파천신공 때문에 독맥은 건드리지 못한다고 해도 다른 경락은 벌써 썩었어야 한다.

전엽초의 진정한 정체를 파악해 내야 한다. 그런 연후에야 파천신공과의 관계도 알게 될 것이고, 잃었던 감촉을 찾을 길도 나온다.

초점이 전엽초의 독성으로 모아졌다.

도대체 어떤 작용을 하기에 기혈을 단단하게 응집시킨 것인가.

혈도가 파괴된 것은 이해하지만 굳어버린 꿀처럼 단단하게 응집된 현상만은 이해하기 어렵다.

하루, 이틀, 사흘…… 시간만 속절없이 흘러갔다.

第三十三章
아파걸황련(啞巴吃黃蓮), 유고설불출(有苦說不出)
벙어리는 황련을 먹어도
쓰다는 말을 못한다

아파걸황련(啞巴吃黃蓮), 유고실불출(有苦說不出)
…벙어리는 황련을 먹어도 쓰다는 말을 못한다

일섬단혼과 벽파해왕은 오지산에 마차를 댔다.

섬을 한 바퀴 도는 동안 해남무림에 대변혁이 일어났다.

각 문파를 대표하는 무인이나 절진이 단 한 사람에게 모두 패배했다. 그중에는 말만 들어도 소름이 끼치는 전엽초나 몽환십살진도 들어 있으니 할 바를 못했다는 말은 하지 못한다.

"청홍마차를 괜히 돌린 것 같지 않나?"

벽파해왕이 말했다.

"제길! 그 새끼가 그렇게 운이 좋을 줄 누가 알았나. 염병할 놈이 억세게도 운이 좋다니까."

일섬단혼이 마차를 산길로 몰며 말했다.

"이봐, 솔직히 말해 봐. 청홍마차가 해남도를 일주해서 여기 도착하는 시간은 아무래도 늦어. 꼭 단애지투만을 노린 건 아닌 것 같은데,

뭐 때문에 마차를 돌린 거야?"

"그놈의 주둥이는 아프지도 않나? 백 번도 넘게 들어서 귀에 딱지가 다 앉네."

"그러니 말하면 속 시원하잖아."

"낄낄! 할 일 끝났으면 그만 꺼지셔."

"내가 꺼지면 자네 목숨은 파리 목숨이 될 텐데?"

벽파해왕이 주위를 흘깃 둘러보며 말했다.

장현문도들이 악착같이 따라붙었다. 해남도를 일주하는 동안 한시도 떨어진 적이 없다.

공격은 해오지 않았다. 아니, 해올 수 없었다.

벽파해왕과 일섬단혼, 두 사람은 각기 떼어놓았을 때도 상대하기가 벅찬 무인들이지만 한데 모여 있으면 더 강해진다. 그러나 상대하기 어렵기 때문에 공격해 오지 않은 것은 아니다. 생사를 도외시한 장현문도인 만큼 죽음을 두려워하지는 않는다.

벽파해왕은 해남무림이 그에게만 부여한 임무를 수행하고 있다.

이는 해남무림 전체의 뜻이니 임무 중인 벽파해왕을 공격한다는 것은 해남무림을 공격하는 것과 진배없다. 일섬단혼이 공격받는 것을 보고도 싸움에 가담하지 않을 벽파해왕도 아니고.

장현문은 해남무림 전체를 적으로 돌려세울 생각은 없었다.

벽파해왕은 그런 점을 누구보다 잘 알고 있기에 일섬단혼에게서 한시도 떨어지지 않았다. 밥도 같이 먹었고, 잠자리도 같이 했고, 측간을 갈 때도 따라다녔다.

일섬단혼도 마다하지 않았다.

장현문도가 누구인가. 그의 혈족이지 않은가. 혈족을 베어야 하는데 좋아할 사람이 누가 있으랴.

청홍마차는 힘들게 산길을 올라가 천소사굉과 금하명이 결전을 벌인 공지에 이르렀다.

금하명은 이 공지의 이름조차 모르고 비무를 했지만, 해원지(解寃地)라는 공식 이름이 엄연히 존재한다.

히히힝! 푸득! 푸드득……!

말들이 힘든 듯 흰 입김을 쏟아냈다.

"비가 한바탕 쏟아질 모양이구먼."

벽파해왕이 하늘을 올려다보며 말했다.

하늘은 대엿새째 구름이 잔뜩 끼여 찌뿌듯한 모습이다.

잠시 후, 천소사굉이 힘든 걸음걸이로 걸어왔다.

"오랜만에 뵙습니다."

"낄낄! 좋아 보입니다."

벽파해왕과 일섬단혼이 마차에서 내려와 천소사굉을 맞이했다.

같은 배분에 있는 사람들이지만 그들 사이에도 위아래는 있다. 천소사굉이 제일 윗길이고, 일섬단혼이 제일 아래다. 일섬단혼과 벽파해왕은 친구처럼 지내나, 천소사굉은 어려워한다.

"글글…… 잠시…… 글글…… 기다려야겠어. 청홍마차는…… 우선순위에서 뒤로…… 글글…… 밀렸어. 오늘…… 아무래도 해남무림이…… 글글…… 뒤집어질 것 같아."

천소사굉은 나무 그늘로 걸어가며 따라오라는 손짓을 했다.

"날씨가 궂은데 안으로 들어가시지 않고."

"글글…… 이 늙은이야 아무…… 데면 어떤가. 글글…… 진작에 해남…… 제일문주 직…… 글글…… 에서도 쫓겨났는걸. 그런…… 건

젊은…… 글글…… 사람이 해야…… 되는데, 눈치도…… 글글…… 없이 너무 오래…… 있었어."

일섬단혼과 벽파해왕은 서로를 쳐다봤다.

천소사굉의 말뜻은……?

'해남십이회(海南十二會)가 열리고 있단 말인가!'

천소사굉의 초옥에는 개미 한 마리 스며들 수 없는 경계망이 펼쳐졌다.

경계를 서는 사람들의 면면을 살펴보면 놀라지 않을 수 없다.

삼정, 부문주, 제일장로…… 명칭은 달리 하지만 각 파에서 문주 다음으로 고강하다는 무인들이 검까지 빼 든 채 삼엄한 경계를 섰다.

숫자로 보면 이십여 명밖에 되지 않지만 단신으로 이들 전부를 상대할 자는 전 무림을 통틀어 얼마 되지 않으리라.

해남십이회.

남해십이문 문주들의 회합을 일컫는 말이다.

해남파와 연관된 문제, 즉 해남무림에 중대한 사안이 발생했을 때만 극히 제한적으로 소집되는 회합이다.

바다를 건너야 하는 뇌주이문에서도 문주들이 직접 참석했다. 단애지투조차 소문주와 화향 부인을 파견했던 그들이지만 해남십이회만큼은 빠질 수 없었다.

엄중한 경호를 받는 가운데 남해십이문 문주들과 대리 참석자들은 초옥 안에서 난제를 점검했다.

"천소사굉 어른께 많은 도움을 받았어요. 이제 그만 쉬시게 해드리는 게 후배 된 도리 아니겠어요?"

남해검문주가 첫 일성을 터뜨렸다.

"그럼 제일문주를 선출해야 하는데, 누가 좋겠소이까?"

쇄검문주가 말했다.

"우선 해남무림 지도부터 바꿔야겠지. 이번 금하명 사건으로 느낀 점들이 많을 테니, 각 파 입장부터 말해 봅시다."

대청을 쩌렁쩌렁 울리는 대해문주의 음성도 오늘은 차분히 가라앉아 초옥 안에서만 맴돌았다.

"미안하오만 나부터 말해야겠소. 본 천풍문은 십 년 봉문(封門)을 선포할 생각이오. 일체의 대소사에 간여하지 않을 생각이니 이해들 해주시구려."

천풍문주가 침통한 표정으로 말했다.

문주가 직접 검을 들고 나선 문파는 천풍문밖에 없다. 이겼다면 몰라도 패했다. 천풍문으로서는 딜리 신딕의 여지가 없으리라.

"금하녕이 난애시두를 통과했으니 우리 모두 패했다고 봐야 할 겝니다. 천풍문만 패한 건 아니니 생각을 돌려봐요."

남해검문주가 말했다. 가식이나 형식에 얽매인 말이 아니라 진심에서 우러난 말이었다.

"고맙소이다. 하지만 무공을 한층 더 정심하게 가다듬을 필요를 느꼈소이다. 그동안 너무 안일하게 지내서…… 문에 돌아가는 즉시 봉문을 선포할 생각이오이다."

천풍문주는 뜻을 굽히지 않았다.

"문주께서 그렇게까지 말씀하신다면…… 좋은 성과가 있기를 바라는 수밖에 없군요. 그럼 관례대로 임고현은 내놓으신 것으로 하고, 고산령(高山嶺) 주위 백 리는 무림 금역으로 지정하겠소이다."

"배려해 줘서 고맙소이다."

천풍문은 십 년 동안 분골쇄신(粉骨碎身)하는 각오로 무공 발전에 박차를 가해야 한다. 십 년 후, 무림 금역은 사라질 것이며 천풍문의 발전된 무학을 구경하고자 많은 무인들이 도전할 게다.

거기서도 탁월한 점을 보여주지 못한다면 멸문으로 이어지리라.

문파의 존폐 여부에 대한 대화는 한동안 계속되었다.

예전에는 이강십중(二强十中)의 판도였지만 이번에 점검한 결과는 사강삼중오약(四强三中五弱)으로 판명되었다.

남해검문주와 대해문주는 사강의 자리에 기꺼이 해주문과 창파문을 받아들였다. 쇄검문, 천검문, 한검문은 삼중에 대해 이의를 제기하지 않았고, 오약으로 거론된 노도문, 장현문, 적검문, 천풍문, 해감문도 현실을 순순히 받아들였다.

대체적으로 강한 문파로 지칭된 문파들은 검진 혹은 그에 버금가는 세력을 구비한 문파였다. 오약은 세력 판도보다는 순수하게 무도를 추구하는 문파라는 측면이 강했다.

무도를 추구하되 초절정검수를 배출하지 못하면 약체로 분류되는 수모를 면치 못하는 법이다.

천풍문에 이어 노도문과 장현문이 완전히 떨어져 나갔다.

그들은 지금까지도 그래 왔지만 차후에는 일절 무림사에 간여하지 않을 것이며, 무공을 사용하는 경우도 문파가 건립된 곳을 중심으로 사방 백 리로 한정한다는 관례에 따르기로 했다.

차후 소집될 문주들의 회합은 해남십이회가 아니라 해남구회가 되리라.

중원 같았으면 멸문당할지언정 스스로 남해십이문의 권리를 포기하지는 않았다.

해남도이기에 가능하다.

약속된 기한이 경과한 후, 실력을 입증하면 언제든 자신의 위치로 돌아올 수 있는 것이다.

지난번 해남십이회에서는 많은 사항들이 논의되었지만, 가장 중요했던 것은 문파를 멸절시키는 경우가 없어야 한다는 것이었다.

당시 가장 강성했던 문파는 남해검문과 대해문. 두 문파의 묵인이 있었기에 가능한 일이었다.

해남십이회는 공멸 대신 공동 번영을 선택했다.

하지만 타 문파를 향한 문도들의 적개심을 달래줄 방법은 없었다.

어제만 해도 부모 형제가 타 문파의 검에 죽었다. 남편이 죽고 친척이 죽었다. 다리가 잘리고, 팔이 잘렸으며, 애꾸가 되기도 했다.

해남무림인이라면 반드시 죽여야 할 자를 한두 명씩은 가슴에 품고 있는 상태였다.

오랜 세월에 걸쳐서 층층이 쌓인 원한을 몇 마디 말로 달래줄 방도는 문주에게도 없었다.

결국 해남십이회에서 논의된 공동 번영은 문주들의 가슴에만 묻어두었다.

싸움은 부단히 이어졌다. 그러나 문파가 멸절될 상황까지는 이어가지 않았다. 치명적인 타격을 받을 상황이면 문주들은 침묵을 지켰다.

약조가 깨질 뻔한 적도 있다.

귀사칠검을 수련한 마인들이 남해검문에 들이닥쳤을 때다.

남해검문은 치명적인 타격을 입었고, 자칫 멸문으로까지 이어질 뻔했다. 남해검문에서는 즉각 반격을 가했고, 대해문도 남해검문 못지않은 손상을 입었다.

해남십이회가 열렸다.

남해검문주와 대해문주는 서로 간에 섭섭한 점을 가식없이 말했다.

그 결과, 기가 막힌 일이 생겼다.

대해문과 귀사칠검은 전혀 상관없었다.

남해검문을 공격한 자들, 파검문도 스스로 귀사칠검이란 비급을 얻어서 저지른 복수극이었다. 그들이 마인이 되어버린 관계로 자세한 사정을 캐묻지 못한 것이 원죄랄까?

하지만 남해검문은 이미 혈루문을 만들어 대해문을 공격했으니.

문주들끼리 사전 조율이 있었다면 벌어지지 않을 일이었지만, 문주들끼리 만나도 형식적으로나마 검을 겨눠야 하는 입장이니 해남십이회 이외에는 의견을 조율한다는 것은 있을 수 없는 일이었다.

대해문주는 기꺼이 귀사칠검을 만들었다는 오명을 뒤집어썼다. 원한에 사무친 대해문도를 달래줄 방법은 귀사칠검을 만든 곳이 대해문이라고 인정하는 길밖에 없었다. 먼저 잘못했으니 반격을 받는 것이야 당연하지 않은가.

거기에도 문제가 있다. 귀사칠검은 마공이다. 대해문주가 마공을 창안했다면 대해문도들 중 절반은 검을 놓으리라.

결국 대해문주는 인정도 부인도 하지 않은 채 많은 세월을 버텨왔다.

끊임없이 공격만 생각하는 귀제갈의 뜻에 따라 만홍도에 야호적을 만들고, 백팔겁을 끌어들였지만…… 남해검문이 결정적인 타격을 당할 싸움은 피해주었다.

청홍마차를 만든 것도, 단애지투를 만든 것도 다 깊은 속뜻이 있어서였다.

 덕분에 해남무림은 문파 간의 싸움이 거의 사라졌다. 오랜 세월이 걸렸지만 소정의 목적은 달성했다. 귀사칠검 사건으로 구원이 워낙 깊은 남해검문과 대해문은 아직도 으르렁거리지만 타 문파는 거의 싸움을 멈췄다.

 지금도 자파로 돌아가면 타 문주들이 무슨 생각을 하는지 모른다. 어떤 공격을 해올지 알지 못한다. 하지만 어떤 순간에도 멸문으로 이어질 공격만은 피해줄 것이라고 믿는다.

 이것이 해남무림이다.

 중원이었다면 치열했을 판도 변화가 아주 간단하게 끝난 것도 문주들 간의 철저한 신의가 바탕에 깔려 있기 때문에 가능했다.

 "자, 그럼 제일문주를 정합시다. 의견들 있으면 말해 봐요."

 해남십이회를 끝낸 문주들은 또 한 번 해남무림이 뒤집힐 소식들을 가슴에 안고 초옥을 나섰다.

 초옥 안에서와 밖에서의 그들 태도는 사뭇 달랐다.

 안에서는 음성에 정을 담았지만, 밖에서는 가벼운 목인사만 나눈 채 총총히 헤어졌다.

 남해검문주와 대해문주는 해원지로 향했다. 봉문을 선포한 장현문주도 해원지로 걸음을 옮겼다.

 청홍마차.

 남해검문주와 대해문주는 생각해 볼 것도 없다는 듯 청기를 뽑았다.

 "허허! 선배께서는 세월을 거꾸로 드시나 보오이다. 어째 점점 젊어지시니, 비결이나 알려주실 수 없으신지."

아파걸황련(啞巴吃黃蓮), 유고설불출(有苦說不出)

"개소리 작작해."

남해검문주는 일섬단혼의 무안한 소리에도 빙그레 웃음을 띠었다.

"하하! 선배의 입담은 당할 재간이 없다니까. 우리 두 사람을 한꺼번에 부른 이유나 들어봅시다."

대해문주가 눈으로 웃으며 물었다.

"너도 개소리 마. 귀사칠검이나 만들어내는 주제에. 금하명이라는 새끼가 단애지투에서 뒈지면 너희 두 놈을 가만두지 않을 생각이었다만 네놈들이 졌으니 깨소금이지. 너희 두 놈, 무림에 한마디만 해. 앞으로 귀사칠검과 관계된 모든 은원은 구워 먹든 삶아 먹든 네놈들 문파에서 지지고 볶겠다고."

"그것뿐이라면 엄한 고생을 하셨소이다. 그러지 않아도 그럴 생각이었는데."

"미친놈들. 썩 좋은 상판대기들 아니니까 말귀 알아먹었으면 꺼져."

일섬단혼, 원래는 절정검수인 남해검문주와 대해문주를 상대로 일장 격돌을 벌일 생각이었다. 금하명이 단애지투에서 죽었다면. 단애지투를 통과하리라고는 전혀 예상치 못했기 때문에.

살았으니 이 정도로 끝내주는 거다.

남해검문주와 대해문주는 초옥에서 결정한 사항들을 간단하게 말해 주었다.

"글글…… 잘됐어. 이 늙은…… 이도…… 글글…… 이제는 마음…… 편히 쉬게…… 글글…… 생겼군."

벽파해왕도 오랫동안 바다 속에 담가놨던 낚싯대를 꺼낼 때가 되었다. 그 대신 일지암에 머물 사람이 새로 생겼으니.

"하하! 다행이야. 늙어 죽기 직전이지만 가보지 못한 곳이나 실컷

유람해야겠어."

 제일문주와 공증인이라는 직함은 허울뿐이지만, 평생을 희생해야 한다. 천소사굉이나 벽파해왕처럼 삶이 얼마 남지 않았을 때에서나 벗어날 수 있는 멍에다.

 두 사람은 정녕 홀가분한 표정이었다.

 일섬단혼은 장현문의 봉문 소식에 아무 소리도 하지 않았다.
 "문으로 돌아가시겠습니까, 공격을 받아보시겠습니까?"
 "……."
 장현문주는 십소에서 장현문도들이 했던 말을 되읊었다.
 일섬단혼은 그때처럼 아무 대답도 못했다.
 "청홍마차도 끝났습니다. 이제는 뒤에 숨지 마시고 검을 받아주시기 바랍니다. 저희도 빨리 끝내고 싶습니다."
 장현문주가 냉정하게 등을 돌렸다.
 일섬단혼은 벽파해왕을 힐끔 쳐다봤다.
 벽파해왕이 해준 말…… 그것만이 골육상쟁(骨肉相爭)을 벌이지 않는 유일한 대안이다.
 장현문주가 두세 걸음 떼어놓았을 때, 일섬단혼은 결심을 굳힌 듯 힘들게 말했다.
 "해남도를 떠나마. 평생 해남도에는 발을 딛지 않을 것이며, 장현문 검학은 사용치 않으마."
 욕없이는 한마디도 하지 못하는 일섬단혼, 남해검문주와 대해문주에게까지 거침없이 욕지거리를 하던 그.
 그가 욕을 섞지 못했다.

아파걸황련(啞巴吃黃蓮), 유고설불출(有苦說不出) 195

해남도에서 태어나 평생을 해남도에서 보낸 사람이 섬을 떠나겠다는 것은 스스로 자기 자신에게 사형 선고를 내린 것이나 다름없었다.

장현문주가 말했다.

"금하명에게 죽은 아이가 누군지 압니까? 제 아들놈입니다. 단애지투에서 손을 빼고자 했건만 체면치레를 해야 한다며 가더니 그렇게 됐습니다. 자식 놈에게 뛰어난 절학을 가르치지 못한 죄, 봉문으로 달게 받을까 합니다. 차후, 장현문이 다시 무림에 모습을 드러낼 때는 지금처럼 틀어박혀 있지는 않을 겁니다. 본격적으로 쟁패에 참여하게 될 겁니다."

"휴우!"

일섬단혼은 한숨을 불어 쉬었다.

"다시는 얼굴을 보고 싶지 않습니다. 해남 땅에 절대 들어오지 마십시오."

장현문주는 냉정하게 등을 돌렸다.

❷

추명파파와 하 부인은 오랜 세월을 격하고 마주 앉았다.

하 부인은 추명파파가 조심스러웠다. 그녀를 어떻게 대해야 할지 분간이 서지 않았다.

며칠 전에 만났을 때부터 눈길조차 마주치지 못했다. 정조를 무너뜨렸으니 낯을 들 수가 없었다. 다른 사람들이 있어서 힘든 대화를 미룰 수 있었던 것이 천만다행이랄까?

하지만 오늘만은 피해갈 수 없는 상황이었다.
"받아들이기로 한 게냐?"
추명파파는 거두절미하고 가장 껄끄러운 문제부터 꺼냈다.
"……"
하 부인은 아무 말도 하지 못했다.
사실은 그녀 마음도 갈피를 잡지 못하고 있는 터이다. 금하명이 옆에 있어서 꽉 붙잡아도 마음을 정하기가 쉽지 않은데, 오히려 피하고 있다.
전엽초 때문이기는 하지만 섭섭한 마음이 드는 것은 사실이다.
이럴 때 어떻게 행동해야 하나? 나이 많은 여자가 괜히 주책을 부리는 것은 아닌지. 이성을 망각한 상태에서 저지른 짓으로 발목을 붙잡으려는 것은 아닌지.
"옥정관은 아직도 있느냐?"
"……"
하 부인은 이번에도 대답하지 못했다.
추명파파의 말이 죽은 남편은 벌써 잊은 게냐고 질책하는 것으로 들려서 대답할 수가 없었다.
추명파파가 일어나서 창가로 갔다.
하늘은 시커먼 먹장구름으로 뒤덮였고, 한두 방울씩 빗방울이 비치기 시작했다.
긴 장마가 시작되었다.
앞으로 근 한 달간 해남도는 고립된다. 해남도에 붙어 있는 작은 섬들도 고립된다. 들어오는 사람도, 나가는 사람도 없이 철저하게 세상으로부터 잊힌 땅이 된다.

"비가 오는구나. 훗! 해순도에 내리는 비는 참 지겨웠는데. 눅눅한 습기도 싫고, 후덥지근한 공기도 숨이 막히고."

투툭! 투투툭……!

제법 빗방울이 선연해졌다. 지붕에, 땅에…… 비파 소리보다 아름다운 음률을 흘리며 떨어졌다.

여자 팔자는 뒤웅박 팔자라는 말이 있다. 어떤 사내를 만나느냐에 따라 인생이 달라지기에 나온 말이다.

가난에 찌든 어부의 딸로 태어났으나 해순도주의 안사람이 되는 순간 일순간에 팔자가 폈다.

한평생 잘 먹고 잘살 수 있는 조건이 형성되었다. 부족한 게 없었다. 원하는 것을 쉽게 가질 수 있다는 게 얼마나 좋은지 알게 되었다.

"한동안은 만족하며 살았는데……."

추명파파는 긴 한숨과 함께 말을 끊었다.

하지만 부족한 게 없었는데도 그녀는 늘 부족함을 느꼈다. 무어랄까? 목마름이라고 할까? 육체적인 호사로는 채워지지 않는…… 꼬집어 말할 수 없는 무엇이 있었다.

그러던 참에 무인이라는 사람을 보았다.

검 한 자루에 혼신의 힘을 쏟아 넣는 모습. 죽음을 맞이하면서도 웃을 수 있는 여유.

혼이 빨려드는 것 같았다.

그녀는 며칠을 끙끙 앓았고, 마침내 결단을 내렸다.

이슬비가 구슬프게 내리던 날, 그녀는 남편과 자식을 버리고 배를 탔다.

죄책감은 들지 않았다. 오히려 기대에 부풀어 가벼운 흥분까지 치밀었다. 무인의 길이 얼마나 험난한 가시밭길인지는 짐작도 하지 못한 채 검을 든다는 사실만으로도 날듯한 기분이었다.

그때는 전혀 몰랐다. 그 사람이 먼발치에서 보고 있다는걸.

그녀는 해남도에 도착하자마자 제일 가까운 곳에 위치한 남해검문부터 찾았다. 그리고 단번에 입문이 허락되었다. 다른 사람들은 며칠에 걸쳐서 자질과 성품을 시험받고 난 후에야 허락되는 입문이 한 시진도 되지 않아서 결정되었다.

'내 자질이 뛰어난 거야. 그래, 무림이야. 이곳이 내가 살 곳이야.'

남해검문에 해순도주의 청탁이 들어온 것은 짐작조차 하지 못했다. 그 사람의 배려가 없었다면…… 그 사람이 무인의 길을 가도록 길을 열어주지 않았다면…….

손에 검이 쥐어졌다. 목마름을 해소할 수 있는 길이 열렸다.

검에 미쳐 산 세월이 한 달, 두 달 흐르더니 눈 깜짝할 사이에 십여 년이 흘렀다. 추명선자(追命仙子)라는 외호를 얻을 정도로 독한 검도 지니게 되었다.

그 즈음에서야 해순도에 두고 온 사람들이 생각났다. 하지만 돌아갈 염치가 없었다. 또한 적이 많이 생겨서 한시도 긴장을 풀지 못하던 때이니 일부러라도 가까운 사람을 멀리해야 할 처지였다.

'해순도에 무인들이 들락거리게 할 수는 없어. 해순도는 지금처럼 무공을 모르고 사는 게 편해.'

남편이 죽었다는 소식을 듣고도 가보지 못했다. 자식이 해순도주에 즉위했어도 마음으로만 축하했다. 곧이어 혼례를 치렀다는 소문도 들었지만 이 역시 마음으로만 행복을 빌었다.

얼굴에 주름이 깊어지고 외호가 추명선자에서 추명파파로 바뀌는 세월 동안 그렇게 가슴만 태우며 살았다.
목마름은 풀었는가. 풀지 못했다.
세상 이치란 산이 있으면 골도 있는 법, 하나를 얻으면 하나를 잃게 되어 있다.
그녀는 검을 얻은 대신 인간이 누려야 할 행복을 잃었다. 가정을 일구고 자식들과 오붓하게 사는 재미를 놓쳤다.

하 부인은 떨리는 손으로 찻잔을 들었다.
추명파파의 이야기를 계속 듣다가는 무언가 커다란 변화가 생길 것 같다는 불길한 예감이 든다.
목마름…… 자신도 느꼈다. 육체적인 호사로는 결코 풀어낼 수 없는 업보다. 다행히도 그녀는 해순도를 떠나지 않는 선에서 해결책을 찾았다. 수많은 사람들의 아픔을 치료하면서 목마름을 풀었다.
추명파파의 심정을 이해한다. 목마름을 풀어내는 방법은 다르지만, 가치있게 살고자 했던, 세상에 태어난 값을 치러야만 속이 풀리는 심정은 헤아릴 수 있다.
추명파파가 걸어와 맞은편 의자에 앉았다.
"그 아이도 알고 있었을 거야. 찾아오지는 않았지만……."
알고 있었다. 간혹 드러낸 어두운 얼굴 속에는 어머니를 그리워하는 마음이 담겨 있었다.
"원망도 많이 하고, 증오도 했겠지. 하지만 결국 그 사람 뜻을 따라 주었어. 그 핏줄이 어디 가겠나. 휴우!"
하 부인의 어깨가 가늘게 떨리기 시작했다.

그는 다정다감한 사람이다. 남편을 일찍 보냈으니 박복한 여인이겠지만, 생전에는 둘도 없을 만큼 호사를 누렸다. 그가 보내준 사랑……그것은 세상에서 누릴 수 있는 최고의 호사였다.

신혼 초에 들은 적이 있다. 시아버님이 임종하시면서 남긴 유언이 어머니를 찾지 말라는 거였다. 찾지는 말고 항상 지켜보다가 어디선가 죽으면 시신을 거둬 자신 곁에 묻어달라는 거였다.

남편은 시아버님의 뜻을 따랐다. 어머니가 누군지 알면서도, 그리워하면서도 찾지 않았다. 그러면서 한시도 눈을 떼지 않았다. 나눠 준 땅을 팔아서 해남도로 이주한 사람들이 광양회를 만들고 추명파파와 밀접한 관계를 유지한 것도 모두 남편 뜻이었다.

남편이나 시아버님이나 여인에게는 최상의 사내인데…… 불행히도 여자를 잘못 만났다. 시아버님은 평생 한 여자만 지켜보다가 돌아가셨고, 남편은 정조조차 지키지 못할 여인을 아낙으로 맞이했다.

"흑!"

참으려고 했는데 기어이 오열이 터져 나왔다.

어쩌면 좋단 말인가. 이제 어떻게 해야 하는가.

추명파파가 어깨를 토닥여 주며 말했다.

"걱정이구나. 이렇게 마음이 여려서야…… 무림에 맞지 않는 여자가 무림으로 들어왔으니 어쩔꼬."

"어…… 머님! 흑!"

추명파파는 하 부인을 감싸 안았다.

"세상에서 가장 못된 사내가 누군지 아니? 제 계집을 놔두고 먼저 떠난 사내야. 후후! 넌 참 복이 없는 여자구나. 금하명이란 놈도 명대로 살 것 같지는 않은데."

"해순도로 돌아가야겠어요. 가서 환자나 돌보면서……."

추명파파는 고개를 가로저었다.

"무림이란 그리 간단한 곳이 아니지. 네가 해순도로 돌아가면 열흘도 못 돼서 피살당할 게다. 단애지투를 못마땅하게 생각하는 무인들이 많아. 너와 금하명의 관계도 알려질 만큼 알려졌으니 금하명에게는 도전조차 못하는 못난 놈들이 널 노리겠지."

"괜찮아요."

하 부인은 오열을 그치고 빙긋 웃었다.

"그래, 그렇게 웃어라. 앞으로는 웃고 살아야지. 참! 할 말을 잊어버릴 뻔했구나. 옥정관은 피독(避毒) 효과가 있지. 전엽초 중독에 도움이 되거든 아낌없이 쓰도록 해라."

추명파파는 친어머니나 된 듯이 마음을 어루만져 주었다.

"칠채하(七彩河)? 낄낄! 꼭 기어들어도 저 같은 곳으로만 기어들어 가네. 좋은 곳 다 놔두고 하필이면 칠채하가 뭐야?"

삼박혈검이 눈을 동그랗게 뜨며 말했다.

금하명이 은신해 있는 곳을 발견해 냈다.

절벽이나 다름없는 산줄기를 타고 흐르기 때문에 하루에도 일곱 번이나 색깔을 바꾼다는 칠채하.

경관이 빼어나서 찾는 사람이 많을 것 같지만 전혀 그렇지 않다. 물굽이가 험하고, 산줄기도 가팔라서 해남 주민들조차 죽을 때까지 한 번도 찾지 않는 사람이 많다.

"몸은 어때요?"

빙사음은 그의 안위부터 물었다.

"가까이 접근하면 은거지를 옮길 우려가 있어서 있는 곳만 확인했어. 움직이는 모습은 괜찮아 보이던데."

구령각주가 말했다.

구령각주에게 금하명은 참 골치 아픈 자였다. 구령각주뿐만이 아니다. 각 문파에서 정보를 담당하는 자라면 머리가 지끈거리지 않은 자가 없을 것이다.

그는 적이 되었다가고 벗이 되고, 벗인가 싶으면 검을 맞대야 하는 상황이 된다. 한시도 주의를 게을리 해서는 안 되는 자이니 골치가 아플 수밖에 없다.

지금은 벗이다. 그의 아낙이나 진배없는 하 부인이 남해검문에 머물고 있고, 삼정을 비롯해서 몇몇 사람들은 노골적으로 호의를 표시한다.

특히 빙사음은…… 평소 때와 너무 다르다. 안 그런 척하고 있지만 금하명 이야기만 나오면 귀를 쫑긋 세우는 것이 여간 심상지 않다.

"상처가 깊다던데……."

평소의 빙사음이라면 하지 않을 말까지 한다.

"하 부인이 의원이니 하 부인이 가기만 하면……."

삼박혈검이 무심결에 말을 잇다가 추명파파의 눈총을 받고는 황급히 입을 다물었다.

해남무림은 해남제일 미녀에게 어떤 외호를 선물할까 고심하다가 남해옥봉을 지어냈다.

해남제일 미녀…… 빙사음은 남해옥봉이라는 외호를 스스럼없이 사용해도 좋을 만한 미녀다. 그런 여자가 하 부인에게 주눅 들어서 기를 펴지 못한다. 언제나 당당했는데 요즘 들어서는 좀처럼 밝은 모습을 보이지 않는다.

그녀의 마음을 읽지 못하는 사람은 없다.

한 가지 의문은 치민다. 빙사음이 마음을 빼앗길 만한 시간이 언제 있었냐는 것이다. 만홍도에서 돌아올 때만 해도 두 사람 관계는 남남이나 다름없었고, 해남도에 들어와서는 폐관 수련 하느라 만날 기회가 전혀 없었는데.

아무리 남녀 사이는 하늘도 모른다지만 진정 의문이 아닐 수 없다.

"그렇네요. 언니가 가면 되겠네요. 전 가서 수련이나 해야겠어요."

빙사음이 몸을 일으켜 대청을 빠져나갔다.

"타앗! 차아앗!"

해무십결이 눈부시게 펼쳐졌다.

제일결부터 십결까지 수련하는 데는 반 시진에서 한 시진이 소요된다. 실전에서는 일식을 풀어내는 데 찰나가 필요할 뿐이니 십식이라고 해봐야 그리 오랜 시간은 필요치 않다. 하지만 수련을 할 때는 초식의 묘리를 염두에 두고 검의 흐름을 세심하게 가다듬어야 하기 때문에 많은 시간이 필요하다.

빙사음은 일결부터 십결까지 단숨에 풀어냈다. 눈앞에 가상의 적이 서 있기라도 하듯이 쳐내고 또 쳐냈다.

"후읍!"

호흡이 거칠어지기 시작했다.

검을 받쳐 주는 진기도 힘을 잃어간다.

"타아앗!"

카랑카랑한 음성은 계속 터져 나왔다.

하늘에서 떨어지던 빗방울이 잘려 나갔다. 땅에 떨어졌던 빗방울도 발길에 휩쓸려 도로 솟구쳤다.

옷이 빗물에 흠뻑 젖어 착 달라붙어도 개의치 않았다. 흙탕물이 몸과 얼굴에 튀어도 아랑곳하지 않았다.

이렇게라도 하지 않으면 가슴이 터질 것 같다.

차라리 심장이 터지는 것이 낫지, 형체도 없는 마음이 쓰라려 오는 것은 정말 견디기 힘들다.

"후웁! 타앗! 헉헉……!"

기어이 거친 숨결이 토해져 나왔다.

생사대적이라도 만난 것처럼 한 시진이 넘게 검을 휘둘렀으니 당연한 결과다. 진기가 고루 퍼질 시간도 주지 않고 무작정 끌어내기만 했으니 고갈되는 게 정상이다.

"헉헉! 헉헉……!"

빙사음은 검을 쥐고 있을 힘도 없었다. 빗물이 흥건히 고인 흙탕물에 무릎을 꿇고 털썩 주저앉았다.

진기가 워낙 심하게 고갈되어 현기증이 치민다. 세상이 샛노랗게 변하고, 얼굴과 몸을 때리는 빗물이 화살이라도 된 듯 아프게 느껴진다.

'내가…… 내가 지금 뭐 하는 거지?'

한심하고 한심하다. 답답하고 답답하다.

머리를 휘저어봐도, 아니라고 내둘러 봐도 한없이 빨려드는 감정을 누를 수가 없다.

'멍청한 자식…… 하 부인을 겁탈해? 귀사칠검을 누가 줬는데. 나야. 내가 줬어. 왜 엉뚱한 여자를 겁탈하는 거야! 하려면 나를…….'

빙사음은 깜짝 놀랐다.

자신 스스로가 생각해도 어처구니없다. 어떻게 이런 생각을 할 수 있단 말인가. 기녀조차 하지 않는 생각을 하다니 미쳤단 말인가. 어떻게 겁탈당할 생각을……

'그래. 그때부터였어. 그때부터…….'

만홍도에서 음마(淫魔) 천검공자에게 겁탈당할 뻔했다. 알몸이 되어 풀밭에 내동댕이쳐진 육신은 징그러운 손길이 몸을 훑을 때도 저항을 하지 못했다.

금하명이 천검공자를 죽이지 않았다면…… 생각만 해도 치가 떨린다.

금하명도 천검공자와 다를 바 없었다. 그의 눈은 욕념(欲念)에 물들어 나신을 샅샅이 누볐다. 그의 손은 금방이라도 육봉(肉棒)을 움켜잡을 것 같았다.

이상한 말이지만 겁탈을 하려고 했던 천검공자에게서는 겁탈당한다는 느낌을 받지 못했다. 하지만 금하명에게서는 위험을 느꼈다. 인간이 아니라 발정난 수컷을 대한 느낌이었다.

그때 강간을 당했다면 금하명이라는 자는 기억 속에 남아 있지 않으리라.

그는 참았다. 인간이 참을 수 없는 귀사칠검의 색욕이었는데도 참아냈다. 비소를 건드릴 때는 중풍 걸린 환자처럼 떨었지만, 용케도 색심을 짓눌렀다.

단순히 야호적을 상대해야 하는 자로서가 아니라 사내로서 호기심을 갖게 되었다. 그때부터…….

해남도에 들어와서도 몸은 묵동에 들어가 있으나 귀는 항시 그를 향해 열려 있었다. 무공을 정심하게 이끌어준 칠보단명은 금하명 때문에 묵동에 갇힌 것을 알고 있기에 구령각에서 파악한 정보를 상세히 알려주었다. 덕분에 해남에서 일어난 일을 손바닥 들여다보듯이 알게 되었다.

하 부인을 겁탈했다는 말을 들었을 때는 어쩔 수 없었을 것이라고 생각하면서도 화가 났다. 아니, 마음이 텅 빈 듯 허전했다. 아니, 질투심으로 이글거렸다. 아니다. 아니다. 모르겠다. 너무 복잡해서 어떤 마음이었는지도 모르겠다.

이성을 잃었을망정 겁탈을 했다면 책임을 져야 한다. 귀사칠검을 핑계 삼아서 도망친다면 되돌아볼 가치도 없는 사내다.

진심인가? 귀사칠검의 마성이 의지로 풀어낼 수 있는 것이던가? 진심으로 사죄했고, 받아들였다면 된 것이 아닌가.

금하명에게 기대되는 행동조차도 이율배반적이다.

금하명은 아주 흡족한 행동을 취했다.

일 년 동안 하인과 다름없는 생활을 했다고 한다. 벙어리라고 소문이 날 만큼 입을 곧게 다물고 묵묵히 허드렛일만 했단다. 하 부인과 말을 나누는 걸 본 사람도 없다. 하 부인과의 관계도 썩 좋은 편이 아니었다는 풍문이다.

역시 괜찮은 사내지 않나. 그만하면 관심있게 지켜볼 사내지 않나. 하 부인과의 관계도 적당한 선에서 끝났으니 괜찮지 않나.

그녀만의 생각이었다. 남녀 간의 질기디질긴 연분은 도저히 결합되지 않을 두 사람을 꽁꽁 엮어놓았다. 아니다. 두 사람은 어느 정도 정리를 한 것 같은데 주위 환경이 서로를 엮어놓고 있으며, 앞으로도 계속 엮여 나갈 것으로 보인다.

그녀가 들어설 자리는 없었다.

쏴아! 쏴아아……!

거센 빗줄기가 전신을 흠씬 두들겼다.

'나와 상관없는 사람이야. 해남도를 떠나면 뒤도 안 돌아볼 사람. 두 번 다시 만날 일이 없는 사람이야.'

꼭 감은 눈꺼풀에 영상이 어린다.

전신이 검에 베이고 찔렸으며, 지금 자신처럼 검을 들 기력도 없어 보이는 사내다.

무척 피곤해 보인다. 가슴에 머리를 기대게 하고 한숨 푹 자게 했으면 좋겠다. 끔찍하게 벌어진 상처에도 자신이 직접 금창약을 발라주고 싶다.

'또…… 안 되겠어. 몸을 움직여야 돼. 생각이 스며들 공간을 주면 안 돼. 검을…… 쥐어야 해.'

빙사음은 검을 꼭 움켜잡았다. 그러나 일어서지는 못했다. 몸이 물 먹은 솜처럼 무거워 일어날 수가 없다.

하 부인은 언제든 출발할 수 있도록 모든 준비를 끝내놨다.

옥정관을 가지러 해순도로 들어간 사람들이 돌아오면 즉시 출발할 것이다.

칠채하(七彩河) 천승폭(天乘瀑).

그가 거기 있다. 하 부인과 그가 만나면…… 한 쌍이 이루어진다. 자신이 끼어들 공간은 전혀 없다.

빗물에 흠뻑 젖은 육신이 오솔오솔 떨린다. 그래도 마음은 답답하기만 했다.

'그 사람…… 나도 좋아해. 나도.'

❸

세상에는 서둘러서 될 일과 안 될 일이 있다.

보이지 않는 것을 보려는 것은 서둘러서 될 일이 아니다. 지금까지는 천운이 따라주어서 기적이라고 불릴 만한 깨달음을 얻을 수 있었지만 언제까지 운이 따라줄 리는 없다.

금하명은 서둘지 않았다.

'해남도에서 벗어나지 못할 수도…….'

비무는 중요하지 않았다. 청화장도, 어머니도 지금은 모두 뒤로 미뤄야 한다. 가다가 가다가 정 못 가겠다는 마음이 들면 해남도를 벗어나 청화장으로 달려가겠지만 지금 당장은 전엽초의 독성을 해독하는 데 주력해야 한다.

쏴아아……!

폭포가 거세게 쏟아져 내렸다.

비가 와서인지 물이 두세 배는 많아졌다. 강물도 불어서 거센 물결이 바위 위까지 넘실거린다.

금하명은 엉성하게 만든 초옥 안에서 장관을 이루는 강과 폭포를 쳐다봤다.

폭포 수련을 하고 싶다. 하지만 해서는 안 된다.

물고기들이 죽었다. 수백 마리가 일시에 죽었다. 흰 배를 드러내고 강가로 떠밀려 온 물고기들은 하루가 지나지 않아서 앙상한 가시만 남긴 채 녹아버렸다.

육신이 독으로 뭉쳐진 독인.

비가 오는 날에는 초옥 안에서 한 걸음도 나갈 수 없었다. 빗물이 몸을 씻어내리면, 땅에 있는 생명이 죽는다. 독기를 품은 물이 강으로 흘러들면 물고기들이 죽는다.

여모령에서 발원한 강줄기는 서남쪽 바다까지 흘러간다.

강 하구에는 이 강에 생계를 건 주민들이 수두룩한데…… 그들에게 피해나 가지 않았으면 좋으련만. 독에 중독되어 죽은 사람이라도 있으면 그 죄를 어이할꼬.

독기가 강물에 흩뜨려져 지속성이 소멸되었기를 간절히 바란다.

사실 금하명은 자신의 몸에서 뿜어져 나오는 독의 성분을 정확하게 파악하지 못했다. 무엇 때문에, 왜 생물들이 죽어가는지 알지 못하니 대책을 강구할 수도 없었다.

머리 속에 쌓인 의경 수백 권을 뒤져 봐도 현재의 현상에 적합한 치료 방법은 없었다. 천약기경에서 전엽초를 언급한 것이 고작이다.

전엽초를 복용한 자는 모두 죽었다.

전엽초의 서식지인 해납백천이 어디 있는지도 모르지만, 설혹 찾아 간다 해도 치료법은 없을 것 같다.

반나절을 넘기지 못하고 모두 죽는 독초 중의 독초인데 무슨 치료법이 있으랴.

살았으니 문제가 된다. 죽었다면 아무 문제도 되지 않는데.

석촉(石鏃)으로 살갗을 쿡쿡 찔렀다.

감각은 돌아오지 않는다. 생활하는 데는 지장이 없지만 오감이 마비되어 간다.

제일 먼저 죽은 것은 촉각이다. 전엽초가 몸 안 가득히 퍼졌을 때, 촉각은 마비되었다. 그 다음으로 죽은 것이 청각이다. 촉각을 제외한 다른 감각들은 이상없는 줄 알았는데 날이 지날수록 기능이 뚜렷하게 쇠약해진다.

우렁차게 쏟아 내리는 폭포 소리가 자그마하게 들린다.

후각도 죽어간다. 생선이 숯이 될 때까지 타는 냄새를 맡지 못하겠다. 미각도 퇴화되었다. 쓰고, 달고, 시고, 짠 맛이 싱거운 맛 하나로 통일되었다.

눈도 나빠졌다. 사물을 보는 데는 지장이 없지만 먼 곳이 점차 흐려진다. 무엇보다 한 시진 정도만 눈을 뜨고 있으면 극심한 피로가 느껴진다. 눈알이 튀어나오는 듯한 통증.

그때는 눈을 감고 잠시 피로를 풀어주어야 한다.

사람으로서 목숨은 부지하고 있지만, 무인으로서의 생명은 무척 빠른 속도로 닳아지고 있다.

'파천신공을 전신 경락으로 돌리면…… 극심한 충격이 있을 거야. 오장육부가 뒤집혀지는 충격이겠지. 하지만 파천신공은 사기(邪氣)를 백회 밖으로 밀어내니 살하면 전엽초의 독기를 밀어낼 수도…… 그런데 무슨 수로 파천신공을 끌어당기나.'

나뭇가지로 땅에 그림을 그렸다.

사람을 그리고 경락의 흐름을 그렸다.

파천신공이 시작되어 빠져나가는 현상, 딱딱하게 굳어 있는 전엽초의 독성도 빠짐없이 그렸다. 다음에는 각 혈도별로 현재 일어나고 있는 증상을 점검했다.

혈도가 없으니 점검하기도 난해하다.

독맥은 파천신공이 각 요혈을 철저하게 뭉개 버려 혈도 자체가 없어졌고, 십사 경락은 전엽초의 독성이 아예 녹여 버려 혈도란 것이 존재하지도 않았다.

경락은 존재하는데 혈도는 없다.

하나는 제어 불능한 상태에서 강이 되어 흐르고, 다른 하나는 딱딱하게 굳어 움직이질 않는다.

금하명이 할 수 있는 것은 아무것도 없었다.

'무슨 방법이 있을 텐데……'

빙사음은 금하명을 보았다.

나무 기둥 네 개를 박아놓고, 그 위에 풀잎으로 지붕만 얹어놓은 곳에서 부지런히 땅에 무엇인가를 적고 있다.

남해검문을 빠져나오기 전에 생각했던 그 모습 그대로다.

'미련한 사람인 줄은 알고 있었지만……'

주위를 아무리 둘러봐도 먹을거리가 없다. 밥을 지어 먹은 흔적도 없다. 눈에 띄는 것이라고는 기껏해야 생선이나 토끼 정도 구워 먹었을 모닥불 흔적이 전부다.

먹을거리만 문제 되는 게 아니다.

오지산은 온갖 곤충이 활개를 치는 곳이다. 온갖 독충이나 벌레들이 득실거린다. 모기는 또 어떤가. 지독하기가 이를 데 없어서 물렸다 하면 살이 퉁퉁 부어오른다. 살에서 피가 나도록 긁어대도 가려움을 해소할 수 없다.

최악의 환경이다.

'아! 전엽초! 후후! 남들에게는 견딜 수 없는 곳이지만 저 사람에게는 편안한 곳일지도 몰라. 독충들이라도 저 사람을 물지는 못할 테니까. 독에 중독되어도 편한 게 있네.'

빙사음은 금하명을 향해 걸어갔다.

전엽초의 해약은 없다.

창파문에서는 해납백천을 찾아냈고, 전엽초를 채취하여 활용하는 방법은 알아냈지만 해약은 만들지 못했다고 공식 입장을 전달해 왔다. 해납백천 전사들도 전엽초를 사초(死草)라고 부르며, 싸움에 임할 때만 복용한다는 것이다.

가늘게나마 걸었던 기대마저 무너지는 순간이었다.

빙사음은 하 부인이 금하명을 해독시킬 수 있다고 보지 않았다.

화천의숙 출신인 해천객이 고개를 내둘렀는데, 그보다 의술이 떨어지는 하 부인이 무얼 하겠는가.

'방도가 없어. 이 사람은 죽을 거야.'

금하명을 향해 걸어가던 빙사음은 문득 불길한 생각에 휩싸였다.

예전의 금하명이라면 지금쯤 고개를 돌렸어야 한다. 발자국 소리 같은 게 들리지 않아도 상대가 발신하는 기도로 접근 여부를 알아내는 사람이다.

자신은 그가 경계할 만한 위치까지 들어섰다. 그런데 고개를 돌리지 않는다. 아니, 누가 다가오는 기척을 감지조차 못하는 사람 같다.

저벅! 저벅!

일부러 발걸음 소리를 크게 했다.

마찬가지다. 돌아보지 않는다. 글을 쓰는 일에 너무 집중한 탓이 아닌가 하는 생각도 해봤지만 곧 고개를 내둘렀다. 무인은 어떤 상황에서든 사방으로 뻗어낸 경계의 촉수만은 활발하게 움직인다.

'무슨 일이 있는 거야!'

쉬익!

신법을 전개해 한달음에 달려나갔다.

접근 여부를 파악하라고 일부러 검을 뽑았다. 검에 잔혹한 살심까지 심었다.

검이 척추를 겨냥했다. 단숨에 뼈를 갈라 버릴 거리까지 다가섰다.

금하명은 돌아보지 않았다.

"뭐 하는 거야! 사람이 이렇게 다가올 동안 쳐다보지도 않고!"

검을 검집에 꽂고, 소리를 빽 지르며, 금하명의 어깨를 잡아챘다.

순간, 손이 전기뱀장어라도 만진 듯 자르르 울린다. 전율은 급속하게 팔꿈치를 타고 어깨로 올라왔으며, 전신으로 퍼져 갔다.

"뭐 하는 거요!"

그제야 금하명이 뒤돌아봤다. 경악으로 물든 눈이다. 급작스러운 사태에 당황하는 기색이 역력하다.

그는 빙사음의 손에서 신속하게 벗어나 멀찌감치 떨어졌다.

"가까이 다가오지 마시오."

빙사음은 피식 웃었다.

"이미 늦은 것 같네요."

'이제야 마음이 홀가분해. 나도 전엽초에 중독된 것 같은데…… 반나절밖에 남지 않은 건가? 그런데 마음은 편안해. 무척…….'

"귀가 들리지 않아요?"

빙사음은 큰 소리로 말했다.

"목소리가 너무 크군. 그 정도는 들리오."

금하명이 난감한 얼굴빛을 지우지 않은 채 말했다.

빙사음 덕분에 새로운 사실 하나를 알게 되었다.

무인에게 생명이라고 할 수 있는 기감(氣感)마저 죽고 있다. 어깨를 잡을 때까지 접근조차 알지 못했다면 죽은 목숨이나 다름없지 않나.

그나저나 빙사음까지 중독된 것 같은데…… 전엽초에 중독된 걸 알면서 어깨는 왜 잡는단 말인가.

"다른 덴? 다른 데는 이상없어요?"

먼저보다 조금 작게, 그러나 여전히 큰 음성으로 물었다.

"그냥 말해도 되오. 아직 그 정도까지는 아니니."

"그런데 다가오는 것도 몰라요? 살기까지 뿜어냈는데. 적이었다면 죽일 수 있었다고요."

"생각할 일이 있어서 몰입했더니……."

금하명이 겸연쩍게 웃었다.

"이거 독성이 굉장하네요. 벌써 손에 감각이 없어졌어요. 남의 손을 붙여놓은 것처럼…… 느낌이 이상해요."

빙사음이 왼손을 들어 주먹을 쥐었다 폈다 하며 말했다.

금하명은 아무 소리도 하지 못했다. 자신에게는 파천신공이 있어서 액운을 모면했지만, 빙사음에게는 죽음을 막아줄 기공이 없다. 남해검문의 신공이 파천신공 같은 효력을 발휘하면 좋으련만.

"풋! 어디 사람 죽었어요? 표정이 왜 그래요?"

"소저, 검을 좀 빌립시다."

빙사음은 무슨 말이냐는 듯 의아한 표정으로 쳐다봤다. 하지만 거절하지는 않았다. 그의 말을 좇아 순순히 검을 내줬다.

차앙!

맑은 소성과 함께 살을 에는 시퍼런 검광이 뿜어져 나왔다.

"좋은 검이오."

"좋은 검이죠. 남해검문이 소장하고 있는 사대명검 중 하나예요. 검명(劍名)은 청죽(靑竹)이라고 해요. 살기나 사악함을 느낄 수 없잖아요.

죽림에 들어선 것처럼…… 고고한 기태가 느껴지지 않아요?"

검을 소개할 때 빙사음의 얼굴은 활기로 가득 찼다.

"이 검은 당분간 내가 갖고 있겠소."

"네? 왜요?"

"소저가 죽음을 원할 때……."

빙사음은 피식 웃었다.

"그렇군요. 죽음이 멀지 않았군요. 창파문에서 그러더군요. 전엽초에 중독되고도 아직까지 살아 있는 게 신기하다고. 곁에서 지켜볼 수 없는 게 아쉽다고 하대요."

'시간이 없어. 이런 말을 할 때가 아냐.'

금하명은 전엽초에 중독되었던 창파문도들을 떠올렸다. 살점이 촛농처럼 녹아내리던 끔찍한 광경을.

전엽초를 복용하고 얼마 만에 그런 현상이 일어나는지 알지 못한다. 직접 전엽초를 복용한 것과 중독된 자에게 전염된 것과의 차이도 알지 못한다.

금하명은 자신을 돌이켜 봤다.

발뒤꿈치에서 짜릿한 전율을 느낀 순간부터 전신 경락이 딱딱하게 굳어질 때까지는 그리 오랜 시간이 필요치 않았다.

"될지는 모르겠지만 하는 데까지 해봅시다. 진기를 운기해서 독성을 밀어내 보시오."

"도와주시는 거예요?"

빙사음은 뜨거운 눈길로 금하명을 쳐다봤다.

손만 뻗으면 안을 수 있는 여자. 입술을 원해도, 옷을 벗겨도 저항하지 않을 여자.

빙사음이 보내는 눈길은 사내들로 하여금 그런 생각을 갖게 만든다.
"소저, 시간이 없소. 어서!"
금하명도 눈길을 읽었는지 얼굴을 붉히며 재촉했다.
'됐어. 싫어하지 않는 걸 알았으니 된 거야. 찾아온 보람이 있어.'
빙사음은 조급해하는 금하명과는 달리 편안한 마음으로 가부좌(跏趺坐)를 틀고 앉았다.
해무천기(海武天氣).
해무십결의 바탕이 되는 진기이며, 남해검문을 오늘의 위치까지 끌어올린 신공이다.
해무천기가 밀린다. 진기를 왼손에 운집하여 독성을 밀어내려고 했지만 형체없는 적군을 맞이한 것처럼 허무하게 뚫려 버린다.
팔꿈치 아래는 자신의 육신이 아닌 것처럼 느껴진다. 그러면서도 의지대로 손가락을 꼼지락거릴 수 있으니 참으로 희한한 중독이다.
진기를 풀며 말했다.
"안 되네요. 부딪치는 게 있어야 밀어내는데 이건……."
"그럼 막아보시오. 마비가 어디까지 진행되었소?"
금하명이 급하게 말했다.
빙사음은 행복했다. 죽음은 무섭지만 금하명이 자신만 쳐다보고 있으니 뿌듯했다.
미소를 지은 채 눈을 감았다.
해무천기를 끌어올려 수태음폐경(手太陰肺經)으로 밀어 넣었다.
진기를 끊어야 할 곳은 팔구 안쪽 가로로 금 간 곳 중앙에 있는 혈(穴), 척택(尺澤)이다. 수태음맥기(手太陰脈氣)가 물이 모이는 곳(澤)처럼 모이며, 척측(尺側)에 있으므로 척택이라 부르는 혈이다.

'틀렸어.'

독성이 이미 척측까지 마비시켰다.

진기가 척측을 지날 때면 개울물이 모여 저수지에 모인 것 같은 느낌이 들곤 했는데, 아무런 느낌도 들지 않는다.

척택이 침범되었다면 상완(上腕) 내측에 있는 협백(俠白)에서 막아야 한다.

다행히 협백혈은 감지되었다.

척택으로 흐르려는 진기를 모두 모아 한껏 응축시켰다. 한편으로는 해무천기를 끊임없이 흘려 넣어 응축된 힘이 폭발 직전에 이르도록 키워 나갔다.

시간이 무척 더디게 흘렀다.

실제로도 시간이 많이 흘렀겠지만, 그녀가 느끼기에는 족히 반나절쯤은 지나지 않았을까 싶었다. 정말 그 정도 흘렀다면 한 줌 피고름이 되어 녹아버렸을 테니, 그렇게까지 흐른 건 아니겠지만.

'온닷!'

지루한 기다림이 끝나간다. 척택혈을 완전히 검거한 독성이 서서히 밀려 올라온다.

스륵! 스르륵……!

독성은 부딪침을 피했다. 피해도 좋다. 응축될 대로 응축되어 고형질(固形質)이나 마찬가지인 진기가 협백혈을 빈틈없이 메우고 있으니 뚫고 올라올 수 없다.

지독한 건 인정하지만 협백혈에서 그만…… 아! 틀렸다. 응축된 진기에 미세한 균열이 이는가 싶더니 어느새 독성이 뚫고 들어와 협백혈을 가득 메우기 시작했다.

"후우!"

빙사음은 큰 한숨을 쉬며 눈을 떴다.

"안 되네요."

"워낙 지독한 놈이니까."

금하명은 예상했다는 듯 고개를 끄덕였다.

절반의 기대는 큰 낙담을 불러오지 못한다. 남해검문의 신공이 뛰어나다지만 태극오행진기마저 무너뜨린 독성을 상대할 수 있으리라고는 믿지 않았다.

금하명의 얼굴이 어둡게 보였는지, 빙사음이 활짝 웃으며 말했다.

"너무 염려하지 마세요. 인명(人命)은 재천(在天)이라 했으니 여기까지인가 보죠. 그것보다……."

빙사음은 품에서 사슴 가죽으로 만든 주머니를 꺼냈다.

"이거 받아요."

"……?"

"창파문에서 보내온 전엽초죠. 건초(乾草) 하나. 분말로 만든 것 하나. 환약으로 만든 것 하나. 딱 연구할 만한 분량이에요. 해납백천을 알려주지 않는 대신에 이걸 보내온 거죠. 아마 지금쯤 본 문이 발칵 뒤집혔을 거예요. 이게 감쪽같이 사라졌으니."

"이걸 왜 내게……."

"이게 하 부인에게 전해지면 치료에 도움이 되겠죠. 하 부인이라면 어떻게든 방법을 강구할 거예요. 하지만…… 해천객에게 전해지면…… 나쁘게 생각하지는 말아주세요. 소협은 이미 방법이 없으니……."

귀사칠검을 시험했던 것처럼 전엽초도 연구 거리다. 치명적인 독성을 제거하면서 효능을 이끌어낼 수 있다면 무명소졸도 단숨에 절정고수로 탈바꿈시킬 수 있다.

해천객이 이런 독초를 허무하게 써버릴 리 없다.

창파문에서 또 얻어올 수도 없다. 창파문이 전엽초를 보내온 것은 금하명 때문이다. 해약은 없지만 최선을 다해보라는 뜻이다. 전엽초를 더 달라는 것은 무공에 응용시키겠다는 속셈이 너무 뻔히 드러나 보이니 줄 리가 없다.

"아직 끝난 게 아냐."

금하명은 가죽 주머니는 쳐다보지도 않고 빙사음만 바라보며 착 가라앉은 음성으로 말했다.

'말투가 변했어.'

그만큼 절박하다는 뜻일까?

"그렇군요. 팔을 절단하면 되겠군요. 호호! 검을 도로 찾아와야겠네요. 주세요."

금하명은 검을 주지 않았다. 시선도 거두지 않았다. 음울하게 가라앉은 눈빛으로 쳐다보며 또박또박 말했다.

"날 어느 정도나 믿지?"

"네? 무슨 말예요?"

"믿을 수 있냐는 말이지."

"믿을 수 있어요."

"그럼 누워."

"네?"

"누우라니까."

빙사음은 어리둥절했지만 말을 좇아 몸을 뉘었다.

어차피 반나절밖에 살지 못할 목숨이다. 아니, 살이 녹아들기 시작하면 차라리 자진을 하는 편이 나으니 한두 시진밖에 남지 않았다.

누워라…… 누워서? 부질없는 치료는 싫다. 자신조차 어쩌지 못했으면서 남을 치료할 수 있는가. 차라리 품에 안겨봤으면.

금하명이 다가와 옆에 앉았다.

'치료야. 안아주길 바랐는데. 훗! 멍청한 사람. 기대할 사람에게 기대해야지. 목석에게 무슨…….'

"헉!"

빙사음은 생각에 잠겨 있다가 깜짝 놀라 벌떡 일어났다.

금하명의 손이 다짜고짜 비소(秘所)를 만져 왔다. 여인의 가장 소중한 곳을 말 한마디 없이 불쑥 침범했다.

"이게 무슨 짓예요!"

원했나. 그를 원했나. 하지만 이런 건 아니다. 모르겠다. 모르겠는데…… 정말 이건 아니다.

"믿는다고 했잖아."

"이런 걸 믿으라는 거예요! 어서 손 치우지 못해요!"

죽음이 얼마 남지 않았다고 막 다뤄도 될 여자로 보였나? 차라리 말을 했다면, 옷을 벗으라고 말을 했다면 벗었을 텐데.

금하명의 팔을 붙잡아 빼내려고 했다. 하지만 금하명은 작심을 한 사람처럼 요지부동이었다. 손이 비소에 찰싹 달라붙어 떨어지지 않았다. 감각은 잃어가지만 내공만은 무적에 가까워서 힘으로는 어쩔 수 없었다.

빙사음은 분노마저 치밀었다.

"그래. 마음을 줬어. 혹여 하 부인에게 빼앗길까 봐 한발 먼저 달려왔어. 알아? 난 언제든 가질 수 있는 여자였어. 이 궂은 날씨에 비를 흠씬 맞으며 달려왔을 때는…… 그만한 눈치는 있어야 할 것 아냐. 미련한 사람. 하지만 이제는 아냐. 손 치워. 너도 대해문 소주하고 똑같은 인간이 되고 싶어!"

"말은 나중에 하자."

금하명은 무심했다. 따뜻한 말을 기대했는데 냉정하기만 했다. 뿐만 아니라 행동도 거침없다.

그녀는 손에 어깨가 눌려 강제로 눕혀졌다.

그의 손이 마술이라도 부린 것 같다. 손길이 닿는 부분마다 짜릿한 전율이 일어난다. 전엽초의 독성이 흘러드는 현상이지만 야릇한 쾌감을 불러오는 것도 사실이다.

'그래, 가져. 하지만 널 머리 속에서 지우고 갈 거야. 이 세상…… 정말 더러워.'

빙사음은 힘을 풀었다.

그때 착 가라앉은 음성이 들려왔다.

"내가 말하는 대로 운기해. 의수회음(意守會陰) 폭섬흡기(爆閃吸氣). 살겁운심(殺劫云心). 회음이백회(會陰移百會) 백회인회음진기(百會引會陰眞氣)……."

'뜻을 회음혈에 두고, 회음으로 호흡을 한다? 기운을 들이마심은 섬광이 터지는 것처럼. 마음은 살겁에 두고. 회음은 백회로 움직이고, 백회는 회음의 진기를 끌어당긴다? 이, 이건 귀사칠검! 그럼 귀사칠검을 전수하려고…… 맙소사!'

비로소 금하명의 뜻을 알게 되었다.

귀사칠검과 전엽초는 상관관계가 있다. 귀사칠검은 그가 전엽초에 중독되고도 아직까지 살아 있는 것과 연관이 있으리라.

그가 비소를 만지면서까지 직접 운기를 도우려는 것은 일시에 귀사칠검을 극성으로 끌어올려야 하기 때문이다.

그럼 자신은 무슨 말을 한 건가. 괜히 마음만 들킨 꼴이 되지 않았나. 영원히 마음속에 담아둘 말을 부지불식간에 쏟아냈지 않았나.

'아냐. 잘된 거야. 속 시원해. 이렇게라도 말했으니……'

"집중! 진기를 제대로 운기하지 않으면 즉사해! 전신 기혈이 산산조각난단 말이야! 어서 운기햇!"

무심한 말이지만 포근하게 들린다.

의념을 모아 회음에 집중했다.

아! 그 사람의 손…… 비록 옷 위에지만 뚜렷이 느껴지는 그의 손.

막강한 진력이 생각만 해도 부끄러운 회음혈을 통해 밀려들었다.

第三十四章
인륜지대사(人倫之大事)
사람의 도리 중에서도 큰일

인륜지대사(人倫之大事)
…사람의 도리 중에서도 큰일

꽈꽈꽈꽈꽝!

머리 속에서 천둥 번개가 쳤다.

회음혈을 통해 진기가 들어온다 싶었는데, 어느새 백회혈을 두들기고 있다.

'흡!'

하마터면 신음을 토해낼 뻔했다.

운기가 너무 빠르다. 의념은 아직 회음혈에 머물고 있는데, 진기는 백회혈을 격타한다.

혈도는 제각각 특성을 지니고 있다.

영대혈(靈臺穴)만 하더라도 육추(六椎)의 하간(下間)에 있고 심(心)의 위치가 되어 신령(神靈)이 있다는 혈이다.

위로는 심유혈(心兪穴)이, 아래로는 격유혈(膈兪穴)이 있으며, 중간

인륜지대사(人倫之大事) 227

에 노란 기름덩어리가 대(臺)처럼 진을 쌓고 있다. 양기가 가운데를 통하고 심령이 대 위에 있으므로 영대(靈臺)라 칭한다.

진기가 영대혈을 통과할 때는 이런 특성을 세밀히 살펴 부합시켜야 한다.

귀사칠검의 진기는 아랑곳하지 않는다. 심령이고 뭐고 무작정 뚫어버린다.

'이건 미친 짓이야!'

그녀의 상식으로는 도저히 이해할 수 없는 운기법이다.

더군다나 금하명이 쏟아 붓는 진기는 백회혈까지만 도인했다. 백회에 이르렀으면 당연히 전정으로 돌아서야 하는데 백회혈을 뚫기라도 하겠다는 듯 사정없이 꽂아버린다.

콰앙! 콰아앙! 쾅……!

천둥 번개가 사정없이 몰아쳤다.

금하명은 한쪽에 제방을 쌓아놓고 거세게 물길을 쏟아 넣는 것처럼 무조건 부어 넣기만 한다.

'이, 이대로 가면 혈이 망가져!'

반사적으로 해무천기를 운용하여 저항했다. 그래서는 안 된다는 것을 알지만 목숨이 경각에 달렸다고 판단한 순간 해무천기가 스스로 깨어난 것이다.

귀사칠검의 진기는 벌써 혈을 망가뜨리고 있다.

화초를 키우듯이 조심스럽게 다뤄왔다. 진기를 강하게 이끌 때도 혈이 손상되지 않는 한도로 제약했다.

그렇게 한 해, 두 해 꾸준히 수련할 때 혈은 넓어지고 강해진다.

이토록 무식하게 혈을 파괴하면서까지 이끈다는 것은 죽음을 자초

하는 일이다.

그러나 해무천기는 귀사칠검을 이겨내지 못하고 튕겨났다.

'헉! 미, 미치겠어!'

입 안이 바짝 타 들어갔다.

이제는 독맥을 타고 쏟아지는 진기에 신경이 돌아가지 않는다.

백회혈에서 쏟아져 내린 빗줄기가 십삼 경락을 뒤흔든다.

철저한 파괴다. 해무천기를 무용지물로 만들어 버리면서 그동안 쌓았던 내공까지도 소멸시켜 버린다. 해무천기를 일으킬 여유조차 주지 않고 쏟아져 들어오니 소멸시킨 것과 다름없지 않은가.

'미친 새끼! 죽여 버릴 거야!'

금하명이 미웠다. 단숨에 때려죽이고 싶었다. 아니다. 그처럼 튼실한 육체를 가진 자도 드물다. 우선 힘껏 안아보고…… 쾌락을 한껏 즐긴 다음에 천천히 목을 눌러 죽이는 거디.

고통에 찌든 얼굴이 보고 싶다. 살려달라고 애원하면 더 좋다. 애원하는 놈을 죽이는 맛도 괜찮을 거다.

'이래선 안 돼…… 아! 이게 귀사칠검의 저주…….'

금하명이 이런 고통에 시달렸다.

육신의 고통보다 불쑥불쑥 치솟는 살심과 색기에 몸이 비틀리는 고통은 당한 자가 아니면 말하지 못한다.

'제발 그만둬. 제발……'

꽈아앙! 꽈앙……!

천둥 소리는 더욱 거세졌다.

처음에는 금하명이 밀어주는 진기만 부딪쳤는데, 길이 어느 정도 뚫리자 자신 스스로가 귀사칠검을 받아들인다. 마치 예전부터 수련했던 것처럼 익숙하다. 해무천기보다 훨씬 운용하기도 쉽고, 진기도 강한 것 같다.

'호호호! 이렇게 좋은 걸 혼자만 익혔단 말이지. 못된 것…… 이제라도 알려줬으니 죽일 때는 고통없이 죽여주마. 아냐, 더 괘씸해. 최소한 하루는 고통받다가 죽게 해야 돼.'

빙사음은 그만 운기를 중단하고 몸을 일으키려고 했다. 그때,

슈욱!

파공음이 귓전을 스쳤다.

'이런! 때려죽일 새끼!'

금하명은 그녀의 마음을 읽기라도 한 듯 그녀보다 한발 앞서서 마혈을 짚었다. 그리고 비로소 회음혈에서 손을 뗐다.

콰앙! 꽈아아앙!

천둥 번개는 계속 쳤다.

운기를 하지 않았는데도 회음혈에서 진기가 쏟아져 들어온다. 독맥은 여지없이 망가졌고, 백회혈은 연신 두들겨 맞는 소리로 가득하다.

더 큰 문제는 비산되는 십삼 경락을 후려치는 진기다.

해무천기와 상충하면서 하단전뿐만이 아니라 중단전, 상단전까지 뒤흔든다.

마음은 불안함을 넘어서 살기로 가득 찼다. 말초 신경까지 자극받은 육신은 애무를 받는 여인처럼 달아오른다.

'미치겠어. 아……!'

빙사음의 현재 상태는 누구보다도 자신이 잘 안다.

들끓어오르는 살기, 주체할 수 없는 욕기로 이성이 마비되어 가고

있을 게다.

금하명은 잠시 폭포로 눈길을 주었다.

자신 역시 쉽지 않았다. 아무리 치료가 목적이라지만 회음혈을 누르고 있었다는 건 결코 대범할 수 없게 만들었다.

감각을 잃었으니 참으로 다행이지 않은가. 감각이 살아 있었다면 방초(芳草)의 느낌 또한 고스란히 전달되었을 터이니.

파천신공, 전엽초의 독성이 좋은 점은 진기가 고갈되지 않는다는 것이다. 퍼내고 또 퍼내도 마르지 않는 바다처럼 끊임없이 생성되어 돌아간다.

다른 신공들 같았으면 벌써 탈진했을 게다. 그만큼 진기를 쏟아 부으면 시전자 역시 무사할 수 없다. 아마도 원정이 크게 손상되었을 것이다.

진기는 얼마든지 쏟아 넣을 수 있다.

지금은 잠시 시간을 주는 것뿐이다. 남해검문의 신공에 익숙해진 경락이 파천신공을 받아들이게끔, 익숙해질 때까지 조금 여유를 주었다.

빙사음에게는 시간이 없다. 자신처럼 단계를 밟아 성취를 이루려다가는 전엽초에 당한다.

오늘…… 한 시진, 길어야 두 시진 안에 백회혈을 뚫어야 한다.

성공하면 자신처럼 독인이 되어 살 수 있다. 실패하면 즉사한다. 어차피 오늘을 넘기지 못할 운명이니 도박이라도 할 수밖에 없다.

"후웁!"

맑은 공기를 길게 들이켰다.

감각을 잃은 손이지만 여인의 비소를 만지는데 마음이 가벼울 수만은 없다.

손을 회음혈에 댔다. 그리고 또다시 진기를 불어넣기 시작했다.
'또! 이 미친 새끼가!'
현재 그녀는 자신이 누구인지도 알지 못했다. 살기를 발산하고 욕정을 해소하고 싶은 본능만 남아 있었다. 자신에게 진기를 불어넣는 사람도 단지 자신을 괴롭히는 적일 뿐이다.
진기가 들어온다 싶은 순간 생명의 위협을 느꼈다.
난폭자…… 평화로운 집 안에 뛰어들어 와 마구 흉기를 휘두르는 살인마. 불난 집에 기름을 끼얹는 자.
운기하지 않아도 스스로 일어나 독맥을 휘젓는 것만도 견디기 힘든데 금하명이 진기를 불어넣자 기혈이 터질 듯이 뒤틀렸다.
토끼 굴에 호랑이가 들어갈 수 있는가? 묻는 사람이 바보다.
그런데 들어온다. 토끼 굴을 무너뜨리며, 점점 구멍을 넓히며 들어온다. 천천히 들어온다면 적응할 준비라도 할 텐데, 단번에 밀치고 들어서니 견딜 수가 없다.
콰앙!
순간, 모든 생각이 사라졌다.
지금까지와는 전혀 다른 충격이 전해졌다. 살기도, 색욕도 떠오를 틈이 없는 충격이었다.
쾅쾅쾅쾅……!
충격은 한 번으로 그치지 않고 연이어졌다.
마혈이 제압당해 움직일 수 없는 몸이었지만 벼락이라도 맞은 사람처럼 꿈틀거렸다.
사지가 경련을 일으켰다. 땅바닥에 패대기쳐진 개구리마냥 파르르 떨었다.

금하명은 쉬지 않고 진기를 불어넣었다.

빙사음이 가련하지만, 이대로 죽을지도 모른다는 생각이 들지만 중도에서 그치면 시작하지 않은 것보다 못하다.

파천신공의 마성을 억제하는 길은 두 가지, 전정으로 되돌리거나 백회혈을 뚫는 것. 전엽초의 독성 때문에 전정으로 돌리는 것은 불가능하니 남은 길은 딱 하나.

'백회혈을 뚫어야 해.'

사정을 봐줘서는 안 된다. 빙사음의 상태에 신경을 써서는 안 된다. 설혹 죽더라도 계속 밀어 넣어야 한다.

이마에서 굵은 땀이 흘러내렸다.

빙사음은 파천신공을 제대로 받아들이기 시작했다. 하기는 파천신공을 수련하기는 쉽다. 누구나 시작만 하면 된다. 시작? 마음가짐을 단단히 하고 시작해야 한다. 시작은 쉬우나 중노에서 그칠 수는 없나. 파천신공은 이성을 완전히 소멸시키고 마성으로 가득 찰 때까지 쉬지 않고 움직인다.

금하명은 점차 한계를 느꼈다.

진기를 불어넣는 게 힘들지는 않다. 끊임없이 생성되는 진기이니 아까울 것도 없다. 한데 있는 진기를 다 쏟아 부어도 백회혈이 열리지 않는다.

'역시……'

불안했던 일이 현실로 벌어졌다.

'파천신공으로 뚫기는 했지. 하지만 뚫은 게 아니었어. 뚫었다고 생각했던 거지. 태극오행진기와 어울렸을 때, 그때서야 비로소 찢어졌어. 뚫는 게 아니라 찢어버리는 거야. 창으로 꿰뚫듯이 부욱 찢어버려야

하는 거야.'
　자신의 진기라면 충분히 찢을 수 있겠다 싶었는데.
　백회혈은 자력으로 뚫어야 한다. 독맥이 파천신공에 익숙해지고, 점차 길이 넓어져서 충분히 백회혈을 뚫을 수 있겠다 싶을 때 일거에 몰아쳐야 한다.
　금하명은 태극오행진기에 생각이 미쳤다.
　'파천신공과 태극오행진기가 어울렸을 때 찢어졌다면…… 내부에서 심공이 일어나 줘야 해. 파천신공을 전정으로 돌릴 수 있을 만한 거력이 부딪쳐 줘야 하는데…….'
　남해검문의 심공으로는 안 된다. 하지만 빙사음에게는 그만한 내력이 있다. 바로 전엽초의 독성이다.
　전엽초의 독성을 자극하는 길은? 전엽초의 독성이 파천신공과 어울리는 길은?
　금하명은 회음혈에서 손을 뗐다.
　참 우습다. 빙사음을 살리는 길은 우습게도 그가 손을 멈추는 데 있었다.
　손을 떼도 파천신공은 계속 운용될 것이다. 전엽초의 독성은 막강한 진력이 빠져나간 틈을 타서 급속하게 전신으로 퍼져 나가리라. 그리고는 꽝! 둘이 부딪친다.
　한 가지 위험은 있다. 그때까지 파천신공이 충분할 만큼 커 있지 못하면 단숨에 잡아먹힐 우려가 있다.
　그에 대한 대책도 세웠다.
　금하명은 망설이지 않고 마혈을 풀어주었다. 순간,
　쒜에엑!

빙사음의 옥수가 번개처럼 솟아올라 목을 움켜잡았다.

손속이 놀랍도록 빨라졌다. 정교함은 많이 떨어지지만 속도와 강도는 전과 비교할 수 없다. 파천신공이 제대로 운용되고 있다는 증거다.

금하명은 피하지 않고 목을 내줬다.

"호호홋! 죽인닷! 이 새끼…… 갈가리 찢어 죽이겠어! 네놈이 날 괴롭혀? 어디…… 또 괴롭혀 봐, 쥐새끼야!"

손아귀가 쇠갈퀴처럼 단단하게 조여왔다.

'이러다 정말 죽겠군.'

기대할 건 색욕. 두 손을 올려 육봉을 거머쥐었다.

"어! 호호호! 호호호홋!"

빙사음은 마녀처럼 웃어 젖혔다.

금하명은 아무 생각도 하지 않으려고 애썼다. 그러나 그리면 그럴수록 하 부인과 능완아의 얼굴이 떠올랐다.

하 부인이 이 모습을 보면 어떤 표정을 지을까? 능완아는…… 백납도와 함께한다고 했는데, 그의 아낙이 된 것은 아닌지.

"헉헉! 아흑! 헉!"

위에 올라탄 빙사음은 색에 굶주렸던 여자처럼 정욕을 발산했다.

쫘악!

비쾌하게 날아온 손바닥이 따귀를 갈겼다. 감각이 없으니 망정이지 상당히 아팠을 것 같다.

"넌 왜 아무 소리도 안 질러. 소리 내봐! 짐승처럼 울부짖어 봐! 호호호! 잘하면…… 아흑! 살려줄 수도 있…… 어. 허억!"

빙사음 같은 여자와 정사를 갖는 건 사내들의 꿈이다.

금하명도 싫지 않았다. 제정신이 아니지만, 눈이 광기로 번들거리지만…… 그녀는 여전히 아름다웠다.

하지만…… 금하명은 정사에 몰입할 수 없었다.

쾌감이 느껴지지 않는다. 양물이 비소를 파고들었는데도 아무 느낌이 없다. 그놈의 전엽초가 하물의 감각까지 앗아가 버렸다.

한편으로는 다행이라는 생각이 들었다.

지금은 쾌락에 정신을 팔 때가 아니다. 빙사음의 몸에서 어떤 변화가 일어나는지 세세하게 파악할 때다.

"아흑! 좋아. 호호! 아아……!"

빙사음의 처녀지신(處女之身)은 깨어졌다. 비소와 허벅지가 피로 범벅이다. 하지만 그녀의 행동은 더욱 거칠어지고 빨라졌다.

그녀는 멈추지 않는 마차였다.

기절할 듯 자지러지기를 대여섯 차례, 절정을 맛보는 순간에는 잠시 멈추는 듯했지만 곧 다시 엉덩이를 움직였다. 그리고 숨 몇 번 삼킬 정도의 시간이 지나면 정사에 목숨 건 여인처럼 격렬해졌다.

금하명은 육봉을 꽉 잡은 채 놓지 않았다.

복숭아처럼 뽀얀 가슴이다. 탐스러움을 물씬 풍겨낸다.

손아귀에 힘을 주었다.

'반응이 없다!'

금하명은 바짝 긴장했다.

아픔을 느낄 정도로 힘을 주었건만 아무런 반응이 없다.

이번에는 좀 더 힘을 주어 잡아보았다.

역시 반응이 없다.

'지금이야!'

상체를 일으키며 빙사음의 허리를 감싸 안았다.

"호호호! 네가 위에서 하려고? 힘껏 해봐. 빨리!"

금하명은 그녀의 기대와는 정반대로 양물을 빼냈다. 그와 동시에 오른손으로 회음혈을 짚었고, 파천신공을 최대한으로 주입했다.

"이 새끼가!"

빙사음은 소리를 꽥 내질렀지만 이미 쏟아져 들어가기 시작한 진기를 거부하지는 못했다. 또한 그것은 그녀가 파천신공에 정신을 빼앗겨 움직일 수 없는 상황에 처해졌다는 것을 의미하기도 했다.

육봉에서 아픔을 느낄 수 없다면 전엽초의 독성이 전신으로 퍼졌다고 봐야 한다.

독성은 신경 쓸 필요가 없다. 자신의 경험에 비추어보면 파천신공을 극한으로 끌어올리는 순간, 독성이 최고의 기세로 솟구쳤다.

콰앙! 쾅쾅쾅쾅……!

빙사음의 머리 속에서 울리는 북소리가 고스란히 전달되었다.

'어서! 어섯!'

쏴아아아……!

미지의 기류가 흘러들기 시작한다. 아니다. 흘러든다고 생각한 것은 단지 느낌일 뿐이다. 전엽초의 독성은 십일 경락을 단단하게 굳혔다. 독맥을 침범했다면 전신을 피고름으로 녹였을 터인데, 아직 침범하지 못한 곳이 있으니 제자리에서 단단하게 굳어간다.

반면에 전엽초의 독성이 굳어질수록 백회혈을 두들기고 비산하는 진기는 갈 곳이 없어 좌충우돌한다.

"끄으윽! 끄윽!"

빙사음의 입에서 신음이 새어 나왔다.

'위험해! 소리를 내면 안 돼! 진기가 흩어져 나오면 끝이야!'

신음은 제어할 수 있는 게 아니다. 한 번 내뱉으면 두 번, 세 번도 토할 수 있다.

'기회는 단 한 번!'

쐐아아아……!

파천신공을 극도로 밀어 넣었다.

영원히 열릴 것 같지 않던 백회혈에 미세한 균열이 생겼다.

균열이란 생기기가 어렵지, 생겼다 하면 거대한 제방도 단숨에 무너뜨린다.

꽈악! 꽈지지직……!

금하명은 자신의 진기가 오간 데 없이 사라지는 것을 감지했다.

'됐어! 드디어…….'

"아!"

빙사음은 몸을 일으키려다 말고 하복부에서 치미는 통증에 신음을 토해냈다.

잠시 생각을 정리할 시간이 지났다.

'내, 내가…….'

머리 속이 하얗게 탈색되었다.

비소에서 일어나는 통증, 검게 멍든 가슴, 벌거벗은 몸. 붉은 피가 묻어 있는 무명천.

어떻게 더 이상 자세히 설명해 줄까.

몸속에서 일어나는 변화도 감지되었다.

운기를 하지 않는데, 회음혈에서 일어난 진기가 백회혈로 사라진다.

들어왔다가 나가는 시간은 그야말로 찰나에 불과하다. 뿐만 아니라 독맥 주위가 철갑으로 둘러싸인 듯 단단해서 아예 혈도 없이 태어난 사람처럼 여겨진다.

십삼 경락도 해무천기와는 전혀 다른 기운으로 가득하다.

전신에 힘이 넘쳐 난다. 거대한 바위도 주먹만 내지르면 부숴 버릴 것 같다.

'내 몸을…… 내 몸을…….'

귀사칠검이 성공했는데도 신경이 돌아가지 않는다. 오직 자신과 몸을 섞었을 금하명만 신경 쓰인다.

주위를 두리번거려 그를 찾았지만 보이지 않았다.

"음……!"

아픔을 참고 몸을 일으켰다. 그러다 곧 다시 주저앉고 말았다.

옷을 찾아 입으려고 했건만…… 주위에 널려진 천 조각들로는 몸을 가릴 수 없다. 어느 정도 찢어졌다면 입어보련만 아예 조각조각 찢어놔서 어찌할 방도가 없다.

'귀사칠검을 수련한 사람은 나. 옷을 이렇게 찢어놨다면…… 내가?'

저벅! 저벅……!

발자국 소리가 들렸다.

'십여 장 밖이군. 십여 장!'

자신이 생각해도 놀랄 일이다. 십여 장 밖에서 들려오는 발자국 소리를 들을 수 있다니! 언제 이렇게 내공이 급진했는가.

발자국 소리는 점점 가까이 다가왔다.

'오 장…… 삼 장…… 이 장…… 일 장…….'

인륜지대사(人倫之大事) 239

일 장이라면 코앞이다. 벌거벗은 몸을 환히 내려다보고 있을 게다.

"깨어났군. 좀 오래 걸릴 줄 알았는데."

그의 음성이 들려왔다.

"……."

아무 소리도 못했다. 너무 창피해서 아무 말도 할 수 없었다. 다리를 움츠려 비소를 가리고, 두 손으로 가슴을 감싸고 고개를 숙이는 것이 고작이었다.

그가 옆에 앉았다. 팔을 등 뒤로 돌려 허리를 감싸 안으며.

빙사음은 무너지듯 품에 안겼다.

"지금은 아픔을 느낄 거야. 그것도 얼마 가지 않아서 못 느끼게 돼. 그리고 오감도 점점 죽어가고. 강한 내공은 살아 있지만 무인으로서의 생명은 끝난 거야."

빙사음은 눈을 뜨고 팔을 뻗어 금하명의 허리를 안았다.

그의 손에는 어디서 구했는지 농가 아낙의 옷이 들려 있었다.

"나…… 창피해요."

얼굴이 화끈 달아오른다. 하지만 마음속에서 일어나는 말은 다르다.

'이제 됐어. 이제…….'

❷

그날 저녁, 하 부인이 도착했다. 남해검문 무인도 무려 이십여 명이나 왔다. 그중에는 해천객 모습도 보였다.

"고이얀!"

해천객은 빙사음을 보며 눈을 부라렸다. 하지만 입가에는 미소를 머금고 있었다.
"죄송해요."
빙사음은 고개를 들 수 없었다.
구령각 무인들이 금하명을 지켜보고 있다는 사실을 이제야 깨달았다. 전부터 알고 있었지만 본 문 무인들을 보자 비로소 금하명 이외의 사람들에게 눈길이 돌아갔다.
그럼…… 낯부끄러운 일도 낱낱이 알고 있다는 말이지 않은가.
고이얀? 그게 무슨 뜻일까? 그 일을 말하는 것일까, 아니면 전엽초를 훔쳐 온 사실을 말하는 것인가.
"먼저 와 있었네."
하 부인이 정겹게 말을 건네왔다.
빙사음은 큰 죄를 지은 사람처럼 가슴이 고동쳤다. 혈관에서는 피가 생선 튀듯 들끓었다.
하 부인 얼굴을 못 보겠다. 벼룩도 염치가 있지 어떻게 얼굴을 빳빳이 들고 하 부인을 대할까.
"죄송해요."
해천객에게 했던 말을 또 한 번 했다.
"동생도 전엽초에 중독되었네?"
"네."
힘을 내려고 했지만 개미 기어가는 음성이 되고 말았다.
"너무 걱정 마. 우리 같이 힘써봐."
하 부인의 표정은 밝았다. 질투나 미움 같은 것은 읽으려야 읽을 수가 없었다.

천군만마를 얻은 기분이다. 금하명에게 따뜻한 말을 들은 것보다 더 기쁘다. 전엽초에 중독되지만 않았다면 두 손을 꽉 움켜잡았을 게다.
"언니, 정말 미안해요."
"뭐가? 동생이 저 사람 마음에 두고 있는 건 진작 알았는데?"
"네?"
"왜 그렇게 놀라? 풋! 놀랄 필요 없어. 나 말고도 남해검문 사람들이 모두 알고 있는걸. 그렇게 표시 내고 다니는데 눈치 못 챈다면 바보 아니겠어?"
"언니, 지금 무슨 말을……."
"난 동생보다 나이가 많아. 많이. 다른 여자들은 언니라고 부르지 않아. 성녀라고 부르지. 그런데 동생은 왜 언니를 고집할까? 처음부터 속셈이 있었던 것 아냐?"
하 부인은 생글생글 웃었다.
"소, 속셈은 무슨……."
'내가 왜 말을 더듬지?'
"마음을 막거나 가리는 건 바보랬어. 그래, 나도 바보였어. 해순도로 돌아갈 수 없는 처지라서 어쩔 수 없이 저 사람에게 간다고 생각했거든. 풋! 나이 든 사람이 주책이라고 해도 어쩔 수 없지만…… 이제는 가리지 않을 거야. 그래, 나 저 사람 좋아해. 좋아할 만한 사내잖아?"
"그렇죠."
빙사음은 힘없이 대답했다. 하 부인이 이해를 해준다고 해도 그녀 앞에서는 마음을 터놓지 못하겠다. 엄밀히 따지면 그녀는 정실, 자신은 후실이 되는 셈이지 않은가. 이런 것까지는 생각하지 못했는데.
"푸훗!"

하 부인이 손으로 입을 가리며 웃었다.

"방금 말했잖아. 마음을 가리거나 막지 말라고. 보기보다 새침데기네. 무림 여걸들은 분방하다던데, 아닌가?"

"언니……."

"울겠다. 남들이 흉봐. 그 옷도 잘 어울리네. 예쁘니까 어떤 옷을 입어도 예뻐."

"놀리지 마세요."

"호호호!"

하 부인이 마음속에 스며들었다. 그녀가 성녀라도 좋고, 나쁜 여자라도 좋다. 이제는 세상에서 제일 나쁜 짓을 저질러도 이해하고 감싸 주어야 할 사이가 되었다.

'우린 이제 한가족이야.'

"그럴 수 있어? 난 손목도 못 잡게 하고 동생과는 잠자리까지 함께 하고."

"미안합니다."

"호호! 서로 입 맞춘 것 같네? 대답이 똑같아. 죄송해요, 미안해요. 나도 동생이 한 것처럼 확 만져 버릴까?"

"하 부인!"

금하명이 깜짝 놀라 뒤로 한 걸음 물러섰다.

"호호! 왜 그렇게 놀라?"

문득 하 부인이 변했다는 생각이 든다. 단애지투 도중에 만났을 때만 해도 이렇게 밝은 모습은 아니었다. 무엇인가…… 얼굴에 한 겹 그늘이 덮여 있었다.

인륜지대사(人倫之大事) 243

하 부인도 금하명의 표정을 읽었다. 그가 무슨 생각을 하는지 짐작이 된다.

"나…… 같이 다닐게. 이제는 거절하지 마. 갈 곳도 없어."

"하 부인!"

"하 부인 소리도 그만 해. 그냥 부인이라고 불러줘."

"……."

"언젠가…… 나한테 돌아올 생각 아니었어? 편할 때 말이야."

"……."

"싸우는 것 봤어. 오늘 죽을지 내일 죽을지 모를 사람처럼…… 그래서 같이 다녀야겠어. 아는 사람이 이런 말을 해주대. 세상에서 가장 못된 사내가 안사람을 남겨놓고 죽는 사람이라고. 나 박복한 여자로 만들지 않을 자신 있지?"

대답이 쉽게 나오지 않는다.

하 부인 말대로 오늘 죽을지 내일 죽을지 운명을 알지 못한다. 촉각, 미각, 후각이 사라졌다. 정사를 해도 쾌감조차 느끼지 못한다. 이런 몸으로 언제까지 버틸지.

"중독이 풀렸을 때 대답하겠습니다."

"동생은 어떻게 할 거야? 동생도 떼놓고 다닐 거야?"

"……."

"나도 무공이란 걸 배울 수 있어. 내공이 튼튼하면 초식이야 쉽게 배우겠지. 내공은 동생한테 얻을 수 있고, 나도 전엽초에 중독되겠지만. 그렇게 만들 거야?"

금하명은 하 부인을 쳐다봤다.

어쩔 수 없음을 느낀다. 걱정으로 가득 차서 한 말이라면 좋은 소리로 달랠 수도 있겠지만 마음이 바람 한 점 없는 호수처럼 조용하다. 갈 곳이 없다는 말로 하 부인의 마음을 알 수 있다.

'따라와 봤자 고생인데…… 휴우!'

금하명은 웃음을 지으며 말했다.

"해순도에 있을 때부터 생각한 건데…… 부인이 지어준 밥을 먹고 싶었어."

하 부인이 활짝 웃었다.

남해검문 무인들은 바쁘게 움직였다.

금하명이 머물던 초옥을 걷어내고 그 자리에 비바람을 막을 수 있는 집을 지었다.

밤이 지나고 다음날 정오 무렵이 되었을 때, 흙과 돌을 버무려서 쌓고 지붕은 풀로 엮었지만 평생을 살아도 될 만큼 아늑한 도남십이 완성되었다.

그렇다고 규모가 작은 집은 아니다.

나무를 잘라내고 흙을 파내서 터를 넓혔다.

방이 네 개에 광이 하나. 광에는 각종 약재와 탕기가 쌓였다. 양으로만 보면 천여 명은 치료할 수 있는 분량이다.

이곳에서 전엽초 중독을 치료할 수 있도록 만반의 준비를 갖추고 온 것이다.

오랜만에 쌀 익는 냄새가 났다. 각종 요리도 만들어졌다.

남해검문 무인들은 오후 내내 요리하는 데만 매달렸다.

"남해검문에서는 문도가 들어오면 요리부터 가르치나?"

금하명이 혀를 내두르며 말했다.

검을 쓰는 것과 주방 칼질을 하는 것은 다르다. 아니, 음식을 만드는 것은 칼질만 잘한다고 되는 게 아니다. 재료의 특성을 최대한으로 살려서 고유의 맛을 내야 한다.

거북과 뱀을 가지고 만든 국은 해남도에서만 맛볼 수 있는 진미다.

해남도의 기후는 거북과 뱀을 무한정으로 만들어낸다. 당연히 해남도 사람들에게 친숙한 요리 재료다.

바닷가 갯벌에서 잡은 별별레는 삼색사충(三色沙蟲)이란 요리가 되었다. 해남도에서만 나는 비파 모양의 새우 요리도 준비되었다. 오징어와 돼지고기로 만든 완자는 해남묵어환(海南墨魚丸)이라고 한다.

많은 요리들이 있지만 단연 특미(特味)는 후안(后安) 숭어 요리다.

후안은 해남 만녕현(萬寧縣)에 위치한 만의 지명이다. 여러 갈래의 강물이 후안만을 통해 바다로 흘러들기 때문에 후안만의 바다 밑에는 모래가 두텁고 해조류가 많다. 자연히 물고기들도 많이 모여든다.

후안만의 숭어는 풍부한 먹이를 먹고 자라서 고기 맛이 연하고 산뜻하다.

굉장한 진수성찬이었다.

"잘 봐둬요. 나중에 해야 하니까."

빙사음이 말했다.

"내가? 저걸?"

"풋! 해남 남자들은 요리 못하는 남자를 제일 큰 바보로 여기는데. 큰일 났네?"

하 부인도 거들었다.

저녁이 되자 남해검문 문도가 돌아가고 새로운 사람들이 나타났다.

남해검문주를 비롯하여 장로들. 천소사굉, 벽파해왕, 일섬단혼 등 해남 최고의 배분을 가진 사람들. 얼마 전까지만 해도 금하명에게 검을 겨눴던 대해문주, 천검문주 등 남해십이문 중 뇌주이문을 제외한 십문의 문주들. 그리고 야괴까지.

"오랜만에 뵙습니다."

금하명은 살이 닿을까 염려되어 멀찌감치 떨어진 곳에서 포권지례를 취했다.

"됐어. 예는 무슨."

남해검문주가 손을 휘휘 저었다.

"받으셔야죠. 받아도 아주 큰절을 받으셔야 합니다. 안 그렇습니까? 허허허!"

해천객이 중인들을 돌아보며 의미심장하게 말했다.

"하하! 문주님, 받으셔야 할 것 같습니다."

칠보단명도 웃으면서 말했다.

모두 알고 온 자리였다. 깊은 뜻이 담긴 음식들이었다.

남해검문주의 무남독녀가 혼례도 없이 살림을 차릴 수는 없는 노릇이다.

금하명이나 빙사음이나 사정이 여의치 않고, 하 부인도 있는 관계로, 또한 금하명의 일가족에게도 알리지 않았기에 해남도가 들썩거릴 잔치는 치르지 못하지만 그를 아는 사람만이라도 모여서 혼례를 치르기로 한 것이다.

빙사음과 정사를 벌인 지 단 하루 만에 전격적으로 치러진 잔치였다.

혼례라고는 하지만 정통 양식에 따라서 구색을 갖춘 것은 아니었다.

단지 아는 사람들이 모여서 식사를 함께 하는 것이니 혼례라고도 할 수 없었다.

하지만 이렇게라도 해서 딸의 체면을 세워주고 싶은 남해검문주의 뜻을 거절할 수는 없었다.

또 이런 자리는 하 부인에게도 도움이 되었다.

해순도의 성녀가 일개 무부와 눈이 맞아 살림을 차렸다는 소문이 나돌아서는 안 되는 일. 남해십문 문주들이 모인 자리에서 혼례를 치렀다면 입방아를 찧기는커녕 축하를 해줄 것이다.

형식을 갖추는 것은 그만큼 중요했다.

손님들이 자리에 앉자, 해천객이 말했다.

"이렇게 참석해 주셔서 감사합니다. 혼례를 치를 사정이 아니나 더 이상 미룰 수도 없어서 같이 식사나 하십사 하고 모셨습니다. 육례(六禮)를 갖추지 못한 점 깊이 사죄드리니, 부디 즐겁게 드시고 이 세 사람…… 아들딸 많이 낳게 축원해 주십시오."

금하명과 하 부인, 빙사음이 중인들 앞에 나섰다.

남해검문주의 얼굴은 어두웠다.

명색이 혼례다. 없는 사람들도 주자가례(朱子家禮)에 따라 의혼(議婚), 납채(納采), 납폐(納幣), 친영(親迎)의 사례(四禮)는 치른다. 소위 명가(名家)라고 칭하는 집안은 주나라 시대부터 전해온 육례(六禮)를 고집한다.

납채(納采), 문명(問名), 납길(納吉), 납폐(納幣), 청기(請期), 친영(親迎).

하나밖에 없는 딸을 여의면서 육례조차 치르지 못하는 심정이 편치 않음은 걸인이나 남해검문주나 똑같다.

혼례복도 입지 않은 세 사람은 천지(天地)에 절을 했다. 그리고 남해검문주에게 절을 했다.

"혈살괴마. 곤(棍)을 들었으니…… 중원제일의 곤이 되어야지?"

"어머님께서 말씀하신 게 있습니다. 도전할 생각조차 품지 못할 거목이 되라고. 재주가 미칠지 모르나 해보고 있습니다."

이제는 남해검문주가 아니라 장인이다.

"어서 추명파파에게 절을 해야지?"

많은 사람을 초빙했다면 있을 수 없는 일이겠으나 이 자리에 모인 사람들은 대충이나마 추명파파의 과거를 짐작한다. 생각이 현실로 변했다고 해서 놀랄 사람들은 아니다.

세 사람은 추명파파에게 절을 했다.

"누구도 먼저 죽지 마라. 절대. 한날한시에 같이 죽도록 해."

추명파파의 덕담에는 아픔이 스며 있었다.

마지막으로 부부 간에 맞절을 했다.

친영(親迎), 그중에서도 제일 마지막만 치르는 혼례다.

금하명이 앉자 빙사음과 하 부인이 왼쪽 자리에 앉았다.

금하명은 왼 소매를 빙사음의 오른 소매 위에 올려놓았다. 전엽초에 중독된 사람들이니 이 자리에 모인 사람들 중 유일하게 살을 맞대도 괜찮다.

하 부인은 오른 소매만 올려 보았다.

좌장(座帳), 이 순간부터 남자가 여자를 거느린다는 의식이다.

"자, 급히 차리느라 음식이 변변치 않지만 많이들 드시기 바랍니다. 이곳 경치야 원래 절경이지만 비가 오니 더욱 아름답군요. 오늘 흠씬 취하시기 바랍니다."

해천객이 혼례답지 않은 혼례를 급히 마쳤다.
천영 나머지 부분도 생략된 혼례였다.

❸

밤새도록 풍기던 술 냄새가 씻은 듯이 가셨다.

사람들은 날이 밝기 무섭게 돌아갔다. 원래는 사나흘쯤 머물며 금하명의 무공관을 이야기할 생각들이었지만 금하명의 상세가 생각보다 위중한 탓에 부랴부랴 떠난 것이다.

그들은 다음을 기약했다. 빠른 해독을 기원한 사람도 있다. 돌아가지 않은 사람도 있다.

해천객이 남았다. 그는 방 네 개 중에 하나를 차지했다.

"이래 뵈도 화천의숙에서는 제법 이름깨나 날렸지. 자넨 해남제일의 의원을 만난 게야. 이게 다 복덩어리 마누라를 얻은 덕분인 줄 알게."

천소사굉, 벽파해왕, 일섬단혼, 그리고 야괴도 방 하나를 차지했다.

"글글…… 제일문주에서…… 글글…… 쫓겨났어. 네놈에게…… 글글…… 패했다고. 네가…… 책임져."

"장현문주, 그 새끼…… 놈한테 약속했다. 해남도를 떠나기로. 그 새끼들을…… 놈들을 죽이지 않으려면 별수있냐. 중원 지리는 낯설고…… 네놈 덕 좀 보자."

"해남무림에서 최고 배분이라면 우리 세 늙은이인데, 둘이 떠나면 무슨 재미로 살아."

"아직 청부가 남았어. 내가 죽기 전에는 네놈…… 절대 못 죽어."

야괴의 눈빛은 음울했다. 하지만 빙사음을 쳐다볼 때는 광채가 빛났다. 눈 속 깊숙이에서 잠깐 떠올랐다가 사라진 광채였지만.
 하 부인도 방 하나를 차지했다.
 "약도 그렇고, 독도 그렇고. 절대란 있을 수 없어. 이번만은 죽어가는 모습을 지켜보지 않을 거야."
 금하명과 빙사음에게 방 하나가 돌아갔다.
 "혼례까지 치렀으니 합방해야지. 전엽초의 독성을 풀 때까지만이야. 그 다음은 나도 양보 안 할 거야."
 금하명은 한집에 기거하는 것만은 사양했다.
 "중독이 상상 이상이라서. 옷만 닿아도 중독이 되고, 몸을 씻은 물을 만져도 중독되고. 멀리 가는 것도 아니고 담 밖에 있는 것이니 염려하지 않아도 됩니다. 또 원래 야숙에 익숙해 놔서."
 금하명과 빙사음은 토담집 밖에 임시 거처를 마련했다.
 집을 짓기 전처럼 나무 기둥에 풀잎만 얹어놓은 엉성한 집이었다.

 "진맥을 해야겠어. 팔."
 "부인!"
 "풋! 놀라기는. 나도 동생처럼 그럴까 봐?"
 "언니!"
 "휴우! 말버릇부터 고쳐야 되는데 잘 안 되네. 조금 시간을 줘. 고쳐보도록 할게."
 "그거야 아무래도 상관없지만."
 "팔…… 줘봐요."
 하 부인은 얇고 검은 가죽 두 장을 꺼내 한 장은 자신의 허벅지에 올려놓고 다른 한 장은 손에 들었다.

금하명은 그녀의 의도를 알고 손을 올려놓았다.

하 부인은 손에 든 가죽을 손목에 씌우고 맥을 짚었다. 한참 동안 눈을 지그시 감고 미세한 울림까지도 살폈다.

진맥은 일 다경 동안이나 지속되었다.

이윽고 손을 뗀 하 부인은 빙사음을 쳐다봤다.

"동생, 동생 손도 줘봐."

빙사음은 선뜻 손목을 내밀었다.

"사맥(死脈)입니다."

"사, 사맥! 그럴 리가 있나! 어떻게 산 사람이 사맥을!"

"저도 기이해서 두 번, 세 번 진맥해 봤지만……."

"사음이는? 사음이도 진맥해 봤는가?"

"역시 사맥이었어요."

"이틀…… 중독된 지 이틀밖에 안 됐는데. 안 되겠어. 내가 직접 맥을 확인해야겠어."

의서를 뒤적이던 해천객이 흑피(黑皮)를 집어 들고 일어섰다.

해천객과 하 부인은 침식을 잊었다.

해천객은 정통 의숙에서 의술을 연마했다. 하 부인은 독학으로 수많은 의경을 읽고 연구한 끝에 오늘날의 의술을 일궈냈다.

두 사람의 의술은 각기 장단점이 있었다.

하 부인의 의술이 사람의 질병에 주력했다면, 해천객은 사람의 배를 갈라도 볼 수 없는 부분에 더 많은 비중을 두었다.

전엽초에 대한 분석도 자신이 터득한 의술을 좇았다.

하 부인은 죽은 맥, 잃어버린 감각, 지독한 독성을 제거하는 쪽에 치중한 반면, 해천객은 굳어버린 경락이 발산해 내는 미증유의 거력에서 원인을 찾고자 했다.

하 부인은 닭 모이에 극미량의 전엽초 분말을 섞었다.

모이를 쪼아 먹던 닭이 휘청거리더니 풀썩 꼬꾸라진다. 잠시 후, 털이 빠지더니 살이 흐물흐물 녹아버린다.

나뭇가지로 살점을 헤집고 장기를 살펴봤다.

장기 역시 손상이 심했다. 특히 전엽초가 직접 닿은 모이주머니는 불에 그슬린 듯 새까맣게 변색되어 있다.

확실한 중독사다.

한데 한 가지 이해할 수 없는 부분이 있다.

장기를 헤집는 동안 딱딱한 무엇인가가 나뭇가지를 밀어냈다.

'착각인가?'

장기를 뒤섞기라도 하듯 나뭇가지를 휘저었다.

확실하다! 딱딱한 것이 걸린다. 한두 군데도 아니고…… 실처럼 엉킨 그물막이 나뭇가지의 움직임을 방해한다.

'이거야! 해천객이 찾고자 하는 게.'

해천객은 사맥에 주목했다.

살아 있는 사람의 맥이 뛰지 않을 리 없다. 깊이깊이 숨어 있다. 잠맥(潛脈) 중에서도 아주 고약한 놈이다.

작은 나무를 뿌리째 뽑았다. 껍질을 벗겨내고 군데군데 깊은 흠집을 냈다. 연후, 전엽초를 풀어놓은 물에 뿌리를 담갔다.

나무는 살아 있지만 맥이 없다. 그런 상태에서 전연초가 어떻게 작용하는지 알아야 한다.

잠시 후 하얗던 속껍질이 푸른색으로 물들기 시작했다.

'중독 현상.'

살이 나무에 닿지 않도록 조심하면서 소도를 놀려 속껍질마저 벗겨냈다. 안으로 들어갈수록 진한 색이 우러난다. 정중앙은 새까만색으로 변색되었다.

'푸른색에서 검은색으로 변한다? 독이 한꺼번에 흡수되지 않고 점차적으로 번진다는 걸 뜻하는데…… 하 부인에게 도움이 되겠군.'

금하명은 옥정관에 몸을 뉘었다.

피독(避毒), 피화(避火), 피수(避水), 피진(避塵)의 효과가 있는 옥정관은 독의 진행을 조금이라도 늦춰줄 것이다.

같은 독에 중독되었지만 금하명의 상태는 빙사음보다 훨씬 심했다.

혼례를 치른 지 열흘이 경과할 무렵, 오감을 완전히 잃었다. 장님에, 귀머거리에, 냄새도 맡지 못하고, 맛도 보지 못하며 나뭇가지로 건드려도 느끼지를 못한다. 숨을 쉬고 움직일 수 있으니 살아 있는 것은 확실하지만 살아 있다고 할 수 없는 몸이었다.

"좀 어때?"

"똑같아요."

하 부인과 빙사음은 실망하지 않았다.

그동안 많은 것을 알아냈다.

파천신공 덕분에 독의 진행이 무척 느리다. 다른 사람들은 순식간에 육체를 점령당하지만 강력하게 저항하는 파천신공 덕분에 번짐 속도가 지극히 완만하다.

하지만 번짐 자체를 막을 수 있는 것은 아니다. 빙사음도 조만간 금하명과 같은 신세가 될 것이다.

"지금 부지런히 연구하고 있으니까 조만간 해약을 만들어낼 수 있을 거야. 희망을 가져."

"네…… 언니."

"왜?"

"전남편 어떻게 죽었어요?"

"……"

"미안해요. 언니가 손을 쓰지 못한 병이 뭔지 궁금해서……."

"괜찮아. 병명도 알지 못해. 지금도 모르고 있어. 사지가 무력해져 힘을 잃더니 끝내는 식물인간이 되었지. 식물인간이 되기 전에 몇 마디 한 게 유언이 되었어."

"정말 미안해요. 아픈 상처를 건드릴 마음은 없었는데."

"동생, 걱정 마. 두 번째 맞은 남편이야. 절대 이대로 죽게 만들지는 않을 거야."

"믿어요."

"그래, 믿어."

그로부터 또 열흘이 경과했다.

금하명의 상태는 조금도 나아지지 않았다. 침, 뜸, 탕약…… 가능성 있다 싶은 것은 모두 사용했지만 아무런 차도도 없었다.

반면에 빙사음의 상태는 눈에 띄게 나빠졌다.

얼굴을 맞대고도 고함을 질러야 알아들을 수 있을 만큼 청각을 잃었다. 시력도 나빠져서 나무 기둥에 머리를 부딪치는 일도 다반사로 일어났다.

"방법이 없는 건가요?"

하 부인은 침통했다.

"한 가지…… 쓰고 싶지 않은 처방이 있네만……."

해천객이 말끝을 흐렸다.

"그게 뭔데요?"

하 부인의 얼굴에 기대감이 서렸다.

"아니네. 좀 더 두고 보세. 아직 생명이 위독한 건 아니잖은가."

해천객은 휘휘 손사래를 쳤다. 얼굴에는 괜히 말을 꺼냈다는 후회도 엿보였다.

"저도 생각한 것이 있어요."

"그런가? 그럼 진작 말하지 그랬나. 뭔가?"

"백물혈독술(百物血毒術)."

"그만두게!"

하 부인의 말이 끝나기 무섭게 해천객은 일갈을 내질렀다.

"해천객께서도 백물혈독술을 생각하신 것 아닌가요?"

"그건……."

"생각하신 것, 써봐야 되지 않나요? 저 사람 저대로 놔두면 언제 숨이 끊어질지 몰라요. 동생도 상태가 나빠져서 옥정관이 필요하고요. 남편 무덤을 파고 옥정관을 꺼내올까요?"

"사람이 어찌 그런 말을 해."

"그러니 하는 말예요. 시간이 없잖아요."

해천객은 침묵했다.

"하루만…… 하루만 더 생각해 봄세."

다음날, 해천객은 서신을 써서 야괴에게 건네주었다.

"자네가 본 문에 다녀와야겠네."

"다녀오는 거야 어렵지 않지만…… 방법은 찾으셨습니까?"

"본 문에서 기다렸다가 물건이 도착하면 최대한 빨리 가져오게."

"방법을 찾으셨군요."

"모르네. 또 한 사람을 죽이게 될는지."

하 부인은 멀찍이 떨어진 곳에서 두 사람의 대화를 들었다.

해남도에 화천의숙 사람이 있는데, 의가에 몸을 담은 사람으로서 관심을 갖지 않을 수 없었다.

다른 무인들은 잘 모르지만, 하다못해 남해십이문 문주의 내력조차 모르지만 해천객에 대해서만큼은 어느 정도 알게 되었다.

그가 화천의숙을 그만두고 무림에 몸을 담근 데는 기공을 창안해 낸 것 외에 또 다른 이유가 있었다.

화천의숙에는 백물혈독술이라는 극악한 시술법이 있다.

사람을 살리는 방법은 아니다. 죽음 직전에 이른 사람에게만 사용하는 방법으로 유언을 꼭 들어야 될 사람에게만 사용한다.

독물 백 가지를 모아 정화를 뽑아내면 복용 즉시 장기가 녹아버리는 극독이 탄생한다. 장기만 녹여서는 아무 소용이 없다. 벼락을 맞은 것 같은 통증이 뇌에 전달되어 머리를 깨워야 한다.

아주 잠깐에 불과해도 좋다. 회광반조(廻光返照) 현상이 일어나면 백물혈독술은 성공하는 셈이다.

이런 시술법에 백물혈독술이라는 가공할 이름이 붙은 것은 피시술자의 장기가 한 줌 핏물로 변하기 때문이다. 피시술자가 묻힌 무덤에는 잡초도 자라지 못한다.

해천객은 백물혈독술을 산 사람에게 시전했다.

독에 중독된 사람에게 시전했는데, 이독제독(以毒制毒)을 노리고 행한 시술법이었지만 뜻대로 되지 않았다. 피시술자는 독성이 너무 강해서 처절하게 울부짖다 죽었다.

그는 화천의숙을 자신의 발로 나온 게 아니다. 일부 사람만 알고 있지만 파문당했다.

금하명도 죽을지 모른다.

하지만…… 금하명의 중독 상태는 백물혈독술이 아니면 풀 수 없을 것 같기도 하다.

그동안 알아낸 바에 의하면 전엽초라는 독초는 장기에 직접 작용하지는 않는다. 해부로 알아낼 수 없는 곳, 경락을 공격하는 특이한 독초다.

독초는 경락을 딱딱하게 굳혀서 무형의 경락을 유형화시킨다.

수십, 수백, 수천 가닥으로 쪼개진 기로(氣路)가 유형화되니, 주변 장기들이 타격을 받는다.

몸에 철사로 만든 그물을 집어넣은 것과 같은 현상이 되는 것이다.

부작용은 너무 커서 주변의 조직들이 일시에 붕괴되고, 겉으로는 살점이 일시에 녹아드는 현상이 나타난다.

경락이 딱딱하게 굳어졌으니 내공은 상당한 수준으로 증폭된다.

죽음을 예고한 내공 증진이다. 경락이 딱딱해질수록 내공은 더 강력해지며, 인간의 몸을 구성한 조직들은 회복 불능의 파괴 상태에 이른다. 경락이 굳어진 순간부터 회복 불능이 되지만.

금하명은 요행히도 전엽초에 대항할 수 있는 파천신공을 수련했다.

만약 파천신공이 독맥에만 제한되지 않고 십사 경락을 휘돌았다면 전엽초에 당하는 일은 없었을 게다.

파천신공 덕분에 경락의 굳어짐이 완만해졌다.

원인을 알았으니 해결 방법도 나온다.

유형화된 경락을 무형화시키면 된다. 딱딱하게 굳은 경락을 풀어주면 된다.

그러나…… 해결책은 알았어도 경락을 풀어줄 방법이 없다.

한 부분이 경직된 상태라면 추궁과혈(推宮過穴)을 시전하면 되지만 금하명처럼 전신 경락이 쇠처럼 단단하게 굳은 상태에서는.

백물혈독술로 일시에 녹여야 한다.

장기까지 녹을 위험은 남아 있다. 경락이 풀어지는 정도가 아니라 완전히 녹아버릴 위험도 있다. 경락이 풀어져도 손상된 장기가 회복되지 않을 염려도 있다.

위험 요소가 너무 많지만 시전하지 않을 수 없다.

'힘든 결단인 줄 알아요. 저도 힘들어요.'

하 부인은 하늘을 쳐다보며 남몰래 한숨지었다.

해천객이 적어준 서신에는 쉽게 구할 수 없는 독물이 백 개나 적혀 있었다.

선홍잠(鮮紅蠶)이라는 누에는 남만(南蠻)에서만 서식한다. 녹점사(綠点蛇)를 구하려면 왜(倭)로 가야 한다.

가기만 하면 쉽게 구할 수 있는 것들이지만 가기가 어렵다.

오랜 시간을 두고 독물이나 약초를 전문적으로 수집해 온 곳이라면 몰라도 단시간에 구할 수 있는 것들은 아니다.

"기한은 며칠이라고 하드뇨?"

"말씀없었습니다."

"그래? 그럼 가급적 빨리 건네달라는 소리로 알아들어야겠지. 가서 쉬게."

"네."

야괴는 편한 마음으로 쉴 수 없었다.

그를 쳐다보는 눈길들. 전각주의 얼굴에 못마땅한 빛이 어려 있고, 살각주는 차디찬 눈길로 쓸어본다. 마치 독사를 만진 것처럼 섬뜩한 눈길이다.

'이들…… 날 가만두지 않겠군. 내가 죽는다면 이들 손에 죽을 거야.'

남해검문은 과연 해상 무역을 한 손에 틀어쥐고 있는 문파였다.

백물을 모으는 데 족히 일 년은 걸리리라 생각되었는데 닷새밖에 걸리지 않았다.

그들은 찾아다니지도 않았다. 소식이 알려지자 약초상들, 의원들, 또는 무인들이 독물을 들고 와 스스로 바쳤다.

'드러난 것보다 숨어 있는 게 더 많은 문파야. 귀제갈…… 백팔겁을 호랑이 아가리에 밀어 넣었군. 형제들도 편히 눈감았을 거야. 이런 자들과 같이 죽었다면 자부심을 가질 만하지.'

건네받은 백물 중에는 바짝 말라 있는 것도 있지만 살아 있는 생물도 있다. 양도 많았다. 아무리 줄여도 마차 한 대 분량은 나왔다.

해천객은 즉시 연단을 시작했다.

독초가 솥 속에서 푹 삶아진다. 어떤 독초는 푸릇푸릇한 모습 그대로 꾹 쥐어짜서 진액을 빼낸다. 또 어떤 독초는 껍질을 벗겨내고 줄기를 칼로 긁어낸다.

하 부인도 옆에서 도왔다.

보기에도 끔찍한 지네를 성큼 잡아서 절구에 넣고 찧었다. 뱀의 아가리를 벌리고 독액을 뽑아냈으며, 독와(毒蛙)의 배를 가르고 쓸개를 꺼내기도 했다.

독을 채취하는 방법은 제각각이었다.

독을 섞는 방법도 각기 달랐다.

그냥 한솥에 집어넣고 푹 달이면 될 것 같은데 그렇지 않았다.

서너 번에 나눠서 섞기도 하고 분말로 만들어 뿌리기도 했다.

나흘이 지났을 때, 콩알 정도의 독단 다섯 개가 완성되었다.

"마차 한 대가 녹아서 이게 됐단 말이야? 내 할 말을 잃었다. 좌우지간 녹을 만지는 놈들하고는 상종을 말아야 한다니까."

일섬단혼이 눈을 동그랗게 뜨고 말했다.

진갈색의 단환은 아무런 냄새도 풍기지 않았다. 염소 똥같이 생겨서 독성도 없어 보였다.

해천객은 독단 다섯 알을 극히 조심스럽게 다뤘다. 흑피로 옮길 적에도 저금을 사용해서 조심에 조심을 거듭했다.

"이게 정말 황소를 죽일 수 있습니까?"

야괴가 물었다.

마차 한 대 분량의 독초, 독물이 녹아서 독단이 되는 것을 지켜봤으면서도 믿기지 않는다는 투였다.

해천객은 아무 소리도 하지 않았다. 이마에서 식은땀까지 흘리며 조심스럽게 흑피를 봉했다.

한 알은 남겨두었다. 사기 그릇 위에 놓인 독단은 이제 곧 본색을 드러낼 것이다.

꽁꽁 동여맨 흑피가 해천객의 품 안으로 들어갔다.

"봅시다, 성공했는지."

그가 사기 그릇을 들고 밖으로 나갔다.

마당에 매어진 황소는 자신의 운명을 직감한 듯 슬픈 눈망울로 눈물을 떨궜다.

"너무 슬퍼 마라. 다음 생에서는 인간으로 태어나고."

"미친 새끼, 인간이 뭐가 좋다고."

해천객은 일섬단혼의 말을 무시하고 황소 입을 벌렸다. 그리고 사기 그릇에 담아놓은 독단을 툭 털어 넣고 재빨리 뒤로 물러섰다.

반응은 즉각 나타났다.

으헝!

황소가 호랑이 울음을 토해냈다. 불에라도 덴 듯이 펄쩍 뛰어오르더니 미친 듯이 날뛰기 시작했다. 머리를 너무 세차게 휘둘러 코뚜레가 끊어졌고, 살점도 한 움큼이나 떨어져 나왔다.

두두두! 퍼억!

고삐를 끊어낸 황소는 냅다 질주했다. 하지만 토담으로 가로막힌 집 안에서 가면 어디를 가겠는가.

황소는 토담을 세차게 들이박았다.

우르릉 소리가 나며 토담이 무너졌다.

황소는 무너진 담을 뛰어넘어 치달렸지만, 다시 커다란 고목을 들이박고 말았다.

황소가 날뛰는 것은 거기까지였다. 갑자기 다리가 끊어진 듯 풀썩 꼬꾸라지더니 언제 날뛰었냐는 듯 잠잠해졌다.

"독…… 하네."

벽파해왕까지 할 말을 잃어버렸다.

해천객은 장창을 들고 황소에게 다가가 배를 푹 찔렀다.

그러잖아도 해파리처럼 흐물거리던 황소는 장창에 찔리자 바람 빠지는 소리를 냈다.

푹! 파아앗……!

검붉은 혈수가 새어 나왔다. 채 녹지 않은 장기도 튀어나왔다. 하지만 염통이고 창자고 가닥가닥 끊어진 데다가 녹기까지 해서 끔찍스럽기가 말할 수 없었다.

"코, 콩알만한 게 더럽게 독하네. 정말 오장육부를 다 녹여 버리는구먼. 야, 임마! 이걸 정말 그놈에게 먹일 거야?"

일섬단혼이 마른침을 삼키며 말했다.

第三十五章
견괴불괴(見怪不怪), 기괴자양(其怪自壞)

이상한 것을 보아도 이상하게
생각하지 않으면 이상한 것은 없어진다

견괴불괴(見怪不怪), 기괴자양(其怪自壤)
…이상한 것을 보아도 이상하게 생각하지 않으면 이상한 것은 없어진다

녹단이 아무리 독하다 한들 이제는 어쩔 수 없이 시전해야 할 상황에 처했다.

금하명에 이어 빙사음까지 식물인간이 되었다.

엄밀히 말하면 식물인간은 아니다. 몸의 감각이 사라졌을 뿐이지 의식은 지니고 있으니 폐인이라고 말해야 한다.

"백물혈독술을 시전할 거야. 괜찮겠어?"

하 부인은 듣지 못한다는 것을 알면서도 다정하게 속삭였다.

"황소에게 시전해 봤는데 손써볼 틈도 없이 죽었어. 오장육부가 녹아서. 싫으면 말해."

말을 할 리가 없다. 듣지도 못하고 감각도 없으니 옆에 와 있다는 사실도 모를 게다.

"딱딱하게 굳은 혈관을 풀려면 이 방법밖에 없을 것 같아서 쓰기는

견괴불괴(見怪不怪), 기괴자양(其怪自壤) 267

하는데…… 죽을지도 몰라. 고통도 심할 거야. 다 죽은 사람도 정신이 돌아온다는 독단이거든."

그때였다.

'괜찮네. 그러잖아도 이놈의 경락이 영 풀리지 않아서 고민이었는데. 일단 내게 시전해. 즉사하면 남해옥봉에게는 말할 것도 없이 다른 방도를 취해야 되겠지.'

분명히 금하명의 음성이다. 둔중하게 울려서 얼핏 들으면 그의 음성이 아닌 것 같지만 틀림없이 그다.

하 부인은 화들짝 놀라 금하명을 쳐다봤다.

금하명은 시체처럼 굳어져 있다. 입을 벌려서 말한 흔적도 없다.

하 부인은 뒤를 돌아봤다.

"이 사람이 말한 것 들었어요?"

뒤에 서 있던 사람들은 무슨 말이냐는 표정들이다.

'환청이었어. 이 사람이 말한 줄 알았는데.'

그래도 좋다. 환청일망정 음성을 들었으니.

"똑똑히 들어둬야 해. 백물혈독술에는 세 가지 위험이 있어."

하 부인은 손 놓고 당할 수밖에 없는 사람에게 백물혈독술이 지닌 위험을 말해 주었다.

'단숨에 장기를 녹일 위험. 경락까지 녹여 버릴 위험. 성공해도 손상된 조직이 회복되지 않을 위험. 대단하군.'

고통을 맞이할 준비는 끝냈다.

하 부인이 속삭여 준 말에 대해 전적으로 동의한다.

자체적으로는 어쩔 수가 없으니 외부의 도움을 받아야 하고, 철사처럼 단단해진 경락을 녹이려면 그에 맞는 열기가 필요하다.

장부를 태워 버릴 독이라면 가능성있다.

금하명은 다시 한 번 몸 상태를 점검했다.

하 부인이 전엽초에 대해 속삭여 주지 않았다면 아직도 무지개만 잡으려고 발버둥 치고 있을 게다.

진기에 작용하는 독초, 무형의 기로를 유형화시킨다.

단순히 느낌인 줄 알았더니 실제였다. 경락에 흐르는 진기를 죽여 버리고 대신 굳건하게 자리한 건 의념으로 느낄 필요가 없는 유형 기로였다.

그것만으로도 큰 수확이다.

가는 철사 수천 가닥이 온몸을 헤집어놓았는데, 정상일 수는 없다. 그러면서도 죽지 않은 것은 없는 곳에 철사를 박아놓은 것이 아니라 있는 곳에 고착시켰기 때문이다.

몸에서 일어나는 변화가 일목요연하게 정리되었다.

전엽초 자체에는 독이 없다. 원정을 사용하는 것도 아니고 역천신공처럼 잠력을 끌어내는 것도 아니다. 단순하게 십사 경락을 굳히는 역할만 한다.

살이 문드러지고, 눈알이 빠져나오며, 잇몸이 허물어져 이빨들이 우수수 떨어지고, 뼈란 뼈는 문어처럼 연해지는 것. 이런 현상들은 모두 무형의 기로가 유형화되면서 나타나는 부작용이다.

몸을 씻어낸 물에 고기들이 죽고, 풀이 죽고, 사람이 중독되는 것은 어처구니없게도 인독(人毒)이다. 손상된 조직이 독을 품어내는 것이고, 거기에 전엽초의 성질이 업혔다.

죽음은 찾아온다. 십사 경락이 완전히 철사화(鐵絲化)되면 죽는다.

독성 때문에 죽는 것이 아니라 기(氣)가 돌지 않아서 장기를 움직이지 못하기 때문에 죽게 된다.

창파문 무인들처럼 초강고수의 내력을 뿜어내는 기간은 경락이 굳기 시작해서 완전히 유형화될 때까지다. 철사화가 완성되면 죽게 되며, 그 기간은 반나절이다.

파천신공이 독맥을 지키는 바람에 십사 경락의 철사는 미완성이 되고 말았다. 감각이 점차 소멸되는 것은 손상된 조직들을 방치해 놨기 때문이지 독성이 강해져서는 아니다.

하 부인 말처럼 기로를 예전처럼 돌려놔도 손상된 조직들이 복원되지 않을 수도 있다.

그건 가봐야 안다.

전엽초에 대한 정리가 끝나자 철사처럼 단단해진 경락을 풀 방도를 찾아봤다.

그러던 가운데 전에는 깨닫지 못했던 한 가지 사실을 알게 되었다.

파천신공은 독맥을 관통하면서 여파를 만들어낸다. 독맥을 흐르는 진기가 너무 강력하고, 태극오행진기 또한 극강한 소용돌이라서 느끼지 못했는데, 잔잔한 울림처럼 전신에 퍼져 나가는 기운이 있다.

그 기운이, 파천신공의 여파가 조직들의 완전 손상을 방지하고 있다. 파천신공이 강해지면 강해질수록 조직의 손상은 방지된다.

금하명은 파천신공을 극도로 끌어올렸다. 그러잖아도 감당할 수 없는 진기가 섬광처럼 독맥을 훑었다.

옥정관에 몸을 뉘었을 때부터 한시도 거르지 않고 시전했다.

덕분에 오감은 기능이 점점 떨어졌지만 기감(氣感)은 되살아나기 시작했다.

모든 걸 느낄 수 있다.

누가 왔다 간 것도 알 수 있고, 말하는 것도 들을 수 있다.

몸을 일으켜 걸으라고 하면 걸을 수도 있다. 계속 옥정관에 몸을 뉘고 있는 것은 파천신공이 최극의 상태에 이르렀을 때, 경락이 풀리는지 보려는 거다.

금하명은 옥정관에서 수련을 하고 있었던 것이다.

독단이 들어온다면…… 준비를 단단히 해야 한다.

의념을 파천신공에서 흘러나온 여파에 모았다. 파천신공은 들어오는 것과 동시에 백회혈로 쏟아져 나갔다. 들어옴과 나감도 모를 정도로 빨라졌다.

'장기를 최대한 보호하고…… 파천신공…… 후후! 한때는 널 저주했다만 이제 네게 내 목숨을 맡기는구나.'

뱃속에서 불이 붙었다.

자그마하게 피어나 확 타오르는 불길이 아니다. 용암처럼 뜨거운 불덩이가 닿는 것마다 모조리 태워 버리며 쏟아진다.

'이건…… 너무해!'

고통이라면 상당한 수준까지 겪어봤다. 유밀강신술도 견뎌냈고, 귀사칠검의 마성도 이겨냈다.

그런데 이것만은 참지 못하겠다.

'크으윽……!'

신음을 토해냈다. 하지만 마비된 혀와 입술이 움직이지 않는다. 마비된 성대가 음성을 토해주지 않는다.

'크윽! 어헉!'

너무 뜨거워 견딜 수 없다.

파천신공에 신경 쓸 겨를도 없었다. 여파의 의념을 집중해서 장기를 보호해야 하는데 고통이 너무 심해 의념이 흐트러졌다. 실은 의념이 흐트러진 사실조차도 자각하지 못했다.

용암은 연한 것부터 녹였다. 단단한 것은 나중으로 미루고, 연한 부위만 찾아다녔다.

경락은 전에 비하면 많이 연해졌지만 아직도 단단함을 유지한 채 용암을 맞이했다. 파천신공 기혈도 들끓어오르기 시작한다. 철사화된 경락도 뜨거운 불길 앞에는 촛농처럼 점점이 녹아내렸다.

'미치겠어. 차라리 죽는 편이…… 죽여줘. 제발!'

수천 개의 가시가 몸을 찌른다. 비수가 푹푹 파고들어 마구 휘젓는다. 머리는 철퇴로 얻어맞았다. 그뿐만이 아니다. 누가 상처에 기름을 붓고 불을 붙인다.

온몸이 활활 타 들어간다. 이곳이 어디인가? 시뻘건 불 속에 던져진다는 규환지옥(叫喚地獄)인가? 살생을 한 자는 규환지옥에 떨어진다던데, 그런 건가. 규환지옥 정도로는 안 된다. 규환지옥보다 열 배는 더 고통스럽다는 대규환지옥(大叫喚地獄)인 것 같다. 아니다. 대초열지옥(大焦熱地獄)이다. 시뻘겋게 달궈진 쇠우리에 갇혀서 살이 타는 고통을 맛보고 있는 게다.

죽음으로 다가가는 시간이 너무 길었다. 그만 목숨을 거둬가 줬으면 좋겠는데 극심한 고통만 줄 뿐이다. 불길 속에 육신도 영혼도 활활 타버렸는데 무엇을 더 태우겠다는 건가.

'끄으으윽!'

비명이라도 시원하게 내지르면 좀 나을 것 같은데…….

'죽어야 해. 죽어야…… 죽어야 이 고통을 멈출 수 있어.'

그때였다. 가슴 한복판에서 시원한 바람이 불어왔다. 맹렬한 용암에 비하면 조족지혈에 불과한 바람이었지만, 뜨거움에 몸서리치는 사람에게는 생명수와 다름없었다.

금하명의 의념은 한 가닥 바람을 꼭 잡았다. 잡고자 해서 잡은 것이 아니다. 본능은 용암을 피하기 위해 바람을 좇았고, 의념은 본능의 꼬리를 붙잡은 것이다.

손사래보다 못한 바람이다. 바람은 바람인데 뜨거운 용암을 더 뜨겁게 여기도록 만드는 바람이다.

가슴이 터져 버릴 것 같다. 미쳐 버릴 것 같다.

그러는 동안에도 바람은 꾸준히 불었다. 세기도 점점 강해졌다.

다른 생각은 일절 들지 않았다. 살기 위해서는 이 바람을 꼭 잡아야 한다는 일념밖에는 없었다.

휘이이잉……!

드디어 바람이 맹렬해졌다. 아직도 이글거리는 용암을 식히기에는 터무니없이 부족하지만 죽음만 가득한 곳에서 새 생명의 울음소리를 들은 기분이다.

'이, 이건 태극오행진기닷!'

의념이 제대로 돌아왔다. 고통 속에 푹 잠겨 헤어나지 못했던 의식 중 한 줄기가 고통 밖으로 빠져나와 이성을 되찾게 해주었다.

용암을 잊어야 한다. 살을 태우고 장기를 녹일망정 용암을 휘둘리는 것은 아무 도움이 안 된다.

콰아아아!

파천신공은 여전히 줄기차다. 독맥이 심하게 흔들렸지만 의념을 집중하는 순간 다시 철통으로 변해 제 갈 길을 간다.

'태극오해…… 크윽! 이놈의 독기…… 오, 오행진기를…….'

휘릭! 휘릭! 휘르르륵……!

잘 돌아가지 않는 팔랑개비처럼 태극오행진기는 금방이라도 꺼져 버릴 듯 위태롭게 돌아간다.

금하명은 태극오행진기를 믿었다. 파천신공처럼 태극오행진기 역시 시작만 하면 제 스스로 살아 움직이는 진기다. 본인 스스로 그치려고 해도 결코 그치지 않는 진기다.

견뎌내기만 하면 된다. 뜨거움을, 고통을 견디면 살 수 있다.

철사화된 경락이 독기에 녹는 만큼 태극오행진기도 강해졌다.

'그렇군. 독기와 전엽초가 부딪치도록 해야 돼.'

그물처럼 깔린 경락이 일시에 폭발했다. 무서운 기세로 번져 가는 용암을 사로잡겠다는 듯 촘촘히 짜인 그물로 뒤덮었다.

치이이익……!

경락이 녹으며 극심한 통증을 불러왔다. 하지만 반대로 태극오행진 기는 더욱 강렬해졌다.

'아직…… 파천신공을 전정으로 돌릴 정도까지는…….'

이것도 장담하지 못한다. 전에는 백회혈이 존재했다. 파천신공은 백회혈을 벽 삼아서 둥글게 돌았다. 한데 지금은 찢어지고 없다. 백회혈 자체가 뻥 뚫린 공간이 되었으니, 일부만 끌어오려고 해도 전보다 배는 강한 회전력이 필요하다.

이를 악물고 참았다.

세상에서 가장 지독한 고통을 꾹 눌러 참았다.

꽈아아아아……!

드디어 태극오행진기가 제 속도를 내기 시작했다. 혈이 음혈과 양혈로 분류되었다. 음혈은 양혈로, 양혈은 음혈로 음과 양이 자석처럼 서로 끌어당긴다. 오행도 움직인다. 빙글빙글 도는 태극의 형상이 오행상생, 오행상극의 이치에 따라 큰 원을 그린다.

파아아앗!

소용돌이가 일어났다. 태극오행진기는 제일 먼저 용암부터 휘말아 올렸다. 용암은 회전력에 이끌려 사방으로 흩뿌려졌고, 거미줄처럼 촘촘히 짜여 있는 철사를 후려쳤다.

'됐어! 이제 파천신공을……'

강력한 의념을 백회혈로 보냈다. 백회를 통해 빠져나가려는 진기를 전정으로 되돌리려고 해봤다.

역시 역부족이다. 태극오행진기는 용암과 전엽초의 철사를 흡수하여 더욱 막강해졌는데도 뻥 뚫린 곳으로 빠져나가는 파천신공을 끌어들이지 못한다.

'틀렸어. 이제 태극오행진기와 파천신공은 완전히 별개가 되었어.'

그럴까? 그 순간 금하명은 아무 생각 없이 무심하게 지나쳤던, 그러나 무척 중요한 사실을 찾아냈다.

자신에게는 혈도가 남아 있지 않다.

독맥은 파천신공이 완전히 뭉개 버렸으니 예외로 하자. 십삼 경락에도 혈도가 없다. 전엽초가 철사화시키면서 회복이란 말은 떠올리지도 못할 만큼 파괴해 버렸다.

그럼 현재 돌아가는 태극오행진기는 무엇인가. 음혈과 양혈은 제자리를 정확히 찾아가는데, 이것은 무엇인가.

진기 자체다. 진기가 음과 양으로 나뉘어 돌아간다. 자신이 혈이라고 생각했던 곳은 고정관념대로 그곳에 혈이 있을 것이라고 의념을 몰아넣었기 때문에 형성된 가상의 혈이다.

'난 혈이 없어. 그렇다면⋯⋯.'

의념으로 이끌 필요가 없다. 태극오행진기는 무엇이며, 파천신공은 무엇인가. 스스로 알아서 움직이면 움직이는 대로 놔두면 되지 않는가. 몸이 피곤하면 회복시키기 위해 더 빨리 움직일 것이고, 최상의 상태라면 평상시대로 움직일 게다.

맡기자. 맡겨보자.

금하명은 직접 개입하던 것에서 한발 물러나 관조하는 입장을 취했다.

용암과 전엽초는 빠르게 사라졌다.

태극오행진기의 회전력에 휘말려 서로 뒤섞였고, 빙글빙글 휘도는 가운데 음과 양이 어울려 태극이 되듯이 서로의 독성을 상잔시키며 경락에 달라붙었다.

경락은 철사가 되었다.

전처럼 유형화된 철사가 아니라 무형화된 철사다.

전정까지 강한 철사로 만든 진기는 백회혈로 뻗어갔다. 아래로는 회음 바로 위의 혈인 곡골혈(曲骨穴)을 완전히 장악하고 회음혈로 다가섰다.

아니다. 회음혈이니, 곡골혈이니 하는 것도 무인이나 의원들의 세계에서나 사용하는 것이지 자연의 세계에서는 아무 의미가 없는 혈이다. 그냥 파천신공이 시작되는 곳으로 뻗어갔다는 편이 맞다.

원래 회음혈은 독맥이 아니라 임맥(任脈)이다. 또한 머리 꼭대기인 전정혈(前頂穴)부터 얼굴 앞쪽으로 흘러 윗입술에 위치한 태단혈(兌端穴)까지는 독맥이다.

엄밀한 의미에서 파천신공은 등 뒤쪽으로 흐른 것이지 독맥을 장악했다고는 할 수 없다.

전정에서 뻗어나간 철사는 부드럽게 물살을 거스르며 백회혈을 파고들었다. 그리고 계속 나아가 후정혈(後頂穴), 강간혈(强間穴)…… 머리 뒤쪽을 따라 아래로 내려갔다. 곡골혈에서 시작한 진기는 파천신공의 시작점인 회음혈을 통과하여 장강혈(長强穴), 요유혈(腰兪穴)로 올라왔다.

강하게 부딪쳐 뚫어내는 것이 아니라 모래밭에 물이 스며들듯 유유히 파고들었다.

태극오행진기가 파천신공을 관찰하여 선택한 방법이다.

아래에서 위로 올라오는 철사는 파천신공과 흐름을 같이한다. 백회, 후정으로 진행한 철사는 흐름을 거슬러 간다. 하지만 두 진기가 나아가는 속도는 똑같았다.

두 진기는 지양혈(至陽穴)에서 만나 하나가 되었다. 철사화의 완성이다. 독단의 독기가 전엽초를 중화시키지 않았다면, 경락이 무형으로 돌아가지 않고 유형화되었다면 죽음을 맞이해야 했으리라. 그 순간,

콰아아아!

백회로 빠져나가던 파천신공이 느닷없이 방향을 돌려 전정으로 휘돌았다. 아니, 철사를 따라 경락을 휘돌았다.

'태극오행진기와 어울렸군.'

흥분도 느껴지지 않았다. 당연한 결과를 받아들이듯 담담했다.

오랜 헤어짐 끝에 태극오행진기와 파천신공은 조우했다. 하지만 두 진기는 예전의 진기가 아니었다. 태극오행진기는 두 가닥으로 나누어져 혈이 없어도 태극을 이룬다. 파천신공은 장강처럼 크고 넓은 진기

를 보태준다.

내공만으로 살핀다면 예전의 금하명은 지금의 금하명을 발끝도 쫓아오지 못하리라.

그런 점에서 보면 독단과 전엽초가 어울리며 경락을 철사처럼 단단하게 만든 것은 다른 무인들에게는 기적이 일어난 것과 같겠으나 금하명에게는 지엽적인 문제로 전락해 버린다.

눈을 떴다.

보인다. 세상이 보인다. 감촉도 느껴진다. 옥정관의 시원한 감촉이 뚜렷하게 전달된다.

어떻게 손상된 조직이 이토록 말끔히 고쳐졌을까? 하지만 궁금증에 매달릴 여유는 없었다.

"아! 살았네. 죽는 줄 알았잖아."

눈물을 글썽거리는 하 부인 모습도 보였다.

그 뒤로 구경거리나 난 듯이 얼굴을 들이밀고 있는 여러 사람도 보인다.

금하명은 엷은 웃음을 지으며 말했다.

"그 독단…… 두 번 다시 먹이지 마."

❷

"이걸 만져 봐."

하 부인이 닭을 내밀었다.

전엽초의 독성이 남아 있는지 알고 싶은 게다.

금하명은 닭을 만지는 대신 손을 더 뻗어서 하 부인의 손목을 움켜잡았다.

하 부인은 피하지 않았다.

"엇! 중독되면 어쩌려고 경망된 행동을!"

놀란 사람은 해천객이다. 주위에서 지켜보던 사람들이다.

"고맙다고 해야 하는데 쑥스러워서……."

손목을 어루만지며 말했다.

"괜찮아, 말하지 않아도. 내가 고마워. 살아나 줘서. 몸은 어때? 괜찮아? 어디 아픈 데는 없고?"

"몸은 괜찮고, 아픈 데도 없고. 아!"

"어디 아파?"

"배가 고프군요."

"깜짝 놀랐잖아!"

하 부인은 중인들을 의식하지 못하고 살짝 꼬집었다. 그러다 곧 중인들이 지켜보고 있다는 것을 깨닫고는 얼굴을 살며시 붉혔다.

"운기를 해보지 그러나?"

해천객은 여전히 조심스러웠다.

"괜찮습니다."

운기는 실컷 했다. 질리도록 했다. 지금도 하고 있고, 아마 죽는 날까지 평생 하게 될 게다. 밥을 먹을 때나, 잠을 잘 때나, 슬픔에 잠겨 있을 때도 하나로 통합된 두 진기는 움직이리라.

해천객의 물음에는 이렇게 길게 말해야 한다. 태극오행진기와 파천신공의 발생에서부터, 독단이 어떻게 작용했는지까지 상세하게. 하지만 지금은 그러고 있을 여유가 없다.

옥정관 옆에 죽은 듯이 누워 있는 빙사음을 쳐다봤다.
"허허! 하 부인이 자네가 말을 했다면서…… 자네, 자네가 깨어나면 백물혈독술을 시전하라고 말했나?"
아니다. 그런 말을 한 적이 없다. 하지만 하 부인이 중인들에게 물어보는 소리는 들었다.
기감으로 들은 것이라서 확실한지 아닌지는 자신의 판단에 따라야 했지만. 지금 나누는 말들을 들어보니 기감으로 들었던 소리들이 전부 실제로 말한 소리들이었다.
인간에게는 오감을 능가하는 다른 감각이 있는 게 틀림없다.
"잘하셨습니다. 독단을 복용시키면 큰일 납니다."
금하명이 깨어나서 가장 먼저 할 일은 이것이었다. 빙사음에게 독단을 먹이지 못하도록 하는 것.
금하명이 깨어나는 것을 보고, 중독이 완전히 해소된 것을 보고 이제 모두 끝났다고 기쁨에 들떴거늘.
빙사음의 경우에는 독단을 복용시키는 즉시 죽는다 하니 기가 막히지 않은가.
금하명은 상세한 설명도 할 수 없었다.
남해검문의 자존심이 걸려 있었고, 자칫하면 남해검문을 무시하는 말이 될 수도 있었기에 차라리 침묵하는 편을 택했다.
"자네가 그렇게 말한다니 맞는 말이겠지. 오늘은 푹 쉬고 내일 다시 이야기하세."
사람들은 토담집으로 돌아갔다.
"나한테도 말 못할 이야기야?"
하 부인이 말했다. 섭섭한 표정은 아니었다. 오히려 한 사람쯤은 말

상대가 필요하지 않냐는 표정이었다.

"요 위에 폭포가 있죠."

"천승폭이라고 해. 찾는 사람은 드물지만 이름난 곳이야."

"그랬군요. 같이 산책이나 하죠. 오랜만에 폭포도 볼 겸."

하 부인과 함께 초옥을 나섰다.

폭포까지는 채 서른 걸음도 되지 않는다. 두 사람은 폭포를 옆에 끼고 앉았다.

무심히 흐르는 강은 예전이나 지금이나 변함없다.

금하명은 차분하게 독단을 복용시켜서는 안 되는 이유를 말했다.

빙사음은 파천신공은 익혔으나 태극오행진기를 수련하지 못했다.

그게 문제다. 독단이 장기를 녹이지 못하게 하려면 시급하게 전엽초와 충돌시켜야 한다. 그 역할을 해준 것이 태극오행진기인데, 빙사음은 수련하지 못했다.

해천객에게 독단을 복용시키지 못하는 이유를 말하지 못한 것은 해무천기 때문이다.

금하명은 해무천기가 신공이기는 하지만 독단을 이겨내기는 버겁다고 판단했다.

그럼 빙사음은 독단을 복용하는 즉시 죽는다.

남해검문의 뿌리가 되는 무공은 해무천기와 해무십결인데 신공이 명확하게 뒤진다면 큰 타격이 아닐 수 없다. 금하명은 독단을 이겨냈으니 최소한 태극오행진기보다는 뒤진다는 말이 된다.

수련이 미약하여 패배하는 것은 견뎌낼 수 있다. 하지만 무공 자체가 뒤떨어진다면 문파의 존립 기반이 흔들린다.

이야기를 다 듣고 난 하 부인은 깊은 한숨을 내쉬었다.

"참 독한 사람이었구나."

"……."

"너, 정말 독해. 깨어나자마자 거기까지 생각하는 사람은 몇 안 돼. 참 냉철하고 독한 사람이야."

금하명은 고개를 설레설레 흔들었다.

"무인이니까. 항시 무공을 생각하고 있으니까 가장 먼저 생각이 미친 거죠. 그걸 독하다고 말하면 섭섭하죠."

"알았어. 해천객이 많이 섭섭한 것 같은데 내가 말해 볼게. 무인이 아니라 의원으로. 의원 입장에서. 어려운 문제도 아닌 것 같네. 요는 독단을 복용해서 되는 문제가 아니라 본인 의지로 독단을 풀어내야 한다는 것이잖아. 동생이 그만한 준비가 되었는지 모르겠어서 미뤘다면 되겠지."

"그렇군요. 그 생각은 못했어요."

"의원이니까. 환자의 몸부터 살피는 거지."

"하하하! 제 말을 그대로 써먹는 경우도 있습니까?"

"저기……."

하 부인은 금하명에게서 고개를 돌려 강물을 쳐다봤다.

"우리…… 혼인한 것 맞지?"

"……."

갑자기 말문이 꽉 막혔다.

"전엽초에 중독된 상태라서 살을 맞대지는 않았지만 좌장(座帳) 의식도 치렀고."

"그랬죠."

"난…… 부인이야. 누나나 웃어른이 아니라 부인이 될 수는 없을까?

쉽게 되지는 않겠지만 마냥 기다리려니 너무 힘드네."

금하명은 하 부인의 말뜻을 알아차렸다.

좌장, 남자가 여자를 거느린다는 의식.

하 부인은 전남편과 자신을 비교하고 있을지도 모른다. 죽은 남편과는 스스럼없었고, 편했으며, 행복했다. 그런데 지금은……

기분 나쁘지는 않다.

전남편이 생각나지 않을 수 없다. 사실 겁탈은 했지만 서로 간에 깊은 정이라고 할 만한 것은 없지 않은가. 섬이라는 폐쇄적인 공간에서 살아가는 사람들이니 겁탈이 주는 의미도 중원과는 사뭇 달랐고, 어쩔 수 없는 상황으로 내몰려 혼인하지 않았나.

하 부인이 나쁘다는 말은 아니다. 그녀는 어느 남자라도 사랑하지 않고는 배길 수 없는 여자다. 또한 무인의 길이 끝나면…… 끝날지는 모르지만 끝난다면 반드시 돌아올 생각이었다.

현재 서로 간에 쌓은 정이 너무 적다는 걸 말할 뿐이다.

이럴 줄 알았으면 적극적인 구애라도 할 것을. 해순도에서 보낸 일 년 동안 그냥 허드렛일만 할 것이 아니라 가까워질 수 있도록 적극적인 행동을 했다면. 그랬다면 얼굴만 봐도 반가워서 껴안기라도 했을 텐데.

'지금부터도 늦지 않아. 맞는 말이야. 내 여자야.'

하 부인의 손을 잡았다.

"이런 뜻이 아니라 내 말은 마음을…… 읍!"

하 부인은 억센 힘에 이끌려 와락 끌려갔다. 그리고 난폭하고 힘찬 입맞춤을 당했다.

거세게 쏟아지는 폭포 소리가 들어오지 않았다. 콸콸, 흘러 내려가는 강물 소리도 들리지 않았다. 일시에 모든 생물이 정지한 듯 텅 빈 진공 상태가 이어졌다.
"아!"
금하명의 품에 억세게 껴안긴 하 부인은 안심인지 기쁨인지 모를 탄성을 토해냈다.
"사랑한다, 좋아한다…… 이런 말은 좀 남세스럽고. 먼 훗날 나이 들었을 때, 이 남자 만나서 정말 행복하게 한세상 잘살았다 하는 생각이 들게끔……."
하 부인은 아무 말도 하지 않고 품속으로 깊게 파고들었다.

해천객은 무인이다. 또한 눈치가 빠른 사람이다.
금하명이 말하지는 않았지만 빙사음에게 독단을 복용시키지 말란 이유가 내공에 있다는 것을 짐작해 냈다.
남해검문의 해무천기로는 독단을 이겨내지 못한다.
금하명 앞에서는 섭섭한 표정으로 물러났지만, 그것은 금하명의 마음이 편하라고 일부러 지은 표정이었다.
사실은 착잡했다. 남해검문의 무공에 관한 이야기니 어디다 내놓고 말할 수도 없는 문제였다.
그건 차후의 일이다. 사실이 그렇다면 빙사음을 해독시킬 방도가 없지 않은가. 백물혈독술은 목숨만 앗아갈 뿐이잖은가.
그 혼자만이 아니다. 천소사굉, 벽파해왕, 일섬단혼. 해남 최고의 기인들인 그들이 눈치를 채지 못할 리 없다.
"글글…… 세상에 나타나…… 글글…… 서는 안 될…… 마물이었어."

아무리 생각해도 전엽초는 너무했다. 해남제일의 신공이라고 해도 과언이 아닐 해무천기로도 풀리지 않는다면 세상에서 몇 명이나 해독할 수 있을까.

"진기 주입으로도 안 되니 그런 말을 했을 겁니다."

해천객이 답답한 마음을 이기지 못하고 말했다.

금하명은 빙사음을 진맥했다.

이제 그에게 전엽초는 기혈을 튼튼히 해주는 보약이 되었지 위협은 되지 않았다.

"사맥이지?"

하 부인이 염려스러운 표정을 지으며 말했다.

금하명은 잠자코 진맥에 몰두했다.

그가 하는 진맥은 의원들이 하는 진맥과는 딜렸다. 빙사옴의 체내에 깃든 해무천기가 얼마만한 효력을 발휘할지 가늠하는 진맥이었다.

맥문을 통해 진기를 불어넣었다. 진기가 흘러가는 대로 의념을 따라 붙이며 알고 싶은 것을 파악해 냈다.

제일 먼저 파천신공의 정도부터 살폈다.

숨 쉴 틈 없이 몰아치는 것이 해독하기 전의 자신에 비해서도 손색없다.

다음은 경락을 봤다.

역시 철사다. 너무 단단해서 뚫기가 어렵다. 혈을 살피려고 했으나 감지되지 않는다.

마지막으로 단전으로 들어갔다.

해무천기로 짐작되는 진기가 단단하게 응축되어 있다. 하지만 파천신공에 비하면 너무 약하다. 어른과 어린아이 정도로 수준 차가 크다. 자신이 갓 해남도에 들어왔을 때 이 정도의 내공을 가졌던 것 같다.

자신은 거기에 역천신공을 더했다. 그렇기에 그토록 싸울 수 있었고, 빙사음은 본신진기로만 싸우기에 대해문 소주조차 어쩌지 못한 것이다.

맥문을 놓았다.

"안 돼, 이 상태로는."

깊은 밤, 풀벌레만 요란하게 울어댄다.

금하명은 손상당한 조직이 어떻게 해서 말끔하게 나았는지 이유를 찾아봤다.

그곳에 독단을 복용하지 않아도 해독시킬 길이 있는지도 모른다.

'경락이 유형화되면서 조직이 손상된다. 유형화되면서……'

빙사음의 몸에 진기를 불어넣어 봤다. 자신은 다시 원래로 돌아갔지만 빙사음은 유형화 상태다. 그녀의 몸이 가장 정확한 사실을 말해 주리라.

경락이 굳어 있는 곳, 그리고 주변 조직들을 살폈다.

'알 수 없어. 경락이 철사화된 건 확실한데…… 어디가 얼마나 손상되었는지 알 수 있나…….'

여러 번에 걸쳐서 확인해 봤지만 직접 칼로 살 속을 헤집어보기 전에는 알아낼 방도가 없다.

가부좌를 틀고 앉았다.

빙사음에게서 알아낼 수 없다면 자신에게서 알아내야 한다.

진기를 극한으로 끌어올렸다. 전신 경락이 더 이상 팽창할 수 없을 때까지 팽창시켰다. 그곳에다 파천신공에서 거둬들인 진기를 가득 채웠다.

여기가 현재의 끝이다. 그가 끌어올릴 수 있는 진기의 한계다.

'타압!'

파천신공으로부터 더욱 많은 진기를 받아들였다.

더 이상 진기를 받아들일 수 없는 경락은 금방이라도 터질 것처럼 부풀어 오른다.

이렇게 무리하여 운공을 하는 것은 주화입마(走火入魔)로 들어가는 지름길이다. 이제 막 운공을 배우기 시작한 사람에게 제일 먼저 들려주는 말이 무리하게 운공하지 말라는 것이다.

'주화입마가 되는 한이 있어도…….'

극도로 팽창한 진기는 육신을 공격했다.

'여기닷!'

자세히 봤다. 뚫어지게 봤다.

'아!'

절로 탄성이 새어 나온다. 인간의 머리로는 생각할 수 없는 오묘한 생성 소멸의 이치가 그곳에 담겨 있었다.

경락이 안겨주는 손상은 도검의 손상과는 다르다. 극선(極善)과 극악(極惡)이 존재한다고 해야 할까? 잘못되었을 경우에는 살을 녹여 버리지만 그런 경우까지 가지 않도록 최대한 보호하기도 한다.

철사가 완성되지 않았을 때, 경락은 조직을 보호한다. 부모가 자식을 생각하는 것처럼 힘이 다하기 전까지 최대한 보호한다.

경락이 보호할 힘을 잃었을 때 창파문 무인들처럼 살이 녹는다. 그 전에는…… 보호한다.

손상받은 부위는 경락이 제 힘을 되찾는 순간 상상할 수 없는 속도로 복원시킨다. 검에 베이면 딱지가 앉고 속에서 새살이 돋듯이, 경락에 손상당한 조직도 같은 과정을 밟는다.

죽은 조직을 탁기(濁氣)와 함께 뱉어내고, 새 조직을 일군다. 이것이 도검에 당한 손상과 경락에 당한 손상이 다른 점이다. 손상당한 조직은 경락이 제 모습을 찾는 순간 정상으로 돌아온다.

조직의 손상은 염려할 필요가 없다. 철사처럼 딱딱하게 굳어진 경락만 풀어내면 끝난다.

조심스럽게 진기를 풀어냈다. 과도하게 진기를 끌어올렸을 때는 운공하여 집중시키는 것보다 풀어내는 것이 더 중요하다.

타악!

기어이 유문혈(幽門穴)이 꿈틀거렸다.

'음……!'

상당한 충격이다. 오장(五臟)이 훌렁 뒤집히는 것 같다.

달리 유문(幽門)인가. 오장의 탁기를 뱉어내고 청기를 들어가게 하는 문이지 않은가. 정기(精氣), 곡기(穀氣), 청기(淸氣), 음양충화지기(陰陽衝化之氣)가 모이는 곳이니 반발력도 상상을 초월한다.

'기어이 주화입마를……'

순간, 금하명은 멍청해졌다.

혈이 없어진 지가 언제인데 아직도 혈 타령을 하고 있는가.

유문혈? 상상이 만들어낸 혈이다. 타격? 그것 역시 상상이다. 실제로 느꼈던 아픔도 자신 스스로가 불러들인 아픔이다. 마음이 실제가 되어 나타났다.

'견괴불괴(見怪不怪), 기괴자양(其怪自壤). 이상한 것을 보아도 이상

하게 생각하지 않으면 이상한 것은 없어지는 법.'

금하명은 급작스럽게 진기를 풀고 벌떡 일어섰다.

상식 밖의 행동이다. 죽으려고 작정했는가. 운공 중에 끌어올린 진기를 제대로 풀어내지도 않고 벌떡 일어서다니!

아무 이상 없었다.

하루 십이 시진, 일 년 열두 달…… 끊임없이 이어지는 운공이다. 끌어 모을 것도 없고, 풀어낼 것도 없다.

금하명은 독단을 들고 만지작거렸다.

해천객과 하 부인은 기가 막혀서 입을 열지 못했다. 만지기만 해도 피부가 타 들어가는 백독의 정화를 마음껏 조몰락거릴 인간이 있으리라고는 생각지 못했다.

"모두 나가주시고…… 부인은 남아서 도와줘."

하 부인의 얼굴이 환하게 밝아졌다.

"입으로 피를 토할 거야. 독혈(毒血)이니 살에 튀지 않도록 조심하면서 기도(氣道)를 확보해 줘야 해."

"그것만 하면 돼?"

"그것만이라니, 목숨이 달린 일인데."

"너무 간단해서."

금하명은 빙사음을 발가벗겼다.

빙기옥골(氷肌玉骨), 티 한 점 없이 깨끗한 나신이 밝은 대낮에 모습을 드러냈다.

"질투나네. 동생, 듣고 있지?"

하 부인이 농담조로 말했다.

"시작할까?"

"난 준비됐어."

하 부인이 양손에 흑피를 끼고 빙사음 머리맡으로 갔다.

금하명은 손에 들고 있던 독단을 서슴없이 입 안으로 밀어 넣고 천돌혈(天突穴)을 살짝 눌렀다.

꾸르륵거리는 소리와 함께 독단이 목구멍 안으로 넘어갔다.

서둘러야 한다. 빙사음은 이미 용암 더미에 파묻히고 있을 게다.

장심(掌心)을 가슴에 붙이고 진기를 밀어 넣었다.

어제만 해도 진기 주입은 명문혈(命門穴)이나 기해혈(氣海穴)을 통해야만 되는 줄 알았다. 파천신공의 경우에는 회음혈을 통하지만 워낙 특이한 신공이니 예외로 하고.

아니다. 이상한 것을 이상하게 보지 말아야 한다. 살갗이 존재하는 곳이라면 어디에서든 진기를 주입할 수 있다. 독단이 용암으로 변하는 곳은 위장, 가슴에서부터 진기를 불어넣어 독단을 조절해야 한다.

금하명의 손은 빠른 속도로 십사 경락을 누볐다. 쾌수(快手)보다도 더 빠른 손놀림. 독단이 녹아서 만들어진 용암과 전엽초의 성질이 고루 섞이도록, 그리고 최대한으로 효과가 발휘될 수 있도록.

밖에서 전해주는 외력(外力)으로 진기를 조절한다는 기상천외의 방법이었다.

독단이 독맥을 제외한 십삼 경락을 돌았을 때,

"칵! 울컥!"

빙사음이 검붉은 핏덩이를 토해냈다.

하 부인은 얼른 고개를 젖혀 기도를 확보해 줬다.

운공 중에, 혹은 요상 중에는 몸을 움직여서는 안 된다. 이것이 무림

상식이다. 한데 금하명은 움직여도 된다고 한다.

하 부인은 그를 믿었다. 자신이 알고 있는 의술로서도 납득할 수 없는 행동이지만 믿고 따랐다.

빙사음은 토혈을 세 번 더 했다.

경락에 손상된 조직, 탁기, 사기…… 몸에 나쁜 기운을 한꺼번에 몰아내는 과정에서 부수 작용으로 피까지 깨끗하게 정화된 것이다.

빙사음은 금하명처럼 고통스러워하지 않았다.

아주 편안하고 아늑해 보였다. 금하명의 손이 십삼 경락을 열여섯 번 돌고, 마지막으로 독맥까지 포함한 십사 경락을 휘돌았을 때는 편안한 침상에서 잠에 취한 얼굴이었다.

❸

남해검문에서 보름을 더 묵었다.

남해검문주에게는 빙사음이 완쾌된 모습을 보여줘야 하지 않는가. 그리고 곧바로 떠날 생각이었다. 한데 날씨가 좋지 않아 발이 묶이다 보니 보름이나 머물렀다.

그동안 많은 이야기를 나눴다.

노도문의 전임 문주인 일검파진도 정황이 해남파 제일문주가 되었다는 소식도 그제야 알게 되었다. 벽파해왕이 맡았던 청홍마차 공증인은 명옥대검이 맡았다.

어쩐지 카랑카랑한 명옥대검의 모습이 보이지 않더라니.

귀사칠검에 대한 이야기도 나왔다.

하지만 금하명은 파해법에 대해서는 입을 꾹 다물었다. 그 점에 대해서는 빙사음이 한술 더 떠서 아예 귀사칠검 비급을 불살라 버렸다.
파천신공은 미완성이다. 비록 백회혈을 관통하는 방법이 있다고는 하나 성공 가능성이 너무 희박하다. 오히려 도중에 마인이 되어 살겁과 강간을 일삼을 가능성이 백 중 구십은 된다. 구십이 뭔가, 구십구로 봐도 모자란 느낌이다.
전엽초는 빙사음에게도 도움을 줬다.
금하명의 치료법은 벌모세수(伐毛洗髓)와 버금가는 작용을 했고, 탈태환골(脫胎換骨)한 빙사음의 내공은 가히 일절로 불릴 만했다.
빙사음의 사부였던 삼박혈검이 무너졌다. 칠보면 누구도 죽일 수 있다는 칠보단명조차도 사십여 초 만에 검을 놓았다.
해남제일의 여고수가 탄생했다.
남해검문에서의 생활은 금하명에게도 오랜만에 안락함을 만끽할 수 있는 기회였다.
청화장 생활이 고스란히 옮겨졌다.
다도(茶道)를 즐기고, 그림도 그렸다.
전처럼 무공에만 연연하지 않았다. 아니, 아예 무공은 잊어버린 사람처럼 행동했다.
"글글…… 충분히 날…… 글글…… 이길 만해. 그새 또…… 새로운 경지를 열었군. 나…… 글글…… 이만 먹었지…… 헛살았어. 난…… 그동안 뭘…… 했을꼬."
천소사굉이 한탄하며 한 말이다.
바람이 잦아지고 바다가 평온해지자 금하명 일행은 배를 탔다.
일행…… 해남도에 들어올 때는 단신이었는데 떠날 때는 동행자가 생겼다.

천소사굉과 벽파해왕은 더 늙기 전에 중원 구경이나 하겠다며 따라나섰다. 일섬단혼은 형이라며, 야괴는 자신이 죽기 전에는 죽을 수 없다며 동행했다.

빼놓을 수 없는 사람, 하 부인과 빙사음도 따라나섰다.

"어머님을 뵈야죠."

그 한마디에 할 말을 잃었다.

그녀들은 혼자 몸이 아니었다. 하 부인에게는 설아가, 빙사음에게는 노노가 있었다.

몰래 배를 탄 사람도 있다.

칙칙한 냄새와 진한 피 냄새를 풍기는 사람들, 음양쌍검이다.

무려 열 명이나 된다.

개의지 않았다. 무인의 길이린 인간이 살아가는 법 중에 한 방편일 뿐이다. 인간을 버린다면 무인의 길 또한 완성될 수 없다는 사실을 안다. 무인이기 전에 인간이니까.

배가 해구항에서 멀어졌다.

모두 해남도에서 눈을 떼지 못했다. 처음으로 해남도를 벗어나는 사람도 있지만, 영원히 돌아가지 못할 땅인 사람도 있다.

"뇌주에 도착하면 만만한 새끼…… 아니, 놈. 만만한 놈 하나 골라서 흠씬 패줘야겠어. 그래야 이 속이 풀릴 것 같아."

일섬단혼이 해남도를 노려보며 말했다.

* * *

신해(新海).

해구항에서 떠난 배가 가장 멀리까지 보인다는 곳이다.

그들은 모였다.

"저놈을 이대로 보낸단 말인가."

다른 자가 받았다.

"남해검문의 사위가 됐으니 함부로 건드릴 수 없는 자가 됐어. 세 늙은이도 있고. 남해옥봉은 칠보단명을 눌렀다는군. 잘못 손댔다가는 껍데기도 남지 않아."

또 다른 자가 말했다.

"난 이대로 보낼 수 없다는 데 동감."

"나도 이대로는 못 보내겠어."

사내들은 이십여 명에 이르렀다.

그들의 눈빛은 차게 가라앉았으며 분노로 이글거렸다.

"해남파 제일문주를 누르고, 단애지투를 통과하고…… 후후후! 해남을 똥구덩이 속에 처넣고 잘도 떠나는군."

"그건 단애지투가 아니었지. 진짜 단애지투를 맛봐야 해."

"그래도 난 놈은 난 놈이지. 그건 인정하자고."

"난 놈이니 더 보낼 수 없지. 기고만장해서 날뛸 테니까. 해남을 발칵 뒤집었다고 큰소리칠 테고."

배가 시야에서 사라졌다.

그래도 사내들은 배가 사라진 바다만 쳐다보았다.

"결정들해. 따라오든 말든 난 뇌주로 가겠어."

"그러는 법은 없지. 우리는 늘 만장일치였으니까. 한 명이라도 반대하면 이 이야기는 없었던 게 되는 거야. 이게 우리 법칙 아닌가?"

"그럼 거수하지. 뇌주로 갈 사람."

사내 이십 명, 그들은 모두 손 들었다.

"후후! 모두 같은 생각이군. 좋아. 금하명 저놈…… 뇌주를 벗어나기 전에 죽을 거야. 내가 아주 멋진 사람을 알고 있지. 후후후!"

날씨는 무척 맑았다. 바다도 너무 잔잔했다.

『사자후』 6권에 계속…

청어람신무협판타지소설

2005년 고무판(WWW.GOMUFAN.COM)
「장르문학 대상」최고의 영예, 대상(大賞) 수상작!

한칼에 세상이 갈라지고,
한걸음에 무림이 격동친다!

『좌검우도전』
(左劍右刀傳)

좌검우도전(左劍右刀傳) / 이령 지음

**강한 자(强漢者)가 뿜어내는 거대한 힘과
강인한 매력에 빠져든다!**

"너는 반드시 힘을 가져야 한다. 네 의지로… 세상을 뒤엎어 버려라."

"강자를 약자로 만들고, 명예를 똥칠하고, 돈을 빼앗아라.
협의도(俠義道)가, 마도(魔道)가 얼마나 더러운 것인지 알려주어라."

"오냐, 아무것에도 얽매이지 말고 네 마음대로 세상을 휘저어라.
너의 이름은 수강호(雙江湖)가 아니더냐? 강호를 향해 마음껏 복수하거라!
유오독존(唯吾獨尊)! 그것이 나의 소원이다."

유행이 아닌 자유추구 -
WWW.chungeoram.com